JN039096

十年先まで待ってて

Characters
卯月総真
卯月財閥の跡取りで、類まれな美貌を持つ上級アルファ。幼稚園の頃から雅臣にアプローチし続けていたが、とある出来事をきっかけに中学からは疎遠に。それから十年後、傷心の雅臣の前に突然現れる。
悠木雅臣
アルファの名家・一条家の嫡男として生まれたが、オメガと分かった途端、親に見捨てられ、祖父母の悠木家に引き取られた。オメガらしくない体格の良さがコンプレックスで、自分に自信が持てないでいる。婚約者の誠と幸せな家庭を築くことを夢見ていたけれど……？

片桐雪緒

茶道の名家出身のオメガで、
雅臣の中学高校の同級生。
卒業以来、音信不通だったが、
街中で偶然雅臣と再会する。

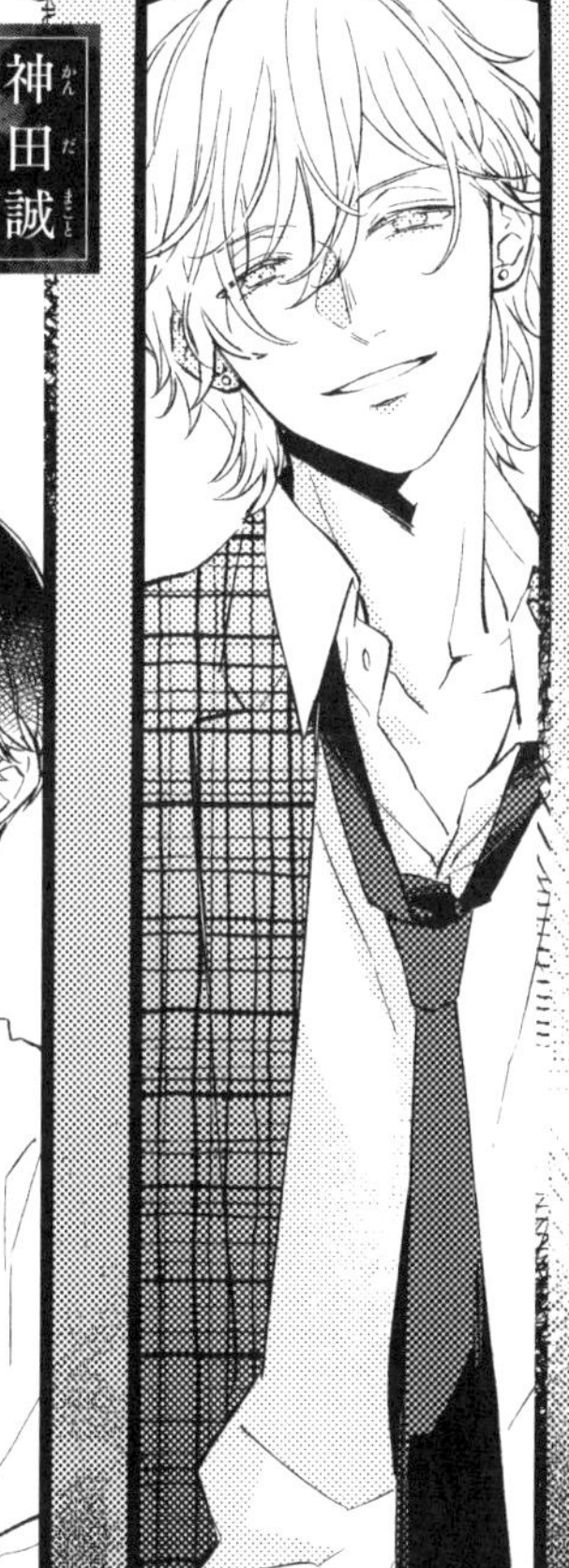

佐伯夜彦

誠の大学の仲間で、
警視総監の父を持つ上級アルファ。
アルファ至上＆オメガ差別主義の
偏った考えを持つ。

神田誠

政治家の父親を持つ
アルファで、雅臣の婚約者。
半年後に結婚を
控えていたが……

目次

十年先まで待ってて

「じゃあ、ちょっと行ってくるね」

「ああ、いってらっしゃい」

友人たちと食事に行くという婚約者——神田誠（かんだまこと）を玄関まで見送りに行くと、頬に手を添えられ唇にそっとキスをされた。もう何度も繰り返されていることなのに未だに気恥ずかしくて、雅臣（まさおみ）の頬はうっすらと赤くなる。

その後、誠は名残（なごり）惜しそうな顔をしながらも腕時計をちらりと見て、すぐに戻るからと家を出て行った。


この世界には男女の性別の他に、バース性と呼ばれる厄介な第二の性が存在している。

優秀ですべてにおいて能力値が高く、男女関係なくオメガを孕（はら）ませることができるアルファ。人口の七割ほどを占める、良くも悪くも普通に分類される中間層のベータ。そして、男女関係なく発情期（ヒート）があり、相手がアルファであれば妊娠可能なオメガ。

悠木（ゆうき）雅臣は、そのなかで最底辺と蔑（さげす）まれることもあるオメガとして生まれた。

三ヶ月に一度の頻度で起こるオメガの発情期（ヒート）は、アルファの発情期（ラット）を誘発させる。故（ゆえ）に、オメガは優秀なアルファの足を引っ張る卑（いや）しい存在だと嫌悪されているのだ。

オメガとして生を受けたことで、つらいことや悲しいことは山ほどあった。けれど、雅臣は今とても幸せだ。これまでのつらい出来事も今の幸福を得るために必要なことだったのだと思えば、すべて受け入れられるような気さえした。

こうやって前向きになれたのも、雅臣を受け入れてくれた誠のおかげだ。

誠とは中学生の頃、祖父の言い付けで通っていた剣道道場で出会った。

優しくて、かっこいい、良家の少年。アルファなのに偉そうでも気取ってもいなくて、周りにいるみんなが誠に憧（あこが）れていた。

そんな誠がなぜ雅臣に興味を持ったのかは、雅臣自身にもよくわからない。

道場で初めて話しかけられたときは驚いた。すごく姿勢が良いね、とかそんなことを言われた気がするが、緊張しすぎてそのときのことはあまりよく覚えていない。

しどろもどろに受け答えをする雅臣にも、誠はキラキラとした笑顔を向けてくれた。たぶん雅臣が恋に落ちたのはそのときだ。

しかし、恋に落ちたからといって雅臣にはどうする気もなかった。オメガのみが通える学校に在籍していた雅臣は、容姿端麗で愛らしい者が多いオメガのなかで大柄な自分はハズレな部類であるとわかっていたし、気も弱く臆病だった。告白する勇気なんてあるはずもない。

そんな雅臣のなにを気に入ったのか、誠は頻繁（ひんぱん）に雅臣に声をかけてきた。そうして、次第に一緒にいる時間が増え、友人になり、親しげに下の名前で呼び合うようになった高校三年の冬——雅臣は誠から結婚前提の告白をされたのだ。

うれしくて、なぜ自分をと戸惑いつつも頷いたのを、昨日のことのように覚えている。

お互いそこそこ名のある家柄の子であるため、誠の希望で家族にだけ報告して、周りには秘密で三年以上交際を続けた。

そして、祖母の勧めで祖父の所有するマンションで同棲をはじめたのが約三ヶ月前。その頃にようやく誠の許可が出て、雅臣は親しい友人に誠のことを報告できた。雅臣は友人たちに祝福してもらえて、照れくさかったけれどすごくうれしかった。

半月後、誠が大学を卒業したら正式に籍を入れる予定だ。

順風満帆な日々。唯一の不満といえば——雅臣はそっと自身の項に触れた。

雅臣の項は、今も錠付きの黒いチョーカーで覆われている。オメガが望まぬ相手に項を噛まれて無理やり番にされてしまうのを防ぐためのものだ。

婚約して随分たつが、雅臣と誠はまだ番ではなかった。それ以前に、ふたりは体を繋げたことすら一度もない。

番になるのも、体の関係を持つのも、籍を入れたあとにすべきだというのが誠の主張だった。今どきそんなにこだわらなくてもと雅臣と祖父母は言ったが、誠は頑なに譲らなかった。

アルファの恋人がいるのに発情期をひとりで耐えるのは、想像以上につらいことだ。抑制剤の効きが悪い雅臣は助けてくれと誠に泣いて縋ったこともあったが、いつも困ったように微笑む誠に言いくるめられ、ひとり部屋に残されていた。

だが、そんな歯痒い日々もあと数ヶ月で終わる。

ふたりは本当の番に――夫婦になるのだ。将来的にはきっと家族も増えるだろう。誠との子どもなら、絶対に男の子でも女の子でもかわいい。

いつか来る未来を想像するだけで、雅臣の毎日は楽しかった。


ひとりで夕食と家事を一通りすませた雅臣がリビングでくつろいでいると、突然スマートフォンの着信音が鳴り響いた。

画面に表示されているのは知らない番号だ。雅臣は迷ったが、着信が止まらないのでおそるおそる通話ボタンをタップする。

「もしもし……？」

『あっ、もしもし、雅臣さんですか？　俺、誠の友達の佐伯です』

「ああ、佐伯さん」

知っている名前にホッとする。

佐伯は誠の大学の友人で、雅臣も二度ほど顔を合わせたことがある。すこぶる美形の、明るくて人当たりの良い好青年だった。

『突然電話しちゃってすみません。誠が酔い潰れちゃって』

「えっ」

『タクシーに乗せてそのままひとりで帰らそうかとも思ったんだけど、もう歩けそうもない感じなんですよね。申し訳ないんだけど、雅臣さんが連れて帰ってくれないかな？　俺たちまだ飲み足りなくて』

酔い潰れた誠を想像できず、雅臣は少し困惑した。時刻は九時を過ぎたところで、誠が家を出てからまだ二時間ほどしかたっていない。あまりお酒を飲まない誠が歩けないほど泥酔するなど、雅臣には信じ難かった。

だが、婚約者を迎えに来てほしいと頼まれて断る訳にもいかない。佐伯たちへの申し訳なさもあり、雅臣は頷いた。

「ご迷惑おかけしてすみません。すぐ迎えに行きます」

『ありがとうございます！　場所はショートメールで送っときますんで。あ、俺の名前で予約してるんで、店着いて店員に俺の名前言ってくれたらわかると思います』

通話が切れてすぐに、佐伯から店名と地図が送られてくる。

雅臣は仕方なく服を着替え、財布とスマートフォンだけを持って家を出た。

夜の店が立ち並ぶ騒がしい繁華街は、雅臣にとって近寄りがたい場所だ。しかし今回はそうも言っていられず、しつこい客引きをなんとか振り切りながら目的の店へと入った。

誠がいるのはごく普通の居酒屋のようだった。近くの店員に声をかけると、一番奥の座敷にいるとのことだったので足早にそちらへと向かう。

奥の個室の前で見慣れた革靴を見つけ、一呼吸してから閉じられた障子に手を伸ばした。

そのとき――

「そう言えばさぁ、お前んとこの失敗作オメガ最近どうなの？」

「どうって、なにがだよ」

伸ばしかけた手がピタリと止まる。

障子の向こうから聞こえてきた『失敗作オメガ』という言葉と、いつもと雰囲気が違う聞き慣れた声に雅臣の心臓がどきりと跳ねた。

「もう同棲してだいぶたつだろ？　さすがにもうセックスした？」

「はあ？　冗談よせよ、気持ち悪い。あんなデカブツとやれる訳ないだろ？」

複数人の下卑(げび)た笑い声が障子の向こうに響き渡った。

障子に向かって伸ばしたままの手が小さく震える。雅臣はその場から動けないでいた。

「ていうか失敗作オメガってなに？」

「あれ、結構有名な話なんだけど知らない？　こいつの婚約者の悠木雅臣って、オメガなんていらないって五歳くらいのときに親に捨てられて、じいちゃんばあちゃん家(ち)の養子になってんのよ」

「あー、もともとは一条(いちじょう)家の跡取りのはずだったんだっけ？　確か父親が婿養子に入ってたよな」

「そうそう。まあ悠木家もそこそこの資産家だし、そこはラッキーだったと思うけどね。でも、成長したら今あんなじゃん。え、オメガ要素一切なくね？　って」

「それで、オメガとして生まれただけで失敗作なのに、オメガとしても失敗作とか言われてんだろ。

悲惨すぎ」

「へー。俺見たことないんだけど、悠木雅臣ってどんななの？」

「オメガなのにガタイ良いんだよ。アルファの誠とほぼ同じサイズ。たぶんお前よりでけーよ」

「うわー、誠かわいそー」

全身から血の気が引いて、雅臣は立っているのがやっとだった。

とてもひどいことを言われているのに、怒りも悲しみも湧いてこない。真っ白になった頭が、考えることを拒否しているのだろうか。

「神田はなんでそんなのと婚約してんだよ」

「んなもん金に決まってんだろ。あの老いぼれ夫婦が死んだら、金も土地も不動産も全部俺のもんだぞ？　ちょっと優しくするだけで、アイツ、俺の言いなりだし」

「お前悪魔かよ」

「いやいや、優しいだろ。あんな失敗作と結婚して、気が向いたらオナホ代わりに使ってやろうと思ってんだぞ？」

「オナホとかひどすぎ！」

ギャハハハと下品な笑い声が頭にガンガン響く。

嘘だと思いたかった。でもきっとこれが本当で、今までの幸せが嘘だったのだ。

そう考えると、時折抱いていた誠の言動にも納得できた。

誠は雅臣のことを愛してはいなかった。祖父母の資産が目当てで、雅臣のことは気色の悪いオメガだとしか思っていなかった。だから番にもしてくれなかったし、抱いてもくれなかった。付き合っているのを何年も秘密にしたのも、その方が誠にはなにかと都合が良かったからなのだろう。

雅臣の前では優しいふりをして、裏ではずっとこうやって笑い者にしていたのだ。

そこでようやく雅臣の胸に悲しみと悔しさが込み上げてきた。

とにかく、もうここにはいたくない――雅臣が踵を返そうとした瞬間、目の前の障子がガラリと開く。

顔を合わせた知らない男は、きょとんとした表情で雅臣を見つめていた。

その向こう、雅臣に気付き顔を青ざめさせた誠とにんまりと笑う佐伯を見つけた途端、雅臣は全速力でその場から逃げ出した。


パニック状態のまま店を出て、雅臣は通りに停まっていたタクシーに飛び乗ろうとする。だが、背後から伸びてきた手に腕を掴まれた。

「雅臣っ、待って、俺の話聞いて！　あんなの冗談だから……とにかく一緒に帰ってふたりで話そう？　なっ？」

息を切らした誠が、焦った表情のまま手に強く力を入れてくる。

雅臣は口を結んだまま首を横に振る。声を出したらその場で泣き喚いてしまいそうで怖かった。

これ以上惨めな思いはしたくない。

すると誠はいっそう焦ったような顔をして、今度は自分ごと雅臣をタクシーに乗せようとグイグイ腕を引っ張ってくる。負けじと雅臣は突っぱねるようにその体を押し返そうとするが、誠に泣きそうな声で「雅臣」と呼ばれると一瞬絆されそうになる弱い自分がいた。

ひどいことを言われた。でも、全部本当のことだ。オメガだから親に捨てられたことも、オメガなのにかわいくないことも。

——俺が悪かったのかもしれない。俺みたいなのが好きになってもらえるはずないのに、期待して、夢を見て、傷付いて。

「……もう、おわりだ」

言った瞬間、目から涙がボロボロと零れ落ちる。

誠は驚いたように目を見開いたが、腕を掴む手の力は緩まなかった。それどころか、さっきより強い力で雅臣を引き寄せて抱き締めようとしてきた。

「やめろよ！」

「雅臣、俺が悪かった……謝るから、話し合おう」

「いやだ……！」

ドンとより強く押し返すと、誠の表情が変わった。胸ぐらを掴まれ、強引に引き寄せられる。

「いいから来い」

頭に血が上ったのか、目が完全に据わっていた。

今日の誠は、雅臣の知らない誠ばかりだ。

そもそも、雅臣は誠のことを本当の意味ではなにも知らなかったのかもしれない。知った気になって、愛した気になっていただけで。

涙を流したまま黙っている雅臣にさらに苛立ったのか、舌打ちした誠はもっと強い力で無理やりタクシーに押し込もうとしてくる。

　そのとき、背後からこちらに近付いてくる足音が聞こえた。

「……あの、大丈夫ですか？」

　声をかけられた瞬間、雅臣の体を押していた誠の手が離れた。その分、手首を握る手の力は強められたので逃げることはできなかったが、雅臣はできる限り誠から距離を取る。

　声をかけてきたのは、帽子を深く被った小柄な男だった。

　泣いている顔を見られたくなくて、雅臣はとっさに俯いた。

　誠は現状を誤魔化すように外面の良い笑みを浮かべる。

「ああ、お騒がせしてすみません。ちょっと話し合っているだけなので」

「でも、すごく嫌がってるように見えるんですけど」

「……だから、ちょっと話し合ってるって言ってるだろ。俺はこいつの婚約者なんだ。部外者は口挟まないでくれる？」

　最初は愛想良く対応していた誠だったが、面倒になったのかすぐに敬語を取っ払い、相手に高圧的な態度を取った。

　しかし、相手は臆した様子もなく一歩こちらへと距離を詰めてくる。

「へぇ、あんたが雅臣くんの婚約者なんだ」

突然呼ばれた自身の名に驚き、雅臣は頭ひとつ分低い位置にある男の顔を見つめる。

それとほぼ同時に男は帽子を取り、穏やかな表情で雅臣に微笑みかけた。

「……片桐（かたぎり）？」

「うん。久しぶり。まあ今は白鳥（しらとり）だけどね」

「白鳥？　白鳥ってあの……」

男が名乗った瞬間、誠の顔色が変わった。

白鳥家は元華族の家柄で、色々な財閥やその界隈（かいわい）との繋（つな）がりが深い。政治家の父を持つ誠にとっては、お近付きにはなりたいが顰蹙（ひんしゅく）は買いたくない相手だろう。

「事情はよくわかんないけど、いったんふたりとも落ち着いた方がいいんじゃない？　雅臣くん泣いちゃってるしさ」

「それはもちろん、落ち着いて話したいとは俺も思ってますけど……」

「じゃあさ、とりあえず雅臣くんは僕に任せてよ。雅臣くんも今は君と一緒にいたくないみたいだし。ね、雅臣くん？」

久しぶりに再会した友人に気遣うように背を撫でられ、雅臣は無意識に何度も頷いていた。


片桐に連れられて到着したバーはこぢんまりとしたオシャレな店で、まだ新しいのか外観がとても綺麗だった。

準備中と書かれた札のかかったドアを開けて店内へ入ると、片桐は破顔してぎゅうっと雅臣に抱きつく。

「ほんと久しぶり！　ずっと会いたかったんだ」

片桐雪緒は雅臣の中高の同級生で、雅臣とは正反対のいわゆるオメガらしい綺麗な少年だった。

運良く中高ともに一年から三年までずっと同じクラスで、お互い気が合ったため校内ではいつも一緒に過ごしていた。親友と呼んでもいい間柄だったと雅臣は思っている。

だが、ふたりは高校卒業後、顔を合わせることも連絡を取ることもなかった。いや、正確に言うならできなかったのだ。

片桐家は茶道の名家だったが、実際台所は火の車だったらしい。

そこに現れたのが、アルファであり白鳥家の御曹司である男だった。彼は可憐な美少年であった片桐に一目惚れしたのだと言い、即座に結婚を申し込んだのだ。

末っ子で家族思いだった片桐に、その申し出を断るという選択肢はなかったのだろう。実家への多額の援助を条件に、高校を卒業してすぐ、片桐はその御曹司と結婚した。

それからだ。片桐が音信不通になり、友人の誰も彼と連絡がつかなくなってしまったのは。

数年ぶりの再会に、雅臣は改めて涙ぐむ。

特に変わりはないようで、片桐は少年のような愛らしい容姿のままだった。

懐かしくて、雅臣も思わず片桐を抱き締め返す——と、店の奥の方からガンとなにかがぶつかるような物音がした。

「なにか落ちたのか？」

「……さぁ、なんだろ。まあ気にしなくていいよ。ほら、座って」

促(うなが)されるまま雅臣が席につくと、カウンター内に回った片桐が「なにか飲む？」とグラスを片手に尋ねてきた。

「お酒もジュースもあるよ。カクテルも大体作れるし」

「ここ片桐……いや、もう白鳥なのか。白鳥が働いてる店なのか？」

「ふふ、片桐でいいよ。働いてるというか、たまに暇潰しに来てる感じかな。ここ、旦那が自分の晩酌用に買った店みたいなもんだから」

「へ、へぇ……」

ただ晩酌をするためにバーを一軒買い取るとは、まさに金持ちの道楽である。

若干引きつつも、片桐の口から気軽に旦那という言葉が出たことが少し意外だった。話を聞いた限り典型的な政略結婚に思えたが、案外うまくいってるのかもしれない。

「旦那さんとは、その……」

「まあ、割とうまくやってるよ。嫉妬深いとこがちょっと面倒なくらいかな」

嫉妬深い。そのワードにピンときた雅臣は、まさかと思いながらも問いかけてみた。

「……もしかして、それで今まで連絡取れなくなってたのか？」

「うん。びっくりだよね。アルファにはたまにあることらしいけど。ようやく最近落ち着いて、ひとりでも外出できるようになったんだよね」

片桐はなんでもないことのようにそう言って笑った。

アルファのなかには、強い独占欲から番のオメガを過剰に束縛する者がいる。特に、優秀な個体ほどその傾向が強いのだ。他のアルファに目移りしないよう、ちょっかいをかけられないよう、常に自分の傍に置き、外部との接触を禁じたりするのだという。

片桐もそうなんじゃないかと疑っていた友人がいたが、どうやら当たりだったらしい。

「そうだったのか……でも安心したよ。急に連絡が取れなくなったからなにかあったんじゃないかって、みんな心配してたんだ」

「心配かけてごめんね。お詫びに好きなだけ飲んで良いから。ほら、乾杯しよう」

雅臣は差し出された綺麗な青のカクテルを受け取り、同じものを持った片桐と乾杯してからそっと口を付ける。あまりこういう場所には来ないので酒の種類には詳しくないが、スッキリとした甘さで飲みやすかった。

うまいよ、と褒めると、片桐は少し得意げな笑みを浮かべた。

「それで、雅臣くんはどうなの？」

「俺？」

「さっきの男、雅臣くんの婚約者だって言ってたけど……」

雅臣の表情に影が差す。片桐との再会で現実逃避することができていたが、今日が最低最悪の日であることには変わりない。

雅臣は苦笑いを浮かべながら、今までのこと、今日起こったことを皮肉交じりになるべく淡々と話す。

片桐は時折相槌を打ちながら、静かに話を聞いてくれた。

「……ひどい男だね」

一通り話を聞き終えたあと、怒りを堪えきれない様子で片桐が吐き捨てた。

雅臣は自嘲気味に笑う。

「俺も馬鹿だったんだよ。親にも捨てられた俺みたいな失敗作が幸せになんてなれる訳ないのに、ちょっと好きだって言われたぐらいで舞い上がっちゃってさ」

「そんなことないよ、雅臣くんは――」

「なんだ、お前もわかってんじゃねぇか。自分がどうしようもない大馬鹿だって」

突然聞こえてきた第三者の声が、片桐の言葉を遮った。

ぎょっとして声のした方を見ると、こちらからは死角になっていた店の奥から、ひとりの男が現れた。その男の顔に雅臣はさらに驚かされる。

「……う、卯月？　なんでここにいるんだ？　というか、いつから……」

「さあ、いつからだと思う？」

端麗な顔に作り物の笑みを浮かべながら、男――卯月総真は当然のように雅臣の隣の席に腰を下ろす。

戸惑いを隠せない雅臣は視線で片桐に助けを求めるが、彼は肩を竦めて苦く笑うだけ。

ククッと笑い声を零し、卯月は身構える雅臣の背中に指を滑らせた。

なんとも言えないゾクリとした感覚に、雅臣はビクッと体を跳ねさせる。

「本当に馬鹿だよなぁ。お前のこと金づるとしか思ってない男になんか引っかかって」

この男に今までの話を聞かれていたということは、雅臣にとって悲劇だった。

卯月総真という男は、いつだって厄介で難解だ。

「まあでも、自業自得だよな――あのとき、大人しく俺のものになってりゃあ、そんな惨めな思いせずにすんだのに」

意志の強そうな大きな瞳が、蛇のような鋭さをもって雅臣を睨みつける。

雅臣と卯月には因縁があった。忘れたくても忘れられない、忘れたふりをし続けることしかできなかった、呪いのような因縁が。

▽　▽　▽

卯月総真との出会いは幼少期まで遡る。

オメガであることを理由に両親が雅臣を施設に送ろうとしたとき、祖父母は激怒した。そうして雅臣は祖父母に引き取られ、そこから新しく通うことになった幼稚園に彼はいた。

いわゆる上流階級の子どもが多いその幼稚園のなかでも、卯月は特別だった。

祖父は卯月財閥のトップで、父はその後継者。母は引退した天才女優という家系もさることながら、頭脳明晰で運動神経も良く、整った美貌を持つ卯月は、いつだって集団の中心にいた。

オメガの雅臣にはわからないが、アルファのなかにはアルファ同士にだけわかる序列があり、卯月はそのトップ層に分類される上級のアルファらしい。

そんな特別なアルファである卯月は、特に秀でたところのないオメガである雅臣にとって一生関わるはずのない相手だった。

――しかし、雅臣が転園してしばらくすると、なぜか卯月は雅臣に執拗に絡んでくるようになる。

卯月は美しい顔に反して気の強い暴君で、そんな彼に目を付けられた雅臣の幼少期は散々だった。お気に入りのおもちゃや絵本を奪われるのは日常茶飯事で、逃げたり避けたりするとさらに追いかけ回された。気の弱い雅臣が泣きだすとうれしそうに笑うのも怖かった。他にも、仲が良くもないのに誕生日プレゼントを要求されたり、雅臣が他の子と遊んでいると邪魔をしてきたりと、様々な嫌がらせは小学生になっても続いた。

そして、ふたりが小学六年生になって半年ほどたった頃、雅臣にとってある転機が訪れる。


「お前さぁ、なんでいつも真理亜と一緒にいんの？」

ある日の放課後、靴箱の前でいつものように卯月が絡んできた。どうやら機嫌が悪いようで、理不尽にも雅臣を睨みつけてくる。

真理亜というのは、雅臣と幼稚園の頃から仲のいい女の子のことだ。確かにクラスが同じなので傍にいる時間は長いが、なぜ卯月がそんなことを聞いてくるのかわからない。

雅臣は嫌な予感を覚えながら、ぼそぼそと答えた。

「なんでって……友達だから」

「あいつアルファなんだからあんま近付くなよな」

「……？　どうして？」

「どうしてって、俺以外のアルファと仲良くしたらダメに決まってんだろ。お前は俺の番になるんだから」

　当然のように告げられた言葉に、雅臣は心底驚かされた。

　オメガの項にアルファが噛み付くことで成立する番関係は、アルファとオメガにとって結婚よりも重い魂の契約である。特に、番を一方的に解消できるアルファとは違い、オメガにとって番は生涯で唯一無二の相手だ。

　なぜその相手が卯月なのか。というか、なにを勝手なことを言っているのか。

「な、なんで？　なんで俺が総真くんの番なの？」

「はぁ？　俺がそう決めたからだけど？」

　逆に、なに言ってんだこいつ？　といった顔を向けられ、雅臣は言葉を失った。

　しかも、その後はズルズルとグラウンドの端っこに連れて行かれ、サッカーをする卯月たちの荷物番をさせられる。自分も一緒にサッカーがしたいと言ったが、お前はどんくさいからダメだと卯月に一蹴された。

　確かに雅臣はどんくさいところがある。以前体育の授業で頭をゴールポストにぶつけて怪我をしたこともあったが、あれはもう二年ほど前の話だ。そんな昔のことを理由に仲間外れにされても、雅臣は到底納得できなかった。

そのくせ、自分がゴールを決めたらわざわざ雅臣のところに「今の見てたか!?」と自慢しに来るのだから、たちが悪い。笑った顔が天使のように煌めいていたとしても、雅臣には卯月が美しい悪魔のようにしか見えなかった。

オメガであることは最大のコンプレックスではあったが、仲睦まじいアルファとオメガの番である祖父母のもとで育った雅臣には番への憧れがあった。だが、それはもちろんお互いを想い愛し合うふたりの姿に惹かれたのであり、誰でもいいから番が欲しいという訳ではない。むしろ、単純な番関係だけを見れば圧倒的にアルファが優位であるその関係は雅臣も恐ろしかった。

今だってなるべく関わりたくないのに、あの卯月と番になるなんて、考えるだけでゾッとする。

そもそも、なぜ卯月が突然雅臣を番にすると言い出したのかもわからない。

アルファとオメガのなかには『運命の番』というものがある。わかりやすく言うと『遺伝的にものすごく相性の良い番相手』のことらしい。大抵の者は出会うことなく生涯を終え、自身の運命に出会える確率はわずか一%未満だという。

卯月の運命の番が雅臣であったなら、雅臣にこだわるのもまだわかる。けれど、決してそういう訳でもない。

運命の番というのは、出会った瞬間に相手が自分の運命の相手だとわかるのだ。相手からとても良い香りがして、ビビッとしたなにかを感じるのだとテレビで専門家が言っていた。

雅臣が卯月と出会ったときにそんな感覚はなかったし、それは卯月も同じはずだ。

つまり、ふたりは絶対に運命の番ではないのだ。

――なのに、なんで俺が総真くんの番なんだろう……

いつか飽きるだろうと耐えていたが、幼稚園から小学校までもう七年以上、卯月からの一方的な接触は続いていた。

この学校は幼稚園から大学までエスカレーター式の一貫校で、このままいけば少なくともあと六年、大学に通うなら十年も雅臣は卯月の傍にいることになる。

思春期に発情期を迎え、もしなんらかの運命のいたずらで本当に卯月と番になってしまったら、この地獄はいつまで続くことになるのか――

考えれば考えるほど怖くなった雅臣は、荷物番をさせられていることも忘れて走って家に帰った。

そして、自宅にいた祖母に泣きつく。

卯月にいじめられているのだと主張すると、最初は「総真さんは雅臣と仲良くなりたいのよ」と宥めていた祖母も、あまりに雅臣が泣いて怯え続けるものだから次第に表情を曇らせていく。

そうして雅臣は「総真くんが怖い」とその日の夜まで泣き続けたのだ。

翌朝、未だ元気のない雅臣を見かねた祖父が、車で雅臣を学校の近くまで送ってくれた。

車から降りた雅臣は、とぼとぼと重い足取りで校門の前に辿り着く。そこで、突如横から伸びてきた手に腕を強く引っ張られた。

「お前、昨日はなに勝手に帰ってんだよ！　心配してみんなで捜したんだぞ！」

キッとこちらを睨む卯月の顔は怒りで赤らんでいた。

雅臣の腕を掴むつかむ手の力が痛いくらいに強くて、雅臣は表情を歪ゆがめる。

「なんでなにも言わず帰ったんだよ⁉　俺が見てろって言ったのに‼」

「ご、ごめん……」

「ごめんじゃなくて――ッ」

ピタリと、不自然に卯月の声が途切れた。先ほどまで激昂していたはずの卯月が、少し焦ったような表情でなにかを見ている。

不思議に思った雅臣が卯月の視線を追って振り返ると、すぐそこにもう帰ったと思っていた祖父が立っていた。

「総真君」

祖父はにこやかに微笑んで、雅臣ではなく卯月を見下ろしていた。アルファ特有の威圧感なのか、ピンとその場の空気が張り詰める。

名を呼ばれた卯月はわずかにたじろいだが、すぐに「はい」と返事をした。

「昨日、雅臣は体調が悪かったんだ。君には不快な思いをさせてしまったようですまなかったね」

「いえ……」

「とはいえ、会ってすぐ怒鳴りつけるような君の態度も褒められたものではないな」

「……すみません」

相手が大人だろうと気に食わない相手には食ってかかるあの卯月が素直に謝ったことに、雅臣は驚いた。

じっと卯月を見つめていた祖父の目が、今度は雅臣へと向けられる。

「雅臣、今日はもうお休みしようか。まだ体調も良くないだろう」

「え？　……あ、うん」

昨日泣きすぎたせいか本当に体調が悪かったし、なにより朝一で卯月に絡まれたことで精神的に参っていた。それに、雅臣はもともと学校が好きというタイプでもない。祖父がそう言ってくれるなら、願ったり叶ったりだ。

頷いて踵を返そうとするが、雅臣の腕はまだ卯月に掴まれていた。

横目で窺うと、卯月は黙ったまま地面を睨んでいる。悔しそうにも見えたし、泣くのを我慢しているようにも見えた。

なんとか穏便に離してもらおうと、空いている方の手でそっと卯月の手に触れる。

「……今日はもう帰るから」

「…………って…………た……」

「え？」

俯いたままなにかぼそぼそと言われたが聞き取れない。

そっと顔を上げた卯月の目元はほのかに赤らんでいた。眉を寄せ、ばつの悪そうな顔で先ほどよりも少し大きな声で呟く。

「……いきなり怒鳴って、悪かった」

雅臣はぱちぱちと目を瞬かせた。

今まで散々泣かされてきたが、こうもわかりやすく謝られたのは初めてだ。

「うん……バイバイ」

それだけ言って、雅臣はそっと卯月の手を引き剥がす。

気にしてないよ、と言うのがお友達の態度としては正しいのかもしれないが、そんなことを言う気にはなれなかった。雅臣はやはり卯月が苦手で、怖い。

卯月に背を向けたあとは、祖父と並んで、登校する生徒たちと逆方向へ進む。

車に乗り込む直前に校門の方を振り返ると、まだ卯月がじっとこちらを見ていた。雅臣はその視線から逃れるように慌てて助手席へと飛び乗った。

家に帰り着いた雅臣は少し驚いた様子の祖母に迎えられたが、会話もそこそこにすぐ自室へと向かった。そして、ベッドに横になり、卯月のことを考える。

偉そうで、生意気で、意地悪で。でも、今日はちゃんと謝ってくれた。

祖父のことが怖かっただけかもしれないし、本心からの言葉ではなかったのかもしれない。それでも、あのときの卯月の目が、なんだか頭から離れなかった。

その日の夜、雅臣が祖父母に呼ばれて居間の座布団に座ると、いくつかのパンフレットを渡された。パンフレットの表には、校舎の写真とともに折流駕学園という学校名が載っている。

「これなに？」

「ここはね、おばあちゃんが通ってた学校。オメガしか通えない、オメガ専用の学校なの」

話を聞くと、祖父母はもともと雅臣をこの学校に通わせるつもりだったらしい。ただ、雅臣を引き取ってからしばらくは空きがなかったため、今の学校に入れることになったのだという。

この学校にアルファの卯月は絶対に入学できない。

中学からこっちの学校に通うかと祖父に尋ねられ、雅臣はすぐさま頷いた。

▽
▽
▽

過去のことを思い返していた雅臣が卯月の顔を見つめていると、眉をひそめた卯月がふいっと顔を逸らした。

「クズ男に捨てられたぐらいで泣いてんじゃねぇよ」

「もう泣いてなんか……」

「泣いてんだろうが、ばーか」

言われて頬に触れると、確かに濡れた感触がした。片桐に差し出された新品のおしぼりを受け取り、強く目に押し当てる。

正直今は誠とのゴタゴタよりも、突然現れて平然と隣にいる卯月への衝撃の方が大きい。特に説明する気がなさそうな片桐との関係性もよくわからなかった。

「ふたりは、友達……なのか？」

「友達なんかじゃないよ。僕の旦那はそこそこ親しくしてるみたいだけど、まあ知り合いってとこかな」

「へぇ……」

嫌な巡り合わせだ。

雅臣はずっと卯月を避けてきた。それは同じ学校に通っているときも、別々の学校に進学してからもずっと。今思えば少し自意識過剰だったのかもしれないが、それだけ雅臣にとって卯月はできるだけ対面したくない相手だったのだ。

記憶が正しければ、こう面と向かって顔を合わせたのは十年ぶりぐらいだろうか。大人になった卯月は、幼い頃の面影を残しながらもすこぶる美形に成長していた。

「……なんだよ」

「別に……」

横顔を目だけでジッと見ていたら、不機嫌そうに睨（にら）まれた。

きっと、卯月のなかであの頃の雅臣への執着は、若気（わかげ）の至りと呼んでもいい汚点となっているだろう。そうであってほしかったはずなのに、雅臣は身勝手にも少し寂しい気持ちになった。

居心地の悪さを感じながら、グラスのなかの青い酒を飲み干す。

片桐に連れられて店にやってくるまでは良かった。予想外なのは、突然現れた卯月の存在だ。

過去に色々あったが、親しい友人ではないし、思い出話に花を咲かせるというのもなんだか違う気がする。

もう立ち去りたいが、誠の待つ家には帰りたくなかった。もっと正直に言えば卯月に店から出て行ってほしかったが、そんな気配もなく卯月は平然と片桐の作った酒をおかわりしている。

「雅臣くんは次なに飲む？　どんなのが好き？」

「あー……えっと」

「どうせ今も甘いもん好きなんだろ。適当に甘いの作ってもらえよ」

「そう言えば雅臣くん甘党だったね」

手際良く片桐が作ってくれたのは、白と黒のコントラストが綺麗なカクテルだった。

「はい、どうぞ」

差し出されたカクテルの甘い匂いに誘われて、そっと口に運ぶ。

「……うん、チョコレートミルクみたいで美味しい」

でしょ？　と笑う片桐に微笑み返し、ちびちびとカクテルを飲む。

「ふたりは小学校まで一緒だったんだっけ？　雅臣くんってどんな子だったの？」

「気が弱くて、すげぇ泣き虫」

「へぇ。中高では全然そんなことなかったけどね」

「じゃあ、どんな感じだったんだよ？」

「人気者だったよ。オメガの学校だから、みんな僕みたいなのばっかじゃん？　そんななかで雅臣くんはアルファ並みに背も高いし、イケメンで性格もよかったからね。オメガ同士でも結婚した〜い！　って子も多かったかな」

「ふーん……」

卯月がやけに冷めた目で雅臣を見る。

すぐ傍で自分の話をされるのは、なかなか気まずいものだ。雅臣は小さく唸ったあと、ぼそぼそと口を開いた。

「別にそんな人気だった訳じゃ……確かに背はデカかったけど……」

事実、雅臣の中高生時代は楽しかった。生徒も教師もみなオメガで、アルファやベータから見下されることはなかったし、一般家庭の子ばかりなので一条家から追い出されたと馬鹿にされることも少なかったからだ。

華奢で小柄な生徒が多いなかでぐんぐん成長していくことへの戸惑いはあったが、周りが好意的に受けとめてくれていたのであまり気にしないようにしていた。誠だって、裏ではデカブツだと笑っていたようだが、雅臣の前ではなにも言わなかった。

雅臣はひとり苦笑してかぶりを振る。

考えないようにしても、なんだかんだ誠のことを思い出してしまう。金目当てで近付いてきただけの男だが、それでも雅臣にとっては結婚したいぐらい好きな男だった。

今日のことをぼんやりと思い返しながら甘いカクテルを飲み干し、ほうっと息をつく。

はじまりは佐伯の電話からだ。誠が酔い潰れたというのは嘘で、たぶんあの飲み会で雅臣の話を持ち出したのも佐伯だろう。

オレンジ色の髪をした派手な見目の気さくで明るいひとだと思っていた。だが、今となってはよくわからない。そもそも、彼は誠の友人であって、誠と同じ大学に通っている以外の情報はなかった。

あのとき――雅臣と目が合ったとき、佐伯は笑っていた。悪いことをしたという様子もなく、いたずらが成功した子どものような笑みだった。

なにを思って彼が雅臣を呼び出したのかはわからないが、おかげで誠の本性を知ることができた。なにも知らないまま誠と結婚するよりは、結果的には良かったのかもしれない。

「雅臣くん？」

黙り込んだ雅臣に気付いたのか、それまで学生時代の雅臣の話に花を咲かせていたふたりがじっとこちらを見つめていた。

雅臣はにこりと笑みを作り、片桐に向かって空のグラスを差し出す。

「おかわりもらえる？　片桐のオススメでいいよ」

「オーケー」

にこにこしながら片桐が作ってくれたのは、レモンティーみたいな味の飲みやすいカクテルだった。

そのあとは、片桐が雅臣と卯月に話を振って、取りとめのない会話をすることで時間が過ぎていく。卯月の乱入でどうなることかと心配だったが、時間がたつにつれ雅臣の緊張もとけていき、お酒の力もあってか卯月と普通に会話できる程度には蟠り（わだかま）がなくなっていた。

そんなとき、片桐のスマートフォンからけたたましい着信音が鳴り響いた。画面をチラッと見た片桐は、かわいい顔に似合わない舌打ちをする。

「ごめん、旦那だ。ちょっと出てくる」

　少しうんざりしたような表情で、片桐は店の奥へと引っ込んでいった。

「仲良いな」

「どこがだよ……アイツ舌打ちしてたぞ」

「でも、片桐の性格的に本当に嫌だったら電話に出ないと思うし……」

「子どものことかもしれないから、出ない訳にいかないいんだろ」

　卯月の言葉に雅臣は目を見開いた。

「片桐、子どもがいるのか？」

「会ったことはねぇけど。今年で二歳とか言ってたな」

　今までの会話で子どもの話は一切出てこなかったので知らなかった。婚約者と揉めたばかりの雅臣に気を使って黙っていたのかもしれない。

「そっか。片桐の子どもだったらきっとかわいいんだろうな……頼んだら写真とか見せてくれるかな？」

「お前も子ども欲しいのか？」

　唐突に尋ねられた雅臣はうーんと考え込んだあと、へらりと笑った。

「欲しかったけど、もういいかな」

　誠と同棲をはじめてから、子どものことについて考えることは多かった。

　男の子でも女の子でも、アルファでもベータでもオメガでも、誠との子どもなら世界一かわいくて大切にできると思った。誠もきっとそう思ってくれているのだと信じていた。

けれど思い返してみると、雅臣が子どもの話をすると誠はただ微笑んで「そうだね」と頷くだけで、彼からその話をしてくることは一度もなかった。

当然だろう。誠にとって雅臣は金を運んでくる気持ちの悪いデカブツだ。金を巻き上げて一生飼い殺しにする予定だった失敗作オメガに、子どもを産ませる気など最初からなかったのだろう。

雅臣の喉から乾いた笑いが漏れる。

「だって、俺みたいなのが子ども産みたいなんて言ったら気持ち悪いだろ？」

酒を飲む手をとめ、卯月が驚いた表情で雅臣を見る。動揺からか、黒い瞳がわずかに揺れていた。

「小さい頃からパッとしなかったけど、まさかこんなにデカくなるなんて自分でも思ってなかったよ。お前だって、本当はホッとしたんじゃないか？　昔、俺が婚約の話断ってありがたかったろ？　子どもの頃の思い付きで俺みたいなのと結婚なんて、地獄だもんな」

くつくつと笑いながらカクテルを口に運ぶ途中で、横から伸びてきた手にグラスを奪われた。

「もうやめとけ。酔いすぎだ」

「酔ってなんか……」

「そんな顔真っ赤にして酔ってない訳ねぇだろうが。いつになく馬鹿なことベラベラ喋(しゃべ)りやがって」

雅臣から奪い取ったカクテルを一気に飲み干した卯月が、フッと唇の端を緩(ゆる)める。

「お前ってほんと変わらねぇな」

懐かしいものを見るように目を細めた卯月の手が伸びてきて、そっと雅臣の頬に触れた。輪郭に沿って滑る指先のひんやりとした感触が心地いい。雅臣はうっとりと瞼(まぶた)を閉じて、そのまま卯月の手に頬を預ける。

「子ども欲しいなら欲しいって言えばいいだろ。別に気持ち悪いなんて思わねぇよ」

ぼんやりとした頭のなかで、やけに柔らかい卯月の声だけが響く。

昔からこうだった。普段は意地の悪いことばかり言うくせに、雅臣が落ち込んでいるときだけは妙に優しいのだ。

雅臣は目を閉じたままくすりと笑った。

「変わらないのはお前の方だよ」

「はぁ？　ガキの頃よりいい男になってんだろうが」

「……そうだな」

重たい瞼(まぶた)を持ち上げて、ぼんやりと卯月を見つめる。

幼少期から作り物のように整っていた顔はあの頃よりも精巧さを増し、どこか人間離れした美貌を誇っていた。手足がスラリと長く、背も高い。雅臣も長身だが、それと同じか、卯月の方が少し高いかもしれない。高そうなジャケットをさらりと着こなす姿は、まるで海外セレブのように優雅だ。

――昔から別世界の人間って感じだったけど、さらに遠い存在になっちゃったな。ほんと、なんで俺なんかがよかったんだろ……

雅臣がそんな卑屈なことを考えていると、ふわりと花のように甘く爽やかな香りが鼻を掠めた。

香水だろうか。ずっと嗅いでいたくなるような、心地よい香りだった。

「雅臣？　眠いのか？」

「ん……」

「寝てもいいぞ。あとで起こしてやるから」

眠いのだろうか。頭がふわふわして、そのくせ体は重い。風邪のときみたいに体と吐息が熱くて、なにも考えられなくなる。

目元を滑る卯月の指先に促されるように瞼を落とした雅臣は、そのままゆっくりとカウンターに突っ伏した。

▽　▽　▽

祖父との一件があってから、卯月の態度は目に見えて改善された。やたらと突っかかってくることがなくなり、雅臣が萎縮するような強い言動も減った。雅臣が自分以外のアルファと接触することを異様に嫌がるのは変わらなかったが、それだけの変化でも雅臣の心は穏やかになった。

なにより、中学からはオメガ専用の学校に転入することが決まっている。

あと数ヶ月でこの学校から――卯月から離れられる。そう思うと、今までつらかった学校生活もそれほど苦ではなくなった。

「卯月くん、最近大人しくなったね」

掃除の時間になる少し前、真理亜から小さな声で話しかけられた。

「うん、じいちゃんに怒られたのが効いたみたい」

「ふふ、あの卯月くんも雅臣くんのおじいちゃんには嫌われたくないんだね。……まあその前に、雅臣くんにこれ以上嫌われるのはまずいって気付いたんだろうけど……」

そう言ってクスクス笑うと、ハーフアップにされた真理亜の綺麗な黒髪が揺れた。

真理亜はアルファだが、オメガを見下したり、威張った態度を取ることのない、心優しい少女だ。

雅臣とは幼稚園の頃から仲が良くて、ふたりは一緒にいることが多かった。

「でも、本当に良かったね。卯月くんの周りのうるさい連中も少しは大人しくなったし」

「……うん」

転校を喜ぶ一番の理由は卯月から逃げたいからだが、そもそも雅臣は今の学校があまり好きではなかった。

みんな雅臣が一条家に捨てられたオメガだと知っていて、なかにはニヤニヤとした笑みを浮かべながらわざと雅臣を一条と呼ぶ者もいた。

性別やバース性に関係なく卯月と繋（つな）がりを持ちたがっている連中は多く、卯月に構われている雅臣にはみんな容赦がない。卯月のいないところを狙って心ない言葉をかけられ、そこをよく真理亜に助けられていた。

自慢にはならないが、雅臣は愛らしい者が多いオメガのなかでは平凡な見目をしている。特になにが得意という訳でもないし、他者を惹きつける内面的な魅力もない。

そんな凡庸(ぼんよう)な雅臣が卯月の近くにいることが、彼の取り巻きたちは気に食わないらしかった。

「それにしても、卯月くんのなにがそんなに魅力的なんだろうね？　顔や家柄は申し分ないけど、我儘(わがまま)だし、口は悪いし、幼馴染(おさななじみ)の私としてもあまり近寄りたくない存在なんだけど」

「……優しいとこもあるよ」

雅臣がぽつりと言い返すと、真理亜は少し驚いた表情を浮かべてからにんまりと笑った。

「前は意地悪だから嫌いって言ってたよね。とうとう絆(ほだ)されちゃった？」

「そういう訳じゃなくて！　……意地悪だし嫌いだけど、でも優しいところもあるってだけで……」

「はいはい。雅臣くんにだけ特別意地悪で特別優しいんだもんね、卯月くんは」

真理亜にからかわれて雅臣はムッとしたが、真理亜はいっそう楽しそうにクスクスと笑う。

そこで、少し離れたところにいた同じクラスの女子が真理亜を呼んだ。はーいと返事をした真理亜はそちらへと小走りで駆けていき、残された雅臣は箒(ほうき)とちりとりを手に、ひとり掃除場所である階段へと向かった。

階段のゴミを箒(ほうき)で掃(は)き落としながら、自身も一段一段下っていく。

お金持ちの家の子どもが多いこの学校でも、生徒の自主性を高めるため自分たちで校内の掃除をする。業者に頼めばいいのにと文句を言う者もいるが、雅臣はこの時間がさほど嫌いではなかった。

しかし、それも余計な邪魔が入らなければの話だ。

「一条くん」

「…………」

「無視しないでよ、本当に育ちが悪いな」

階段の中段より少し上あたりで雅臣が渋々顔を上げると、踊り場にふわふわと柔らかそうな髪をした美少年が立っていた。その後ろにも数人少年が控えていたが、雅臣にとって先頭の美少年——室井龍太郎（むろいりゅうたろう）がこのなかで一番関わりたくない厄介な相手だ。

この学校の理事長の孫で、しかもあの卯月の遠縁なのだというオメガの室井は、いつも明確な悪意を持って雅臣に近付いて来る。こちらを見下ろす顔は卯月同様天使のように愛らしいのに、形の良い小さな唇から紡がれる言葉はいつだって醜悪だ。

「そんな怯（おび）えた顔しないでよ、また総真に僕が君をいじめてるって勘違いされちゃうじゃないか。今日は君にお礼を言いに来たんだ」

「……お礼？」

雅臣は眉をひそめた。

室井にお礼を言われるようなことをした覚えはない。ただ、妙に機嫌のいい室井の態度に嫌な予感がした。

「君もようやくわかってくれたんだね、自分がどれだけ身の程知らずで不相応か。僕はすごくうれしいよ、幼い頃から君に教示してあげた甲斐があった」

「……なんの話？」

「折流駕学園に転校するんだろ？」

にこにこと笑いながら問われた言葉に驚かされたが、すぐに納得した。

中学から別の学校に通うことはまだ誰にも教えていないが、室井はこの学校の理事長の孫だ。学校側には雅臣が他校に転入する話を通してあるので、その話が彼の耳に入っていてもおかしくはない。もちろん、生徒のプライバシーに関わることを身内だからと話してしまうのはどうかと思うが。

「それが室井くんになにか関係ある？」

「ッ……関係あるに決まってるだろう!? 僕は総真の許婚だぞ！」

それまで笑っていた室井が、突然目尻を吊り上げて怖い顔で睨みつけてくる。

「君にはずっと迷惑していたんだ！ 総真に気に入られてるからって、許婚の僕を差し置いて総真の周りをうろちょろと……！」

雅臣はうんざりしながらも黙っていた。

許婚の件は、室井とその家族が食事の席で一瞬出た話題を一方的に吹聴しているだけで正式なものではないと卯月に聞かされているし、そもそも雅臣が自分から卯月に近付いたことは一度もない。しかし、それを告げたところで室井が自分に都合の悪いことは一切聞き入れないことは、今までの経験上わかっている。

それに、転校するのは事実なのだ。うれしいのならば喜ばせておけばいい。雅臣だって、室井ともう顔を合わせなくてすむようになるのは清々する。

黙ったままの雅臣に多少気分が良くなったのか、室井は怒りに満ちたままの顔に引きつった笑みを浮かべて言った。

「君みたいな価値のないオメガは総真の傍にいるべきじゃない。もっと早く消えてくれたらよかったのに」

その言葉に雅臣は拳を強く握り締め、いっそう深く俯いた。

オメガだからと親に捨てられ、同じオメガからは価値がないと見下される。

雅臣だって、本当はアルファに生まれたかった。ベータでも良かった。どうせオメガとして生まれるなら、室井みたいな愛らしい顔が欲しかった。

でも、全部叶わなかったのだ。

「……わかってるよ」

「え？」

「俺だって、自分が失敗作だってちゃんとわかってる……」

「は？　別にそこまで言ってないんだけど。急に泣かないでよ。僕が泣かしたみたいじゃないか」

しかめた顔すら憎らしいほど愛らしい。

雅臣は涙で滲んだ視界のなか、自分の上履きの爪先をじっと見つめる。

惨めだ。同じオメガなのに、室井はこんなにも美しく、なにより両親に愛されている。雅臣にないものをたくさん持っていて、これからもきっとそれは増えていくのだろう。

「――おい、なにやってんだよ」

突如、不機嫌そうな声がその場に響く。

雅臣が顔を上げると、室井の背後に卯月が立っていた。

卯月はちらりと雅臣を見ると、器用に片眉を上げ、冷めた眼差しで室井を睨み付ける。

「龍太郎、お前いい加減にしろよ」

「ち、違うんだよ、普通に話してただけなのに悠木くんが突然泣き出して……！」

「へぇ、友達でもないお前と雅臣が話すことなんてあんのか？」

「それは、悠木くんが――」

「やめて!!」

自分でもびっくりするくらい大きな声が出た。周りの視線が雅臣に集まる。

転校の件を卯月に知られたくない。同時に、それを室井の口から卯月に知らされることがなぜかどうしようもなく嫌だった。

その雅臣の気持ちを見透かしたのか、室井の顔ににんまりとした笑みが浮かぶ。

「総真、悠木くんはね、転校するんだよ」

「は……？」

「中学からオメガ専用の学校に行くんだって。お祖父様から直接聞いた話だから間違いないよ」

卯月がこちらを振り向いた。雅臣がなにも言えないまま立ち尽くしていると、その端麗な顔はみるみるうちに青ざめていく。

大きく見開かれた瞳に雅臣だけが映っていた。その目がじわりと滲んで、揺れる。

――傷付けた。

あの完璧で、身勝手で、いつも雅臣を振り回してきた少年を。他でもない雅臣が。

雅臣は手に持っていた掃除道具を放り出して、身を翻す。それから、逃げるように階段を駆け下りた。

卯月のあんな顔が見たい訳ではなかった。それなら、いつもみたいに大きな声で喚き立てられる方がずっとましだ。

視界に一階の廊下が見えたところで、階段についた片足がずるりと滑った。あっという間もなく、雅臣の体が一瞬宙に浮く。

「雅臣ッ!!」

後ろから卯月の悲鳴のような叫び声が聞こえた直後——雅臣は階段から一階の廊下へと転げ落ち、頭を強く打ち付けた衝撃で意識を失った。


雅臣が病院のベッドで目を覚ましたのは、階段から転げ落ちてから約一時間後のことだった。

ベッドのすぐ傍に祖父母がいて、祖母は雅臣と目が合った途端にぽろぽろと涙を流す。

幸い怪我はそうひどいものではなく、頭に大きなたんこぶができて体のあちこちに青痣や擦り傷があったが、骨や脳には異常がなかったらしい。雅臣はその日のうちに自宅に帰ることができた。

「足が滑って転んじゃった」

雅臣はそう言って笑ってみせたが、祖父母は悲しげな目をしたままだった。

嘘ではないが、それに至るまでの経緯を、祖父母はある程度知っているのかもしれない。

雅臣はあのとき逃げ出したことを後悔した。そもそも、卯月の傷付いた顔にあれほど取り乱した自分自身がよくわからない。

それでも、あの卯月の顔を思い出すと悲しい気持ちになる。そんな自分に雅臣は戸惑いながら、その日は自室のベッドで眠りについた。

翌日、念のため雅臣は学校を休むことになった。雅臣としてはこのままずっと休んでいたいくらいだが、きっとそうはいかないだろう。また卯月や室井たちと顔を合わせるときのことを思うと、時間がたつのがひどく憂鬱に思えた。

そして、その夜。雅臣が自室で本を読んでいると、困った顔をした祖母が部屋へとやってきた。

「総真さんと総真さんのご両親がいらして、雅臣とお話がしたいって仰っているのだけれど……」

「……会いたくない」

きっと、怪我のことを謝りに来たのだろう。けれど、雅臣はひとりで勝手に階段から落ちて、勝手に怪我をしたのだ。

卯月は関係ない。だから、卯月と卯月の両親に会う理由もない。

「そうね、まだ怪我も治っていないし、今日はおばあちゃんたちで対応するわね」

雅臣の気持ちを察してくれたのか、そう言って祖母は雅臣の部屋から出て行った。

早く帰ってくれればいい。雅臣は掛け布団に包まりながら、祈るように強く目を閉じる。

卯月親子の滞在時間は一時間ほどだったが、雅臣の体感ではもっと長い憂鬱な時間だった。

玄関の扉が閉まる音と車のエンジン音を聞いてから、雅臣はおそるおそる部屋を出る。

居間にいた祖父母は、重苦しい雰囲気で顔を突き合わせていた。なにやら小声で話しているが、雅臣が居間に顔を出した途端、ふたりはぴたりと黙り込む。

嫌な予感がした。雅臣が無言で踵を返そうとしたところで祖父に呼びとめられ、向かいの座布団に座るよう促される。

雅臣がおずおずと座布団に腰を下ろした数秒後、祖父は重々しく口を開いた。

「卯月家からお前に婚約の申し入れがあった」

「え……」

「総真君は成人したらお前と結婚したいと言っている。ご両親もお前がいいなら、と」

一瞬で血の気が引いていく。今回の件の謝罪なんかよりももっと意味のわからない展開だ。

卯月の番になるのも、卯月と結婚するのも、どちらも雅臣はごめんだった。

「やだよ……絶対やだ」

「雅臣、そんなすぐに決めなくてもいいのよ。少し考えてから……」

「考えたって変わらない！　絶対やだっ!!」

そう叫んだ雅臣は走って自室に戻り、ベッドへと潜り込んだ。

祖父母の前であんな態度を取ったのは初めてだったので、ふたりとも驚いた様子だったが、今はそんなことに気を取られている場合ではない。

ベッドのなかで雅臣はブルブルと震える。

卯月と番になって結婚するなんて絶対に考えられない。なにもかも釣り合っていないし、そもそも雅臣は卯月が苦手なのだ。

卯月親子が家を訪れてからも、自宅療養の体で雅臣は学校を休んだ。実際は触れたら痛む程度で通学に問題はなかったが、祖父母は雅臣が学校を休むことを許してくれた。

しかし、いつまでも休んでいる訳にはいかない。丸々一週間休んだあと、雅臣は月曜からまた学校に通うことになった。

「雅臣くん！」

雅臣が教室に入ると、真っ先に真理亜が駆け寄ってきた。

「怪我はもう大丈夫なの？」

「うん、まあ……」

雅臣はへらりと笑ったが、まだその脚に絆創膏や湿布が貼られているのを見て、真理亜は痛ましげに顔を歪めた。

「あいつら……本当に許せない」

「俺が足を滑らせただけだから、別に誰も悪くないよ」

「でも！」

「大丈夫、もうあまり痛くないから」

真理亜は納得いかない顔をしていたが、それ以上はなにも言わなかった。すると、その黒目がちな瞳がスッと動いて、雅臣の背後のなにかを捉（とら）える。

「……雅臣」

その直後、今一番聞きたくない少年の声がすぐ後ろから聞こえた。

雅臣が黙ったまま振り返らずにいると、痺（しび）れを切らしたらしい声の主（ぬし）はちょっと来いと言って雅臣の腕を引っ張った。

苦笑いの真理亜に見送られながら、雅臣はずるずると引きずられるように廊下を歩く。といっても、その歩みはいつもよりゆっくりとしたものだ。

怪我をしている雅臣を気遣うその優しさが、今はなんだか煩（わずら）わしい。自分の腕を引く卯月の後頭部を見つめながら、雅臣はそんなことを思った。

空き教室に入った卯月はドアの鍵までかけてから、ようやく雅臣と向かい合う。大きな目が雅臣をじっと見つめた。

「……怪我は、もう大丈夫なのか」

雅臣は無言で頷いた。

それを見て、卯月は苦々しい表情で続ける。

「ごめん……俺のせいだ」

「俺が勝手に転んだだけだから、総真くんは関係ないよ」

「でも、俺がもっと早く追いかけてたら、あんなことにはならなかったかもしれないし、そもそも龍太郎のことだって俺が……」

「本当にもういいから」

いつもより強い口調で雅臣がそう言うと、ようやく卯月は黙った。だが、そのまま教室へ帰してくれる気配はなく、なにか言おうと口を開きかけてやめるというのを何度も繰り返している。

こんなものはただの前置きなのだと雅臣もわかっていた。この先の本題を思うと気持ちが沈み、自然と視線が足元に落ちる。

突如、卯月が雅臣の手を掴んだ。

「こ、婚約の話聞いたかっ？」

ちらりと視線を上げると、卯月も雅臣ではなく足元を見ていた。黒髪から覗く形のいい耳が真っ赤だ。

「うん……」

「どう思った？」

卯月が顔を上げたので、入れ替わるようにして今度は雅臣が俯く。

どう答えたものか迷ったあと、雅臣は卯月に掴まれていない方の手をギュッと握り締め、なけなしの勇気を振り絞った。

「ぜ」

「ぜ？」

「……ぜ、ったい、やだ」

沈黙が落ちた。

どんな顔をしているだろうかと雅臣が顔を上げると、卯月はきょとんとして雅臣を見ていた。

「……なんで?」

「嫌だから」

「だから、なんで嫌なんだよ?」

「……総真くんには、もっとふさわしいひとがいると思う」

「お前……なんだその良い子ぶったクソみたいな断り方……」

本心からの言葉だったが、卯月は納得いかないらしい。じとりとした目で睨むように雅臣を見た。

「だ、だって……俺なんか……」

「俺なんかとか言って自分のこと卑下するのやめろ。龍太郎みたいな馬鹿どもの言うことなんて真に受けてんじゃねぇよ」

「……そうやって偉そうに命令してくるとこ、嫌い」

雅臣がそう言い切った瞬間、繋がれていた卯月の手がびくっと跳ねた。

思い切って、今までの不満もぶちまける。

「幼稚園のとき、俺の好きな絵本やおもちゃを横取りしてくるのも嫌だったし、俺が真理亜たちと遊んでると邪魔してくるのも嫌だった。小学生になっても意地悪ばっかだし……」

「そ、そんなの、俺はお前に構ってほしくて……それに、確かに前はそんなこともあったけど、最近は意地悪なんかしてないだろっ?」

「してるよ。最近だと……俺が図工の時間に作った猫の置物のことクマとか言って馬鹿にしてた」

「いや、あれは本当にクマにしか見えなかったんだって……あんな凶悪な見た目の猫なんているかよ……」

「ほらっ、またそうやって意地悪言う！　あと……俺が泣くとうれしそうに笑うの、あれすごく怖い」

「そ、それは……お前のことが好きだから……泣いた顔がかわいくて、つい……」

——なんだそれ。

頬を赤らめながら少しばかり気まずそうに言う卯月に、雅臣は呆れと驚きを隠せなかった。

「ずっと嫌われてるんだと思ってた……」

「はぁ？」

雅臣の言葉に、卯月は不機嫌そうに顔をしかめる。

心外だと言いたげな顔をされても、わかるはずがない。卯月の言動は雅臣にとって嫌がらせのようなものばかりだったのだ。

確かに卯月は、雅臣が他の子に取られたおもちゃを代わりに取り返してくれたり、この前のように馬鹿にされている場面で助けてくれることもあった。だが、卯月は誰に対してもそういう正義感を持っていたし、その反面嫌がらせのようなことをしているのは雅臣に対してだけだったのだ。

これで好かれていると思えるほど、雅臣はポジティブではない。むしろ、自尊心は人一倍低いのだ。

「大体、嫌いなやつに番になれとか婚約しろとか言う訳ないだろ？」

「俺のこと、一生いじめたいから傍に置いておきたいのかと……」

「お前のなかで俺の人間性どうなってんだよ……」

はぁ、と大きなため息をついた卯月はガシガシと頭を掻く。そして、気を取り直したように満足げな笑みを浮かべた。

「まあでも、これで誤解は解けたんだよな？　俺と婚約してくれるだろ？」

「え……なんでそうなるの……？」

「は？　なんだよ、嫌なのか？」

嫌に決まっている。

雅臣はずっと卯月に嫌われていると思っていたのだ。いくら好かれているとわかったからといって、長年の苦手意識は消えない。

なにより、雅臣と卯月はすべてにおいて釣り合っていない。それは、他の誰かに言われたからではなく、初めて卯月と出会ったときに雅臣自身が感じ取ったことだ。

卯月は他の誰よりも特別で、眩しい。きっと、生まれたときから雅臣とは住んでいる世界が違うのだ。

けれど、それを言ったところで卯月はわかってはくれないだろう。

傲慢で、我儘で、そのくせ真っ当なこの少年は、当然のように雅臣を自分と同等の存在だと思っている。自分は特別なのだと卯月がちゃんとした意味で理解していないことが、よりいっそう雅臣をちっぽけな存在にする。

「総真くんのことが嫌いな訳じゃないけど……でも、俺は総真くんと一緒にいるとつらいし、どっちも幸せになれないと思う」

「なんだよ、それ……」

卯月は目を見開いたあと、今にも泣き出しそうな顔で悔しそうに唇を噛んだ。

その顔から目を逸らして、雅臣は言葉を続ける。

「……それに、まだ子どもだから婚約のことなんてすぐには決められないよ。大人になってからじゃないと……」

「大人になったらっていつだよ」

「……十年後くらい？」

「はぁあああぁ？」

そこで、タイミングよくチャイムが鳴り響いた。

これ幸いと、雅臣は繋(つな)がれたままの卯月の手を引いて教室を出る。

「おい！　まだ話はっ……」

「授業はじまっちゃうから」

そう言った雅臣がギュッと手を握ると、卯月は押し黙った。卯月の手のひらは汗ばみそうなほど熱を持っていて、痛いくらいの強さで雅臣の手を握り返してくる。

雅臣が卯月の教室の前で手を離すと、卯月は少し赤らんだ顔でフンとそっぽを向いた。

「まだ話は終わってないからなっ」

「じゃあね……」

都合の悪いことは聞かなかったふりをして、雅臣も自分のクラスへと戻った。

その後の時間は、休んでいたときの授業内容を真理亜たちに教わりながら普通に過ごすことができた。卯月が昼休みにやってきたが、雅臣が真理亜のノートを書き写している姿を見ると無言で帰っていった。この前のことがあったからか、室井たちが雅臣に近付いてくることもなく、平穏な一日だった。

放課後にも、今朝の話の続きをしようと、卯月が靴箱で雅臣を待ち構えていたが、祖父が車で迎えに来てくれていることを話すと渋々引き下がっていった。

そのとき、「俺は十年も待つ気はないからな！」と強く主張されたのだが、翌日になって状況が一変することになる。

「……十年待つ」

翌朝、前日と同じ空き教室に雅臣を連れ込んだ卯月が、ふてくされた表情でそんなことを言った。

昨日とは正反対の言葉に、雅臣は困惑する。

「……え？」

「昨日お前が言ったんだろ……大人になってからじゃないと決められないって」

「でも、昨日は嫌そうだったのに……」

「……親父に怒られた」

ふてくされた顔がさらに不機嫌そうに歪(ゆが)む。

そんな表情ですらかわいげがあって、やはりずるいなと雅臣は頭の片隅で思った。

「今まで嫌われてるって誤解させるような態度取ってた俺が悪いって……雅臣が俺と婚約したがらないのも当然だって……それで、反省の意味も込めて、お前の言う通り大人になるまで待つことにした……」

いつになく歯切れ悪く喋(しゃべ)る卯月に、雅臣は首を傾げて尋ねた。

「よくわからないけど、つまり、婚約の話はなしってこと？」

「……まぁ、いったん白紙にはなる。……それと、十年待ってる間、なるべくお前に関わらないようにもするから……」

雅臣は驚いて目を丸くした。

もともと受け入れていなかった婚約云々の話よりも、そちらの方が雅臣にとってはよっぽど重要な話だ。

「か、関わらないって……もうこんな風に話したりしないってことだよね？」

しばしの沈黙のあと、卯月は無言で頷いた。

奥歯を噛み締め、叫び出すのを我慢しているような苦渋の表情は、到底それに納得しているようには見えない。

だが、頷いたということは紛(まぎ)れもなく肯定だ。

正直言って、雅臣には話の流れがまったくわからなかった。ただ、卯月父子の間でなんらかの取り決めがあったのは確かだろう。

学校行事で何度か卯月の父親を見たことがあるが、周りが甘やかすからなのかその分、卯月に厳しく接していた。傍若無人な卯月も多少反抗的ではあったが、父親の言うことには渋々従っていたような気がする。

卯月側の詳しい事情はわからないが、とにかくこれから十年は卯月と関わらなくてすむ――そう考えただけで、自然と雅臣の表情がパァッと華やいだ。

それを見て、今までしょぼくれていた卯月の目尻がキッと吊り上がる。

「だっ、だからって、俺がお前を諦めた訳じゃないからな！　つか、うれしそうな顔すんな！　傷付くだろうがっ！」

「ご、ごめん」

それでも、雅臣にとっては十分だ。十年も猶予期間があれば、きっと卯月も雅臣が取るに足らない存在だと気付くだろう。雅臣は他の学校に進学するのだから、物理的に距離もできる。その間に卯月が他の誰かを気に入ったら、雅臣との婚約の話なんて自然消滅確定だ。

「……お前、なにあからさまにホッとしてんだよ。まさか、十年程度で俺が心変わりするとか思ってねぇよな？」

「べ、別にそういう訳じゃ……」

否定しつつも目は泳いでしまう。

卯月は怪訝そうな表情をしたままだったが、やがてハァとため息をついてから付け加えるように言った。

「……あと、俺も中学からは有流都学園に転校することにしたから」

「有流都学園？」

「アルファ専用の学校だよ。お前がいなくなるなら、こんなとこ通う意味もねぇしな」

雅臣は知らなかったが、オメガ専用の学校があるのだからアルファ専用の学校も当然あるだろう。

どちらにせよ、雅臣とは別々の学校だ。卯月からも、その他の悪意からも解放されるのだと思うと、胸がスッとした。

そんな雅臣とは対照的に、卯月はひどく浮かない顔をしてぼそぼそと呟く。

「……さっき言った通り、これから十年は、お前に話しかけたり絡んだりしない。本当は嫌だけど、俺が悪いし……お前、うれしそうだしな」

「……少しはさみしいよ」

「どうだかな」

肩を竦めた卯月は、雅臣よりもずっと寂しそうに力なく笑う。そして、細められた目が愛おしそうに雅臣を見つめた。

雅臣は軽く息を呑む。

卯月がそんな瞳で雅臣を見るのは初めてで――いや、本当にそうだろうか。

もしかしたら、今までもこんな風に卯月が雅臣を見つめたことはあったのかもしれない。雅臣がいつも俯いて、卯月を見ようとしなかったから知らないだけで、卯月はずっと雅臣を好きでいてくれたのかもしれない。

長い沈黙による静寂のせいなのか、いつもは気にならない自身の心臓の音がやけに大きく聞こえた。

やがて卯月の桜色の唇が、小さく笑みを浮かべる。

「お前が好きだ」

一瞬、時間が止まってしまったかのように、ふたり見つめ合っていた。

瞬きも、呼吸さえも忘れ、卯月のらしくない穏やかな微笑みに引き寄せられる。

それは天使みたいに綺麗で、卯月の顔を見慣れている雅臣ですら見惚れるほど美しかった。

「十年たったら会いに行く」

優しげで、真っ直ぐな視線から逃れることもできず、雅臣はなぜだか泣きそうな気分になりながら唇を震わせる。

「……きっと、覚えてないよ」

「お前が忘れても、俺は絶対覚えてるんだから関係ねぇよ」

そうじゃない。忘れるのはきっと、雅臣じゃなくて卯月の方だ。

雅臣はただ黙ったまま俯いた。先ほどの卯月の言葉に、らしくない表情に、心を揺さぶられた自分がいた。

けれど、これがなにを意味するのか、雅臣は知らないふりをする。

ただ、雅臣にとって卯月は特別だった。それだけは、雅臣も認める本当のことだ。

「……じゃあ、またな」

長いようで短い沈黙のあと、卯月はそう言い残し、走って教室を出ていく。

朝の淡い陽の光に照らされた廊下を走り抜けていくその後ろ姿を、雅臣は薄暗い教室のなかから呆然と見送った。

それが、学生時代の雅臣と卯月が言葉を交わした最後の日だった。


あのときの言葉通り、卯月が雅臣に話しかけてくることは一度もなく、そのままふたりは小学校を卒業して別々の学生時代を過ごした。

十年の間に雅臣が卯月のことを思い出すことは何度かあったが、雅臣はそのたびにすぐ忘れるようにしていた。

そうして、誠に出会い、恋をして。

卯月のことはずっと忘れていて、忘れたつもりでいて。

でも本当は、初めて発情期（ヒート）を迎えたときも、誠に告白されたときも、雅臣の脳裏には『お前が好きだ』と言ったときの卯月の顔がよぎっていた。

けれども、心が乱されたのはほんの一瞬だけ。

きっと、卯月は夢から覚めたように雅臣のことなんて忘れて、ちゃんとふさわしい相手に恋をしている。美しくて、優しくて、ちゃんと家族に愛されていて、卯月のことを心から幸せにできる特別なひとが、彼の傍にいる。そうに決まっている。

今もまだ雅臣を好きだなんて、そんなことはあるはずがないのだと、そう思っていた。

▽　▽　▽

全身が熱い。汗で肌に衣服が張り付くのが気持ち悪くて身動(みじろ)ぐと、かすかに衣擦れの音がした。

雅臣はうっすらと目を開く。眩(まぶ)しい視界のなか、白い天井とシャンデリアのような豪華な照明がぼんやりと認識できた。

口からハァ、とやけに熱を持った吐息が零(こぼ)れる。

「目ぇ覚めたのか？」

すぐ傍から聞こえた声に視線を動かすと、ベッドの縁に腰掛けた卯月が雅臣を見下ろしていた。

その顔に、あの日の卯月が重なる。

お前が好きだと言った、寂しげで、愛おしさに満ちた、あのときの瞳。

雅臣は寝ぼけ眼(まなこ)のまま引き寄せられるように手を伸ばし、卯月の指通りのいいサラサラとした黒髪に触れる。

卯月は驚いたのか軽く息を呑んだが、そのまま雅臣の好きにさせてくれた。

「まだ俺が好きなのか……？」

「……じゃなきゃここまでするかよ」

そんなはずはないだろうと思いながら口にした問いに、予想外にも肯定と取れる言葉を返されて、雅臣は閉口した。

十年も前の幼少期の恋を未だに大事に抱えているなんて——それも、あの卯月総真が、この悠木雅臣に。

雅臣の唇に自嘲的な笑みが浮かぶ。

どうかしている。もし雅臣が卯月だったら、絶対に雅臣なんて好きにならない。

どれでもお好きなものをお選びください、と色取り取りの宝石が並べられた宝石箱を差し出されたにもかかわらず、わざわざしゃがみ込んで道端の石ころを拾い上げるくらい馬鹿げた話だ。

あり得ない。そう言って笑ってやりたいのに、言葉は出てこなかった。

目の奥が熱くて、視界が歪む。

あのとき——卯月が雅臣に好きだと言ってくれたとき、本当は少しうれしかったのだと思う。親にも愛してもらえなかった大嫌いな自分を好きだと言ってくれるひとがいて。釣り合ってなくても、運命じゃなくても、それでも。

「……ほんと、は」

「うん」

「お前が優しいやつだって、わかってた。俺のこと、好きだって言ってくれて、嫌じゃなかった。だけど、だけど……」

まだ夢のなかにいるような感覚のまま、雅臣は掠れた声で懸命に言葉を紡いだ。今伝えなければ、これから先も伝えられない気がした。

「俺は、お前に好きになってもらえるような人間じゃないから……みんな不釣り合いだって、身の程知らずだって言ったけど、そんなこと、俺自身が一番思ってた。俺はずっと、お前が羨ましくて……妬ましくて、そんな自分が、嫌いで堪らなかった……運命でもない、親にも捨てられた失敗作の俺に、なんでお前がそんなにこだわるのか、今でもわからない……」

卯月の顔を見られず、片手で顔を覆い隠す。

アルファに産まれたかった。卯月みたいな、上級の、完璧なアルファに。

憧れていた。手を伸ばせばなんでも手に入る卯月が羨ましかった。両親に、周りのひとに愛されている卯月が妬ましかった。

そんなことを思う自分がいっそう醜く思えて、嫌いで、苦しくて。

それなのに、卯月が自分を好きだなどと言い出すから、訳がわからなかった。

雅臣が途切れ途切れに紡いだ言葉を、卯月は黙って聞いていた。そして、短い沈黙のあと、大きなため息をつく。

「お前ってやつは……いつまでそんなこと気にしてんだよ。俺もお前も、もうガキじゃねぇんだぞ」

ベッドの上に乗ってきた卯月が、馬乗りになって雅臣を見下ろした。

部屋に満ちていた花の香りに気付くと同時に、カッと今までよりも強い熱が全身に広がり、一気に呼吸が苦しくなる。

どくりどくりと心臓の音がうるさい。服越しに触れ合った肌がピリピリと痺れるような、不思議な感覚がした。

「はっ、あ、あ……」

「大体、俺に不釣り合いかどうかは俺が決めることだろ。俺がお前を好きだって言ってんだから、俺に釣り合うのはお前しかいねぇんだよ。あと、もう二度と自分のこと失敗作とか言うな」

「ま、まって……は、あッ……なんか変だ……っ」

「もう待てねぇよ。こっちは十年も大人しくしてたんだぞ。……その間にお前は、他の男と婚約までしてたけどな」

「し、しらないッ、あっ、おれ……いやだ、あっ……ンッ」

　突然頭を押さえつけられ、奪うように深く口付けられた。卯月の舌が傍若無人に雅臣の口内を舐め回し、その舌を搦めとる。角度を変えながら強く舌を吸われるたび、脳がとろけそうなほど気持ちが良くて、下腹部のあたりがきゅうっと収縮するように疼いた。

　それから、数十秒後なのか数分後なのか、それすらわからなくなった頃、ようやく名残惜しげに口付けが解かれる。

　注ぎ込まれた無性に甘く感じる唾液を呑み下すと、潤んだ視界の向こう、卯月の喉もゴクリと上下する。

　卯月はうっとりと目を細めた。

「めちゃくちゃ甘ぇな……」

「はっ、ぁあ……や、やめ」

「そんなトロ顔で言われても説得力ねぇよ」

ククッと笑った卯月が雅臣の耳元に唇を寄せた。

「お前だってわかってんだろ。発情期（ヒート）のオメガはアルファを拒めないって」

発情期（ヒート）――朦朧（もうろう）としていた頭に届いた言葉に、火照（ほて）っていた雅臣の顔が一瞬でサッと青ざめた。

三ヶ月に一度が一般的とされる発情期（ヒート）が前回来たのは、二ヶ月前。周期はさほど安定していなかったが、遅れることがあっても早まることは一度もなかったため油断していた。

確かに、この熱さも体の昂（たかぶ）りも発情期（ヒート）特有のそれに違いなく、今の今までなぜ気付かなかったのかが不思議なくらいだ。

そして、先ほどから香っていた甘い花の匂いが卯月のアルファのフェロモンなのだと気付いた瞬間、息を吸い込むだけで頭のなかがとろとろと溶けていくような、初めての感覚に落ちていく。

頭ではダメだとわかっているのに、体に力が入らない。這うように体を撫でる卯月の手を押し返すこともできず、雅臣はただ喉を震わせて幼子のように卯月に縋（すが）り付いた。

「ッ……ま、まて、だめ……ダメだ……」

「よしよし、もう大丈夫だからな。薬が効きにくい体質なのに、今までひとりで耐えてつらかったよな。これからはずーっと、俺が助けてやるから――二度と他の男に尻尾振るんじゃねぇぞ」

「ひっ！」

途中までの砂糖菓子のように甘ったるい声色を一変させ、最後は低い囁（ささや）きとともに、卯月はシャツの裾から忍び込ませた指先で雅臣の下腹部を強く押した。

腹の内側が感じたこともないような快感で痺(しび)れ、投げ出された足の爪先(つまさき)がキュッと丸まる。

「ここにたっぷり中出ししてやるから、一緒に気持ち良くなろうな？」

そう言って邪気のない顔で笑った卯月は、子どもの頃と同じように天使みたいに綺麗だった。


弱々しい抵抗も虚(むな)しく、ゆったりとした手つきでシャツを脱がされる。

オメガらしくない厚みのある上半身を見られるのが嫌で雅臣は身を捩(よじ)ったが、腰の上で馬乗りになっている卯月の視線から逃れる術(すべ)などなかった。

晒(さら)された素肌にうっとりと目を細めた卯月の手が、雅臣の上半身の輪郭をそっとなぞる。そうして、当然のように雅臣の胸に触れた。

「んっ」

「見た目よりやわらけぇな」

わずかに隆起しただけの胸筋を両手で優しく揉まれる。女性のような丸い膨らみも柔らかさもない平らなそこだが、卯月はひどく楽しそうだった。

「っ、そこは……」

「嫌か？」

「ンッ、や、ぁ」

卯月の指が雅臣の乳首をキュッと摘(つま)み、指の腹でこねくり回すように弄(もてあそ)んだ。痛みよりも、ヒリヒリと痺(しび)れるような快感に目が潤(うる)む。

全身が、特に下腹部が熱い。まだ触れられてすらいない後孔の奥からじわりと愛液が滲み出すのがわかって、雅臣は動揺した。

こんなことは良くないと理性が訴えても、雅臣のオメガの本能はそれを受け入れてくれない。卯月から香る甘い匂いが、雅臣の頭のなかも体の内側もすべてどろどろに溶かしてしまう。

理性が本能に塗り潰されていく――それが、恐ろしくて、なのに心地よくて、雅臣の視界が涙で歪んだ。

「や、も、ダメだ……ほんとに、もう……ああッ」

卯月を押しのけようとなんとか伸ばした手を掴まれ、今度は散々弄られて赤く尖った乳首に顔を寄せられた。舌でねぶられたあとに唇で吸い付かれ、軽く歯を立てられる。

「んッ……あっ、やめッ……んあっ、あ、あ……！」

「乳首いじめられるの好きなんだな……かわいい」

「ちがっ……」

「こんなに硬くしといてなにが違うんだよ」

「ッ」

服の上から、完全に勃起してしまっている性器を掴まれ、扱くような手つきでゆっくりと擦られた。痺れるような快感に目が眩む。

「ひッ……だ、だめ、本当にっ……」

「イっちゃいそう？」

「イっちゃうっ、イっちゃうから……！」

雅臣がそう叫んだ瞬間、卯月の手の動きが速まり、もう片方の手で服越しに亀頭をぐりぐりと押し潰した。

「ッ、あ……あっ、あああぁ……ッ！」

腰をビクビクと震わせ、そのまま下着のなかに射精してしまった。突然の感覚に呆然となり、雅臣はしばらく動くことができなかった。

その間に、卯月の手によってズボンと下着を一気に脱がされる。

そして、濡れた性器を今度は直に触れられた。

オメガにしては大きなそれも雅臣にとってはコンプレックスのひとつだったが、卯月がそれを気にしている様子はない。しげしげと眺めながら、硬さを失った性器の感触を手のなかで楽しんでいるようだった。

「……ああ、こっちも触ってやらなきゃな」

膝を押され、強引に足を開かされると、期待にひくつく後孔から蜜があふれた。

卯月の指がゆっくりと縁をなぞり、別の指で濡れた窄(すぼ)まりを軽くつつく。

「んっ……あ、やっ……だめ、だめだから……」

「すっげぇ濡れてる。ちょっと触っただけで穴クパクパさせて……ほら、簡単に入ってく……」

「あっ、あ、んあぁ……ッ」

恍惚(こうこつ)とした表情を浮かべながら、卯月は指先を雅臣の後孔につぷりと挿(さ)し込んだ。

そのままなんの抵抗もなく、長い指が根元まで収まってしまう。

拒まなければとわかっているのに体が思い通りにならず、口から出る拒絶の言葉ですら単なる甘い嬌声にしかならない。

そもそも、本当に拒まなければいけないのか、雅臣にはわからなくなっていた。

こんなに気持ち良くて、心地よくて堪らないのに、どうして拒まなければいけないのか——そんな雅臣の葛藤を無視して、後孔はうれしそうに卯月の指を締め付け、咀嚼するように蠢く。

卯月は自身の指を咥え込むそこを見て楽しそうに笑い、ナカをかき混ぜるようにゆっくりと指を動かした。

「んっ……はぁ、あ、ああ……」

「……トロトロで、俺の指にきゅうきゅう絡み付いてくる……もう一本増やすな」

「やっ、あ……ッあ！」

あっという間に増やされた二本の指で、熱くとろけたナカを探るように掻き回される。

ひとりで発情期を過ごしたときも、薬では抑えきれず自身の指でナカを弄ったことは何度かあったが、それとは比べものにならないほど強い快感だった。

「っんあ！」

「ここ、好きなんだ？」

「ひっ！　あッ、んんっ……ッあ、あぁぁ！」

ある箇所に卯月の指が触れた瞬間、雅臣の喉から一際高い嬌声が漏れた。

それを聞いた卯月はニヤリと笑い、そこを二本の指でグリグリと押し潰すように何度も刺激する。

「前立腺ってそんな気持ちいいんだな。このまま指だけでイケそう？」

「やっ、んあッ、ひぅッ、あっ、やぁ……ッ」

雅臣はふるふると首を振ったが、卯月は意地の悪い顔をしたまま雅臣の前立腺を攻め立て続ける。

やがて雅臣の腰がびくりと跳ね、再び硬く勃ち上がっていた性器からとろとろと白濁混じりの透明な液体があふれた。

「あッ、ああッ、はっ、あ、んぁ……ふ……あ、あ……はぁ……」

軽くイかされた状態でゆっくりと指を抜かれる。

とろけた目をした雅臣があとを引く快感に体を震わせているうちに、卯月は服を脱ぎはじめた。

興奮しているのか、ジャケットもシャツも投げつけるようにベッドの下に放っている。

しなやかな筋肉を纏（まと）ったその肉体は、彫刻のように美しかった。割れた腹筋や硬そうな二の腕を見れば、しっかりと体を鍛えているのがわかる。端麗な顔と同様、無駄なもののない完璧な体だ。

思いがけず雅臣も見惚れたが、すぐにそれ以上の衝撃に目を見開く。

「……や、やだ」

「雅臣、大丈夫だから」

「むり、むりだから……やっ」

卯月は少し困ったような顔をした。その表情はどこか幼かったが、そのずっと下に生えている凶器はまったくもって幼くない。

オメガにしては大きいと言われる雅臣の性器よりも二回り以上大きく見えた。子どもの腕くらいあるのではないだろうか。

高校生のとき、アルファの彼氏と経験ずみだった同級生が「アルファのアレは馬並み」なんて言っていたが、雅臣は信じていなかった。笑っていた他の同級生たちもそうだったと思う。

だって、こんなの無理だ。入るはずがない。いくらオメガが孕む性だと揶揄される存在だとしても限度がある。

「……本当に無理？」

「ひッ……！」

わざとらしく眉を下げて笑った卯月が、雅臣の下腹部を指の腹でトントンと叩いた。

下腹部が――子宮がキュンと痺れて、後孔からとぷりと愛液が零れ落ちる。

無理だと思ったのは本当だ。

しかし、卯月の勃ち上がった性器を見た瞬間に子宮が疼き、口内に唾液があふれたのも事実だった。理性や感情とは別の、本能と呼ぶべき欲望が卯月を――アルファを求めている。その長大な性器に突かれて、種付けされたいと望んでいる。

「っあ、あ……」

「わかるか？　ちょっと先っぽ当てただけなのに、お前の方から欲しがって、吸い付いてきてる」

「ちがっ……あッ、ま、まって！」

「もう待てねぇよ。十年待ったんだ」

大きく足を開かされ、後孔に押し当てられた性器の先端がズルリと雅臣のナカに入り込んできた。熱を持った大きなそれが、ゆっくりと肉壁を押し広げながら、迷いなく奥へと進んでいく。

「ッは、あっ！　あぁッ……は、あ、ああっ……」

「ははッ、入れられただけでところてんとかエロすぎ……」

自分でも気付かぬうちに、雅臣の性器からとぷとぷと精液があふれていた。

勢いのない射精を卯月が愛おしそうに見つめている。

「ふっ……はぁ、あ、ああっ……」

あんなに大きなものが、痛みも苦しさもなく、ずぶずぶと奥へ入っていく。あるのはとろけそうな快感と多幸感だけだった。

頭がおかしくなりそうなくらい気持ちがいい——いや、もうおかしくなっているのだろうか。

雅臣は震える声で小さく喘（あえ）いだ。

「んっ、あっ、だめ、とけちゃう……」

「ダメじゃねーだろ、そんなやらしい顔して……ッ」

「ッや、動いたら……あっ、ンッ……おっきいの、だめ……おく、あ、ああッ、ん……」

「おっきいので奥突かれるの気持ちいい？」

「あっ、ああっ……きもちい、きもちいいからっ……」

「お前、発情期（ヒート）だとそんな風になっちゃうんだな……すっげぇかわいい……もっといっぱい気持ち良くしてやるからな」

「やっ、あ！　んッ、ああ！」

深くまでハメられた性器で、小刻みに何度も奥を突かれる。みっちりと後孔を満たす性器が動くたび、浅い部分にある前立腺も刺激されるという二重の快感に、雅臣はどうにかなりそうだった。

上体を倒してきた卯月が触れるだけのキスをして、雅臣に微笑む。

「なあ、鍵は？」

――鍵？

卯月の言葉の意味がわからず、雅臣は喘ぎ声を零しながら眉を寄せた。

家の鍵ならズボンのポケットに入っているはずだが、今そんなものを卯月が欲しがるとは思えない。しかし、それ以外に鍵なんて思いつかなかった。

答えないでいると、優しく奥を突いていた性器が突然ズルリと引き抜かれてしまった。

後孔が物欲しげにヒクつく。

「っ、あ……なんで……」

「そんな泣きそうな顔すんなよ。またすぐ挿れてやるから」

まだ射精していない卯月の雄は当然勃ち上がったままで、雅臣の愛液で濡れてテラテラと光沢を帯びていた。

あれが欲しい。また奥まで入れて、突き上げて、めちゃくちゃにしてほしい。

本当はダメなのに、浮き上がった血管すら愛おしくて、雅臣はどうしようもない自分の劣情に泣きたくなった。

そんな雅臣の様子を満足げに見下ろした卯月は、仰向けだった雅臣の体をうつ伏せにひっくり返す。それから、体を密着させるようにその上に重なった。

雅臣が首だけで背後を振り返ると、すぐ近くに卯月の整った顔があり、目が合うと啄むようなキスをされる。

「ん……卯月……」

「卯月じゃなくて総真って呼べよ」

「……そうま？　……あ、っん」

キスをしながら、尻の割れ目に卯月の硬い性器が擦り付けられる。先ほどナカを突き上げていたときよりも大きなストロークだが、物欲しげに収縮を繰り返す後孔を掠めることはあっても、内側に入ってくる気配はない。

「それ、やだ、なんで……」

「んー？　やなの？」

「またすぐ挿れてくれるって、言った……」

涙目で恨めしげに睨むが、卯月はニヤニヤと意地悪く笑ったままだ。

「ああ、これ？」

「あッ」

ズチュッと生々しい音を立てて、亀頭だけがナカに入ってくる。しかし、それ以上奥に進むことはなくあっさりと引き抜かれ、また亀頭だけがナカに入れられるのを繰り返した。

カリの部分で後孔の縁を引っかけながら抜き取られるのが気持ちいい。だが、前立腺を擦（こす）られながら奥を優しく突かれる快感を知る今の雅臣は、それだけでは物足りなくなってしまっていた。

「う、なんで……」

「泣くなよ、かわいいな」

伸ばした舌で零（こぼ）れ落ちそうな涙を舐め取り、雅臣のこめかみにキスをした卯月が耳元でそっと囁（ささや）く。

「さっきみたいにしてほしいの？　それとも、さっきよりも激しく？　俺ので雅臣のナカ、めちゃくちゃにしていい？」

雅臣は枕に顔を押し付けて何度も頷いた。

もう完全に、発情期（ヒート）で頭がおかしくなっている。恋人でもない男の、アルファの性器にめちゃくちゃに犯されたい――それしか考えられなかった。

「じゃあ、鍵は？」

卯月の指がとんとんと雅臣の首のチョーカーを叩いた。

そこでようやく雅臣は、卯月の言う『鍵』の意味を理解した。

一見ただの黒革でできているように見えるチョーカーは、実は刃物などでも切れない特殊な素材で作られている。外すためには、結合部分にある金属の錠を開ける必要があった。

「ここ、噛ませて？」

甘えるような声で囁（ささや）いて、卯月がチョーカーにキスを落とす。

ドクリ、と雅臣の心臓が嫌な音を立てた。それと同時に、チョーカーに覆われた項がずくりと疼いた気がする。

ふわふわとした高揚感のなか、それでも雅臣はキュッと口を引き結んだ。

セックスをすることはもう完全に受け入れてしまっている状況だが、番になるのはダメだ。オメガにとって番とは、こんな衝動的に決めていいものではない。

なけなしの理性を振り絞って、雅臣は小さく首を横に振る。

「だ、だめ……」

「……だめ？　じゃあもうこれいらない？　抜いていい？」

「や、やだ……まって……っ」

腰を引こうとする卯月の亀頭が出て行ってしまわないよう後孔を締めたが、そんな努力も虚しく生々しい音とともに卯月の性器が抜かれてしまう。

「あ……う……、なんで……」

「ふーん、俺と番にはなりたくないけど、セックスはしたいんだ？」

「だって、だって……」

番契約は、書類上の婚姻よりも重い魂の契約だ。

オメガの本能に支配された今の雅臣でも、それは忘れていなかった。

複数のオメガを番にできるアルファとは違い、オメガは生涯でたったひとりのアルファとしか番えない。おまけに、番を得たオメガのフェロモンはその番のアルファしか感じ取れなくなる上、オメガは番以外との性的接触に強い嫌悪感と拒絶反応を示すようになる。

オメガにとって番は唯一無二の存在だ。

しかし、その番に捨てられたオメガが精神的に不安定になり自死するニュースは日常茶飯事だった。だからこそ、フリーのオメガはみな項にチョーカーやネックカバーを着けている。

番選びは、オメガにとって人生を左右する重要な選択だ。アルファの卯月だってそれを知らない訳ではないだろうに、彼はちっとも諦める気配を見せずに薄く笑う。

「ダメとは言うけど『ない』とは言わないってことは、お前今鍵持ってるんだ？」

「……も、もってない」

「うそつき」

「んっ……」

甘ったるく囁いた卯月が、楽しげに雅臣の耳を甘噛みする。

雅臣は自分の馬鹿さ加減に泣きたくなった。

項を守るためのチョーカーの鍵はオメガにとって非常に大事なものだが、オメガのなかには鍵を身につけて持ち歩いている者も一定数いる。突発的に出会う運命の番に憧れているだとか、大切なものだから常に手元に置いておきたいだとか、理由は様々だ。

かくいう雅臣も誠と交際をはじめてから、誠と会うときには鍵を持ち歩くようにしていた。もしなにかの気まぐれでも、誠が雅臣を番にしてもいいと言ってくれたときにすぐ応えるためだ。

だが、この三年半の間にそんなことは一度もなく、ここ最近はただの惰性になりつつあった。

まさか、その惰性が原因でこんな状況に追い込まれるとは——雅臣は目の前の枕にギュッとしがみつく。

チョーカーの鍵を首からぶら下げていたり、平然とキーケースに付けていたりするオメガたちを見て不用心だと心配していたはずが、今では自分がこのざまだ。

そう自嘲する雅臣の耳を食(は)んでいた唇が離れ、代わりに幼子にかけるような甘く柔らかな声が吹き込まれる。

「俺のこと嫌い？」

「……きらいじゃない、けど……」

「番(つがい)になるのは怖い？」

雅臣は枕に顔を埋(うず)めてこくりと頷いた。

好きとか嫌いとかそういう問題じゃなかった。一生でただひとりの相手を、こんな簡単に決めていいはずがないのだ。

卯月が雅臣を好きだとしても、なぜ卯月がこんなにも性急にことを進めようとするのか、雅臣にはわからない。番(つがい)になるかどうかなんて、発情期(ヒート)が終わってから話し合えばいいことで、雅臣だってそれなら——……いや、どうだろう。

素面(しらふ)の自分が卯月と番(つがい)になることを受け入れる図が、雅臣にはどうにも想像できなかった。家に籠城したり、パスポートを持って国外に逃げ出す自分の姿の方がよほど容易(たやす)く浮かんでしまう。それだけ、卯月は雅臣にとって遠い男だった。

見透かされているのだろうか。ここで逃したら、また雅臣は逃げ出すと――

そんな雅臣の焦燥を知ってか知らずか、卯月は宥めるように雅臣の髪を撫でた。それがどうにも心地よくて、雅臣の口から、はあ、と熱い吐息が零れる。

「雅臣、聞いて」

肩越しに雅臣の顔を覗き込んできた卯月と目が合った。穏やかで、それでいて欲情を隠しきれないその視線に、雅臣は目を逸らせなくなる。

卯月は確かに笑っているのに、瞳だけは笑っていなかった。長いまつ毛に縁取られた卯月の目が、真っ直ぐに雅臣を射貫く。

花の香りが、先ほどよりも強く香った。

「突然こんなことになって、お前からしてみたら訳わかんないよな。でも、この十年、俺はずっとお前が好きだった。忘れられなかった。諦めきれなかった。……お前があのクズと婚約してるって知ったときは、腸が煮え繰り返りそうだった」

「やめて、やめてくれ……」

「愛してるよ。もうどこにも行かないで、俺のものになって。一生大切にする」

「っ……ずるい、ずるいよ……」

言葉だけで脳みそがとろけそうだった。心臓がばくばくと音を立てて、触れ合った肌から燃えるような熱が全身に広がっていく。

雅臣の尻の上に押し付けられたままの性器がドクドクと脈打ち、誘うように擦り付けられた。

——これが欲しい。さっきみたいにナカに挿れて、たくさん突いてほしい……だけど、卯月の番（つがい）になるのは怖い。

ひっく、と雅臣の喉から嗚咽（おえつ）が漏れる。

「おれ、なんにもない……お前になんにもやれない……お前にふさわしくない……」

「まーだそんなこと言ってんのか、ばか」

馬鹿なのは卯月の方だ。運命でもない、親に捨てられ、婚約者にも失敗作だと笑われていたオメガを番（つがい）にしようなんて物好きが過ぎる。

「ぜったい、後悔する……」

「しない」

「する」

「しないって。ほんと面倒くせぇやつだな」

面倒くさいと言いつつも、その声は柔らかな愛情に満ちていた。

呆れたように笑いながら、卯月は雅臣の肩や背中をかぷかぷと甘噛みする。そのたび、雅臣の体が快感と期待に震えた。

卯月のすることなすことすべてが心地よくて、苦しい。

雅臣のなかのオメガの本能が、自制しようとする理性を責め、食い尽くしていく。

ずっと番（つがい）が欲しかったんじゃないのか。発情期（ヒート）のときに傍にいて、自分を愛してくれるアルファを求めていたんじゃないのか。

雅臣が愛した男は、雅臣を愛してはくれなかった。番にしてほしいとチョーカーの鍵を渡しても、いつも言い訳を連ねて、苦しむ雅臣を置いて出て行った。

けれど、卯月は雅臣を愛していると言う。雅臣と番になりたいと望んでいる。

『お前は俺の番になるんだから』

幼い頃、当然のようにそう言い切った卯月の顔が唐突に思い浮かぶ。傲慢で、生意気で、なんの迷いもなく雅臣の手を引っ張った、少年の頃の卯月総真。

あの頃から卯月の望んでいることはずっと変わっていないのだと思うと、なんだか不思議な気分になった。

頭のなかはぐちゃぐちゃで、全身はとろけそうなほど熱い。雅臣を包み込むような卯月の花の香りが、どうしようもなく愛おしくて仕方がなかった。

もう、限界だった。

「こ、ども……」

「子ども？」

「オメガでも、大事に育ててくれる……？」

「当たり前だろ」

迷いなく言い切った卯月の返答に、強張っていた体の力が抜けていく。

その当たり前を、雅臣の両親はしてくれなかった。優しかった母はオメガだとわかった途端に雅臣を拒み、もともと冷たかった父は容赦なく雅臣を捨てた。そんな雅臣を、たくさんのひとが見下して、馬鹿にした。

――もういいじゃないか。

みんながいらないと言った雅臣を、それでも欲しいと言うのだから、全部くれてやればいい。

あの日、空き教室で見た卯月の笑顔が瞼の裏によみがえる。

当時たった十二歳だった卯月は、真摯な瞳で『お前が好きだ』と雅臣に言ってくれた。そしてあの一方的な約束通り、彼は十年たって雅臣を迎えに来たのだ。

「……財布の、お守りのなか」

雅臣がぽつりと呟くと、即座に上体を起こした卯月は手を伸ばし、床に落ちていた雅臣のズボンを拾い上げた。荒々しく財布のなかを探ってお守りを見つけると、そのなかから小さな鍵を取り出す。

お守りは、チョーカーと鍵をオーダーメイドで作った十三歳の春に、祖母が用意してくれたものだった。

『雅臣のことを一番大切にしてくれるひとに渡しなさい』

祖母の言いつけを守れているのかどうか、今はまだわからない。それでも、卯月が雅臣を愛していることと、誠がそうでなかったことは確かだ。

鍵を掴んだ卯月の手が、興奮からかかすかに震えているように見えた。

そっと雅臣の首に手が添えられ、ゆっくりとチョーカーが外される。熱を持っていた項が外気に晒され、雅臣の体がぶるりと震えた。

「雅臣……ありがとな」

吐息交じりのうっとりとした声で告げた卯月が、雅臣の項にキスを落とし、熱い舌を這わす。

恐怖はもうなかった。

「ッ――――あッ、あ、あぁあああぁ…！　はっ、あ、あ……ふっ、あ、あぁ……っ」

獲物を仕留めるときの肉食獣のような勢いで、項に卯月の歯が食い込んだ。

雅臣の口から悲鳴のような叫びがあふれると同時に、頭の天辺から足の爪先まで、雅臣の全身を得体の知れないなにかがゾクゾクと駆け巡り、目の奥で光が星のように散らばっていく。

番になった。

卯月だけのオメガになった。

うれしくて、幸せで、涙があふれる。先ほどまであんなに迷っていた自分が信じられないほど、空っぽだった雅臣の心が満たされていく。

「……ッあ、あああぁあっ」

その直後、卯月の硬く大きな性器が、一気に雅臣の後孔の奥まで挿入された。息の詰まるような苦しさはほんの一瞬で、自分のナカを満たす雄が愛おしくて雅臣の瞳がとろんと溶ける。

「は、あ、あぁ……」

「雅臣、俺の、俺だけの……っ」

「あっ、んぁ……あっ、あああッ」

息をつく間もなく、ガツガツと激しく腰を打ち付けられた。ナカから抜けてしまいそうなほど腰を引いたかと思うと、またすぐに奥を抉るように突き上げる。それを何度も何度も繰り返された。

奥を突かれるたび、ナカが痙攣するように震えて卯月の性器に絡み付く。腰が砕けそうな快感に、雅臣は媚びるような甘えた声が止まらなくなっていた。

「ひっ、あ、あッ、そうま……！」

「んッ……気持ちいい？」

「んっ……は、あ、あぁ……きもちい……っ」

雅臣の喘ぎ声と、ずちゅずちゅといやらしい水音が部屋中に響く。

気持ちが良すぎて、ベッドのシーツにしがみ付いて意識を保っているのがやっとだった。背後の卯月に血の滲む項を舐められるたび、ヒリヒリとした痛みが走ったが、それすら気持ち良くて仕方ないのだからもうどうしようもない。

「このまま中出しするからな。お腹のなか、俺の精液でいっぱいになるのうれしいだろ？」

「う、うれしい……、っあ、ん、ぁあ、だして、いっぱいにして……」

「かわいいな……頭のなかもとろとろになっちゃった？」

顎を掴まれ、深いキスをされる。同時に、後孔の奥を突き上げた卯月の性器がいっそう大きく膨らんだような気がした。

「――んっ、あ、ああっ……んッ」

注がれている熱く濃い精液が雅臣の内側を白く汚していくのが、怖いくらいにわかった。それをもっともっとと強請るように、ナカが別の生き物ではないかと思うほど勝手に蠢く。浮き出た血管の筋すら感じ取れるほどぴったりと咥え込んで、愛おしげに卯月の性器をきゅうきゅうと締め付けていた。ビュクビュクと精液が吐き出されるたびに子宮がキュンと疼き、雅臣の体がびくりと跳ねる。

「あっ、あっ……」

「やべぇ、射精とまんねぇ……」

雅臣の肩に顔を埋めた卯月は、フーフーと熱い息を吐いて呼吸を落ち着けようとしているようだった。

雅臣の性器は柔らかいまま、時折ふるりと震えて蜜を零すだけなのに、射精したときよりも遥かに強い絶頂が雅臣を襲う。

発情期中のアルファの射精が長く続くことは知識として知っていたが、受けとめるオメガ側の絶頂がこんなにも激しいとは知らなかった。

脳がとろけそうな快感に、雅臣の瞳からぼろぼろと涙が零れ落ちた。

「ふ、あ……やだッ……ずっと、ずっとイってる……こ、こわい、きもちいいの、こわいよ……」

「そんな泣かなくてもいいだろ？　俺の種付けがうれしくてずっと雌イキしてるだけだから怖くないよ。いっぱい気持ち良くなっていいからな」

「ひぅ……あ、んっ、そうま、そうまぁ……」

「よしよし、初めてなのにちゃんと雌イキできて偉いな。エロくてめちゃくちゃかわいいよ」

甘やかすような口調で囁かれる淫猥な言葉も、雅臣のとろけた脳と体は快感として受け取ってしまうのか、いっそうれしそうに卯月の雄を締め付けた。

終わらない絶頂に体をビクつかせる雅臣の髪を宥めるように撫でながら、卯月は雅臣の涙を舐め取っていく。それから、くたりと力の抜けた雅臣の体を背後から抱き締め、何度も項にキスを落とす。

卯月の射精が終わったのはそれから十数分後のことで、その頃には雅臣は完全に気を失っていた。

◇　◇　◇

長い長い射精が終わって、総真は雅臣の後孔からゆっくりと性器を抜き取った。

だいぶ前に気をやった体はぶるりと震え、閉じきらない後孔からはとろりと大量の精液があふれ出したが、雅臣が目を覚ます気配はない。

なかに残った精液を指で掻き出し、あらかた後処理を終えたあと、総真は雅臣を抱きかかえて隣の清潔なベッドへと移動する。

横たえた雅臣の隣に寝そべった総真は、まだ涙の痕の残る雅臣の寝顔をじっと見つめた。

派手さはないが目鼻立ちは整っており、高い身長と柔和な雰囲気も相まって、女に好かれそうな男へと成長していた。片桐の言っていた『中高生時代オメガから人気だった』という話もきっと嘘ではないのだろう。

オメガらしい中性的な魅力もなければ、幼い頃の華奢で小柄な体躯も今はない。それでも、総真にとって雅臣は今も変わらず特別だった。

雅臣が自身の大きな体にコンプレックスを抱いているのは、昨日だけで十分理解したつもりだ。けれども、総真にとってそんなことはどうでも良かった。実際、久しぶりに対面したときも、嫌だとかガッカリしたとかそういう感情は一切なかった。

高い身長も、厚みのある体も、すべて雅臣のものであるというだけで、ただただ愛おしくて仕方ない。むしろ、男らしい体付きで子どものように甘えてくる雅臣のアンバランスさに、総真はどうしようもなく劣情を掻き立てられた。

発情期のときに我を忘れて乱れてしまうオメガは割と多い。目の前に番のアルファがいる場合は尚更だ。

どこか幼い態度で甘え、恥ずかしそうにセックスをねだっていた雅臣もまさしくそうなのだろう。羞恥心やプライドなんて二の次で、番とのセックスのことしか考えられなくなっていた。

ただ、いつもと違う自分に戸惑っているのは雅臣だけではない。総真だって、雅臣と番になってからずっとおかしかった。

アルファの本能に、初めての本格的な発情期に心も体も支配されて、凶暴とも呼べる欲情を持て余している。

――優しくしたい。ひどくしたい。俺で全部満たして、俺なしでは生きていけなくなるくらいめちゃくちゃにしてやりたい。

決して本人に伝えることのできない歪んだ欲望に苦笑しながら、総真は雅臣の額にキスを落とした。そして、静かに視線だけを上げる。

ベッドサイドテーブルに置いてある時計を見ると、雅臣と再会してからまだ数時間しかたっていなかった。

明日になれば、雅臣の婚約者——いや、元婚約者のクズ男が家から叩き出されるだろう。必要な準備はもうすべてすませてある。あとは総真にも雅臣にも関係のないところで、あのクズがひとり転げ落ちていくのを楽しむだけだ。

雅臣が見ていないのをいいことに、総真の口元に歪んだ笑みが浮かぶ。

神田誠のことは総真も知っていた。株である程度の金を稼げるようになった数年前から、雅臣の身辺についてはひとを雇って調べさせていたからだ。

そして、調べさせていたからこそ、神田誠が雅臣と交際していることに三ヶ月前まで気付けなかった。

発情期で苦しむオメガの恋人をひとりにして、他の女とホテルに行くアルファなんているはずがない……そう考えていた総真の予想は半分裏切られ、しかし半分は当たっていた。

神田誠はずっと雅臣と周囲の人間を騙していた。雅臣を愛する資格もなければ、雅臣に愛される価値もない男だった。

だからこそ、あの男の目に留まってしまったのだろうが——

薄暗い室内は、濃厚な精の香りと、雅臣のメープルシロップのような甘いフェロモンの香りで満たされている。後者は、もう総真以外の誰にも感じ取ることのできない特別な香りだ。

うっとりと微笑んだ総真は横で眠る雅臣の体を抱き寄せ、まだ血の滲(にじ)む項(うなじ)の噛み痕にそっと唇を寄せる。

愛おしくて、うれしくて、堪(たま)らない。

雅臣に恋をしたときから、総真の愛も欲望もすべてが雅臣のものだ。

▽▽▽

初めて雅臣に出会ったときのことは、正直あまりよく覚えていない。途中から幼稚園に入ってきて、気付けばいつも隅っこの方でひとり絵本を読んでいる暗いやつ――その程度の認識しかなかった。

そんな、雅臣に大した興味もない総真だったが、ある日の昼下がり、ちょっとした事件が起きる。

「せんせー、あいついないよ」

「え？　誰のこと？」

「悠木雅臣」

総真は園児たちと一緒に絵を描いていた保育士の袖を引いて、いつも雅臣がいるはずの場所を指差す。

保育士はあたりを見回し、雅臣の姿が見えないことを確認すると、途端に表情を曇らせた。

「どこに行ったのかしら……総真くんが気付いたのはいつ？」

「二十分くらい前。トイレにもいなかった」

そう答えてから、総真は天井にぶら下がる監視カメラを見上げる。

裕福な家の子どもが多く通うこの幼稚園のセキュリティレベルは、かなり高い。出入り口には警備員が複数人立っており、園を囲む壁と柵の高さもなかなかのものだ。その上、なかにも外にもあちこちに監視カメラが取り付けられているのだから、誰にも気付かれず部外者が外から入ってくるのも、園児が勝手に外に出るのも、ほぼ不可能と考えていいだろう。

犯罪に巻き込まれた可能性はかなり低い。だからこそ、いつもひとりで部屋の隅にいる雅臣の姿が見えないのは不可解だった。最初はトイレにでも行ったのかと思っていたが、二十分ほどたっても姿がなく、念のためにと確認しに行ったトイレにも雅臣はいなかった。

そうして、これはさすがにおかしいと思い至った総真が保育士に声をかけたのだ。

「あ」

ふいに声を上げたのは、それまで無言でお絵描きをしていた同じ組の園児だった。総真たちが園児に注目すると、少し恥ずかしそうな顔をしたあと「かくれんぼ」と小さく呟く。

すると、保育士も「あっ」と声を上げ、なにかを思い出したようだった。

「そうね、そうだったわ。雅臣くんもかくれんぼに参加してたんだった」

「はっ？」

雅臣が一緒にかくれんぼをしていたことさえ知らなかった総真は驚いた。

かくれんぼを終えたのはもう一時間近くも前のことだが、そのとき雅臣の姿はなかったはずだ。

そもそも最後に鬼役だった総真が雅臣を見ていないということは、つまり――

「まだどこかに隠れてるのかしら？」

立ち上がった保育士が、少し焦った様子で他の保育士たちに声をかけながら部屋を出ていく。

その後ろ姿を見送ってから、総真も部屋を抜け出し、靴箱の前で上履きから運動靴に履き替えた。

すると、いつも総真に纏（まと）わりついてくる数人が追いかけてきて、不思議そうな顔で話しかけてくる。

「卯月くん、どこに行くの？」

「俺もあいつのこと捜す」

別に雅臣自身に興味はなかった。ただ、全員見つけたと思っていたのにそうではなかったという事実が、鬼役だった総真は単純に気に食わない。

みな、一瞬迷うような素振りを見せたが、園庭に出た総真を追ってくる者はいなかった。

総真はフンと鼻で笑い、ひとりであたりを見回しながら歩き出す。

誰も友達なんかじゃない。卯月財閥と繋（つな）がりを持ちたいだけの連中だ。親の言いなりなのか、子どもだてらに野心家なのかは知らないが、自分の利用価値にしか興味のない連中が近付いてくることに、総真は常々うんざりしていた。

その点においては、悠木雅臣が羨（うらや）ましい。

嫡男でありながら一条家から養子に出された訳アリの少年は、どこか周りから距離を置かれている。本人もそれをわかっているのか、はたまたもともとの性格なのか、周りに一線を引いているようだった。

遊具のなか、茂みの裏、建物の隙間――くまなく捜し直すが、やはり雅臣の姿は見つからない。かくれんぼは屋外で行われ、室内に隠れるのは禁止というルールがあったのだから、絶対に園庭のどこかにはいるはずなのだ。

しかし、見渡す限り、雅臣らしき子どもはどこにもいなかった。

はあ、とため息をついた総真は、たまたま通りかかった木の幹に背を預け、そのままズルズルと座り込んだ。

園庭では、園児たちが各々（おのおの）楽しそうに笑いながら遊んでいる。遊びは違えど、室内でもきっと似たような笑い声が響いていることだろう。

総真はどうにもそれに交ざりたい気持ちにはなれなかった。

それにしても、これだけたくさんの園児と保育士がいて、誰も雅臣の不在に気付かなかったのにはさすがに同情する。一番初めにそれに気付いたのが雅臣に興味のない総真だったということは、他のみんなは総真以上に雅臣に興味がないということだ。

木陰で、総真はなんとも言えない気持ちになりながら、遊具で遊ぶ園児たちをぼんやりと見つめる。

「どこにいんだよ、悠木雅臣……」

そう呟（つぶや）いた瞬間――真上からガサリと葉の擦（こす）れる音がした。

あ？　と総真が上を向くと、潤（うる）んだ瞳とばちりと目が合う。

驚きすぎてなにも言えなかった。それは太めの枝の上で膝を抱えている雅臣も同じようで、ふたりは十数秒間、じっと見つめ合っていた。

「……んなとこでなにしてんだよ」

「…………」

「とりあえず下りろ」

雅臣はほんの少し迷う素振りを見せた。しかし、総真の圧に負けたのか、しばらくすると一度枝にぶら下がってから、ひょいと地面に着地する。

意外に運動神経がいいなと感心したのは一瞬で、すぐに総真は雅臣を睨(にら)みつけた。

「もうとっくにかくれんぼ終わってんだけど。いつまでも隠れてんじゃねぇよ」

「ご、ごめん」

俯(うつむ)く雅臣にイライラしたが、とにかく早く先生たちに見つけたことを報告しなければ。

総真は雅臣の手首を掴(つか)んで、引きずるように早足で歩き出す。

「あの、総真くん……」

「なんで名前知ってんだよ」

「え……だってみんなそう呼んでるし……それに、総真くんキラキラしてて目立つから」

「はあ？」

歩みをとめ、総真は怪訝(けげん)な表情で振り返る。

雅臣は自分がおかしなことを言ったとわかっていないのか、きょとんと総真を見つめ返していた。

媚(こ)びも嫌みもない表情。

先ほどまで泣いていたのだろうか、まつ毛が濡れ、涙の膜ができた瞳が煌(きら)めいていた。

「それで、その……見つけてくれてありがとう」

「……はっ、別にお前のためじゃないし」

「それでも、うれしかったから」

濡れた目尻を下げてはにかむように笑う雅臣を見て、なぜだか言葉が出てこなかった。

総真は雅臣に背を向け、雅臣の手首を掴(つか)んだまま先ほどよりもゆっくりと歩く。

そして、先生たちの元へ雅臣を送り届けてから、無言で雅臣の傍を離れた。逃げるように走って、人気(ひとけ)のない建物の陰に蹲(うずくま)る。

キラキラと涙で光った瞳、微笑んだときに緩(ゆる)んだ頬、ほっそりとした手首の感触――あのときの雅臣のすべてが、未だに総真の頭から離れない。

総真は胸のあたりに手をやり、ギュッと園服の白いシャツを握り締める。

どくん、どくんと大きく鳴る自分の心臓の音がうるさくて堪(たま)らなかった。

あの日を境に、総真は少しずつおかしくなっていった。

園にいるときは雅臣の姿を目で追ってしまうし、家にいるときもなぜか雅臣のことばかり考えてしまう。あんなうじうじしたやつに興味なんてないと自分に言い聞かせても、すぐに雅臣のあのときの笑顔が思い浮かんでむず痒(がゆ)くなる。

こんなことは初めてで、総真は毎日イライラしていた。

「そんなに気になるなら、自分から話しかけたらいいのに」

「……なにがだよ」

「雅臣くんのこと」

「はあ？　全然気になってないんだけど」

総真が顔をしかめても、真理亜は涼しげな表情のまま、遠くでひとり絵本を読んでいる雅臣を見つめる。

真理亜の母親は総真の母親の親友で、ふたりは赤ちゃんの頃からの顔見知りだった。

けれども、総真はこの少女が昔から少し苦手で、それはおそらく真理亜も同じだろう。

普段は彼女から話しかけてくることなど滅多にないのに、いったいどういう風の吹き回しなのか。

総真が訝しむように睨むと、真理亜はそのお人形のような顔に似合わないニヤッとした笑みを浮かべる。

「ふーん。じゃあ、私ちょっと話しかけてくるね」

「は？」

総真の返事を待たず、真理亜は小走りで雅臣のもとへと行ってしまう。距離があるので会話の内容は聞き取れないが、突然自分の隣にやってきた真理亜に雅臣は驚いているようだった。

ニコリと微笑んでから二言ほど言葉を交わすと、真理亜は雅臣の隣に座り、同じ絵本を読みはじめる。少し緊張しているようにも見えたが、ちらちらと真理亜を窺う雅臣の横顔はどこかうれしそうだった。

——ムカつく。

総真は無性にイライラした。時々こちらを見てニヤニヤと嫌味な笑みを浮かべる真理亜にも、総真が見つめていることに気付かない雅臣にも。

その不可解な怒りは帰宅後も続き、ふたりの姿を思い出すたび、総真は思いっきりベッドを殴りつける。

そして、不運にもそれを母に見られた。

「総ちゃん、どうしたの？」

「……真理亜が、ムカつく」

「どうして？」

「あいつが雅臣に近付いて……」

そこまで言って、はたと気付く。

——あいつらが仲良くしてたからってなんなんだよ。なんで俺、こんなにイラついてんだ？

総真が困惑していると、母は非常に愉快そうにあらあらと笑った。

「他の男の子と一緒にいるのがイヤなんて、総ちゃんは真理亜ちゃんが好きなのね」

「はあ!?　俺は真理亜のことなんてどうでもいいんだよ!!　あいつが雅臣に近付くか、ら……」

言葉が尻すぼみに途切れた。はくはくと口を開閉させるが、続きの言葉は出てこない。

あらあらと再び母が笑った。三日月の形をした目が、からかうように総真を見下ろす。

「じゃあ、好きなのは雅臣くんの方なのね」

――好き？　俺が？　雅臣を？

あのときの濡れた目で笑う雅臣の顔を思い出すと、また総真の心臓がドクドクと音を立てはじめる。

「は、はぁッ？　べ、別に、あんなやつ好きじゃないし！」

「そんなに顔真っ赤にして否定されてもねぇ」

慌てて頬に手をやると、びっくりするくらいに熱かった。

総真は母を睨みつけるが、母は余裕の笑みを浮かべながら「あとでパパにも報告しなきゃ」と言って総真の部屋から出て行く。

残された総真はひとりベッドに突っ伏して、両手両足をジタバタとさせた。それから寝返りを打って大の字になると、見慣れた天井を意味もなく睨む。

認めるのは癪だが、雅臣のことが気になって気になって仕方がなかった。

また話したい。また笑いかけてほしい。真理亜じゃなく、自分の隣にいてほしい。

考えれば考えるほど気恥ずかしくて、でもそれが今はなぜだか嫌じゃなかった。

男同士でも、総真はアルファで雅臣はオメガだから結婚できる。番になったらずっと離れず傍にいられる――遥か先のそんな未来をひとり勝手に妄想するだけで、ますます総真の心臓がドキドキと音を立てる。

戸惑いはあるが、雅臣のことが好きだと認めざるを得なかった。

そして、そのときの総真は当然雅臣も自分を好きになるはずだと思い込んでいた。

翌日から、総真は積極的に雅臣に声をかけるようになった。真理亜のニヤニヤ顔が鬱陶しかったが、それ以上に雅臣を知りたかったし、単純に傍にいたかったのだ。

結果的に、その行動は正しかったのだと思う。

知れば知るほど、雅臣はすごくかわいいやつだった。

相変わらず隅っこにいるし、話しかけてもモジモジとしていることが多かったが、総真にはそんなところもかわいく思えた。

それに、雅臣は顔もすごくかわいい。オメガにありがちな女の子と間違えられるような中性的な容姿ではないが、目鼻立ちは整っていて、はにかむように笑った顔が天使のように愛らしい。もしかすると世界一かわいいのではないかとすら、総真は思っていた。

惚れた欲目というやつだろうか。以前の総真は、雅臣をただの暗いやつだとしか思っていなかったはずが、信じられないほどの心境の変化である。

なんにせよ、その時点で総真の恋情は揺るぎないものになっていた。

それから総真は、べったりと雅臣の隣を陣取るようになる。遊んでいるときも、おやつの時間も、発表会のときも、他の園児を押しのけてでも雅臣の近くにいた。

苦笑いしている先生もいたが、周りのことは気にならない。総真は幼い頃から自分の欲望に忠実な、悪い言い方をすれば傲慢な子どもだったからだ。

しかし、総真の気持ちが強くなればなるほど、雅臣の反応は芳しくなかった。総真が近付けば逃げ、話しかければ下を向く。それに総真が腹を立てれば泣いて謝る。

——そこで、さらに問題がひとつ。

総真は雅臣の笑った顔が好きだったが、泣いた顔も好きだった。涙で濡れた目で雅臣に見つめられると、ドキドキを通り越してゾクゾクとして、幼いながらに興奮していたのだ。

別に泣かせるつもりなんてなかった。けれど、雅臣が総真の前でよく泣いていたことと、そんなとき自然と総真の頬が緩んでいたことは事実だ。

それでも、嫌われているとまでは思っていなかった。

雅臣がいじめられているときにすぐに助けるのも、転んだときに一番に駆け寄るのも、かくれんぼで存在を忘れ去られる雅臣を見つけるのも総真だったし、おやつが雅臣の好物だったときはいつも自分のおやつを分けてやっていた。

そんなとき、雅臣は少し照れながらありがとうとお礼を言うのだ。その顔がまたかわいくて、総真は堪らなく好きだった。

ふたりの関係は、小学校に上がってからもさほど変わることはなかった。

構ってほしくて子どもじみたいたずらや意地悪をしてしまうこともあったが、総真としてはそれ以上に雅臣に優しく、特別扱いしてきたつもりだった。実際、同級生も教師も、他人に無頓着なやつら以外はみんな総真が雅臣に恋をしていると知っていた。そのくらい総真の好意はわかりやすかったはずだ。

だから、総真が話しかけると俯くのは恥ずかしがっているのだと思っていたし、総真を避けるのは自分の出自を気にして遠慮しているのだと思っていた。

まさか、雅臣が総真に嫌われているると勘違いしているなんて知る由もなかったし、婚約の申し出を拒否されるなんて想像もしていなかったのだ。


「情けない」

学校で総真が雅臣に婚約を拒否された日の夜。仕事から帰って母から事情を聞いたらしい父が、心底呆れたような顔で総真を見下ろした。

「馬鹿だ馬鹿だとは思っていたが、ここまでとはな……自分がいじめていた相手によく婚約の申し込みなんてできたものだ」

「いじめてなんかない！」

「雅臣君がそう思っていたのならそれがすべてだろう。誤解させるような態度を取ったお前が悪い。雅臣君がお前と婚約したがらないのも当然だな」

総真はギリッと奥歯を噛んで、自身とよく似た父の顔を睨みつける。

実際は父の言う通りなのだが、総真は素直にその言葉を受け入れることができなかった。

父は大きくため息をついて、リビングのソファに腰掛ける。なにか考え込んでいるのか、目を閉じて腕を組むとそのまま黙り込んでしまった。

総真もその場に立ったまま、これからどうすればいいのか考える。

婚約の話は拒否されたし、中学から雅臣は別の学校に行ってしまう。間違いなく、雅臣は総真から離れようとしていた。

一緒にいるとつらいし、どっちも幸せになれないと思う――という雅臣の言葉に総真はかなりのショックを受けた。単に嫌いだと言われた方がまだマシだったかもしれない。

慢心していた。優秀だ、特別なアルファだと周りに持て囃されて、自分が望めばなんでも叶うのだと勘違いしていた。

好きだと言えば、雅臣も当然そう返してくれるのだと思っていた。番の話も、婚約の話も、喜んでくれると本気で思っていた。みんなが総真を欲しがったから、雅臣もそうだと勝手に決めつけていたのだ。

しかし、蓋を開けてみれば、実際は怖がられ、嫌われていただけだった。

婚約も番も絶対に嫌だと拒否された。

「諦めろ」

「ぜったい諦めない」

ずっと考え込んでいた父の出した結論に、総真は即座に噛み付く。

「俺が悪かったのは認める。だけど、雅臣のことを諦めるのは無理だ。親父たちがなんて言っても、雅臣に嫌われてても、それだけは絶対にどうにもできない」

「お前、本当に悪かったと思ってるのか？　あんな怪我までさせて……反省してたらそんなこと言えないはずだぞ」

「あなた、あの怪我は総ちゃんじゃなくて龍太郎くんが……」

「室井のクソガキが悪いのなんて俺だってわかってる。怪我の件は親父の耳にも届いてるから、あの家も今回はただの注意じゃすまないだろうな。……だけど総真、今回の状況を作ったのはお前じゃないのか？　お前がもっとうまく立ち回ったら、雅臣君はあんな目にあわずにすんだんじゃないか？」

途中、母が総真を庇おうと間に入ってきたが、それも父は淡々とあしらい、真っ直ぐに総真に問うてきた。

総真は口惜しさにグッと奥歯を噛む。

確かにその通りだと思う。雅臣があんなに執拗に嫌がらせを受けたのだって、総真が雅臣を好きだったことが原因だ。見つけるたびいじめている連中に釘を刺してはいたが、そもそも総真が自分の影響力を考慮して、周りにわからないよう雅臣に好意を示していれば違っていたのかもしれない。ひとり舞い上がって、結果的には雅臣の心も体も傷付けた。

しかし、それでも未だ諦められないことを反省していないと言われてしまうのなら、総真は一生反省なんてできないだろう。

父は再度大きなため息をついて頭を抱えた。その隣に母も寄り添い、どうしたものかとふたりで思案しているようだった。

両親とて、総真が幼い頃から雅臣のことを好きなのは知っている。だからこそ、これだけ頭を悩ませているのだろう。悠木家に婚約の申し入れまでしたのに恥をかかされたとか、そういう大人の事情で父が怒っている訳ではないことは総真も理解していた。

「……どうしましょう」

「どうもこうもない。総真の自業自得だ」

「でも、総ちゃんの雅臣くんへの気持ちは本物なのよ。この子絶対に諦めないわ」

「お前の子だからな……」

父はどこか遠い目で、自分にもたれかかる母を見下ろした。

百年に一度の天才女優と呼ばれた母が父に一目惚れをして、なりふり構わず迫ったことは卯月一族のなかでは有名な話だ。生放送の番組中に結婚したい相手として一般人の父の名前を勝手に出したり、父と結婚すると言って独断で女優を辞めたり――これらを父とまだ付き合ってもいないときにやってのけたのが、この母の恐ろしいところである。

父も最初は逃げ回っていたらしいが、最終的には絆されたのかはたまた諦めたのか、なにはともあれ母と結婚して総真と弟たちが産まれた。未だに強い母からの愛に多少食傷気味なところはあるが、息子の総真から見ても夫婦仲は悪くないと思う。

父の視線が母から総真へと移る。父は、呆れと諦めを滲ませた目で眼鏡越しに総真を睨んだ。

「……わかった。俺ももう雅臣君を諦めろとは言わない。だが、婚約の話はいったん白紙に戻す。それはいいな？」

総真は渋々頷いた。

本当は嫌だが、そんなことを言っている場合ではない。雅臣にその気がないのだから、婚約なんて夢のまた夢だ。

「あと、雅臣君の希望通り、十年はあの子に関わるな」

「……は？」

なにを言われているのかわからず、総真は眉をひそめた。

しかし、父は当然のように言葉を続ける。

「大人になってからじゃないと決められないって言われたんだろ。なら、雅臣君が大人になるまで待ってやればいい。どうせ中学からは別々になるんだ。お前も十年くらい待てるだろう」

「ッ……それがなんで十年関わるなってことになるんだよ⁉　おかしいだろうが！」

「じゃあなんだ、お前はまた同じことを繰り返すのか？　折流饗学園にも、お前のことを知ってる生徒は間違いなくいるだろうな。クソみたいなやっかみでまた雅臣君がいじめられても、お前は自分さえ良ければ別にどうでもいいって訳だ。……そもそもお前、雅臣君に怖がられてるんだろ？お前と関わるのは雅臣君にとってストレス以外のなにものでもないのに、まだ近付く気なのか？」

「………」

「厚顔無恥にもほどがある」

そこまで詰られて、総真は押し黙るしかなかった。

言い返したいことは山ほどあったが、感情的になってはダメなのだ。それでは今までの馬鹿な自分と変わらない。

それに、父もこれに関しては譲る気がないのだろう。父親として、同じアルファとして、卯月家の人間として、息子に厳しい罰を与えるつもりなのだ。

十年なんて、まだ十二年しか生きていない総真には途方もなく長い時間に思えた。

自然と声が喉に詰まったように、低く、小さくなる。

「……俺に、十年我慢しろって言うのかよ……」

「本当に反省しているなら、そのくらいの誠意は見せろ。うまくいけば、雅臣君だってお前を見直すかもしれないぞ」

「そうよ、総ちゃん！　押してダメなら引いてみろって言うでしょ。がんばって立派な大人になって、雅臣くんを振り向かせましょ！」

なぜか楽しげな母を尻目に、総真は大きなため息をつく。

その後も話し合いは続いたものの、結局は両親の言う通り十年は雅臣に関わらないことになった。

ついでに雅臣がいないのなら今いる学校に通う必要もないと、中学からはアルファ専用校である有流都学園に転入することも決める。どちらにせよ煩わしい部分はあるだろうが、アルファだけの環境のなかで自分を磨いて、雅臣に好きになってもらえるような大人になりたいと総真は考えたのだ。

その翌日が、幼少期の総真と雅臣が言葉を交わした最後の日だった。

好きだと告げる以外、碌に気の利いたことは言えなかったが、今までその言葉をちゃんと伝えられていなかった総真にはそれだけで十分だと思えた。

その後の総真の新しい学園での生活は充実していた。

しかし、それも雅臣が傍にいないという一点を除けばの話だ。

雅臣がもう二度と総真のせいでいじめられることなどないように、表向きは雅臣のことなど忘れたふりをしていたが、実際は離れている間も総真は馬鹿みたいに毎日雅臣のことばかり考えていた。

会って話したかった。触れたかった。もう一度、好きだと言いたかった。

あのときの約束なんてなかったことにして会いに行ってしまおうと何度も思い、それでも耐えたのはただの男の意地だ。

十年後に再会したあと、雅臣が総真を受け入れてくれるのを想像することだけが、雅臣のいない日常をやり過ごす支えだった。

そして、多少のイレギュラーはあったものの、その願いは確かに叶ったのだ。

ここにやってきて、もう何日目なのだろう――雅臣はシャワーのお湯を浴びながら、ぼんやりとそんなことを考えた。
そもそも今が朝なのか、夜なのかも雅臣にはわからない。ずっと、セックスをして、気絶するように寝て、またセックスをして――何度も何度もそれを繰り返している。今までの自分からは考えられないほどの欲に爛れた日々だ。

自分でも知らなかった奥の奥まで優しく犯されて、あふれるほどに精を注がれて、愛してる、かわいいと甘い声で囁かれた。思い出すだけでまた下腹部がきゅんと疼く。

わからないことだらけだが、雅臣はこの時間が不快な訳ではなかった。むしろ、怖いくらいに心も体も満たされて、常に夢のなかにいるみたいに頭がふわふわして、とても幸せだとすら感じている。

「雅臣、大丈夫か？」

「ん……」

柔らかなスポンジで体の隅々まで洗われたあと、卯月に抱えられた雅臣はゆっくりと浴室を出る。バスローブを着せられたあとはまた卯月に抱えられ、リビングルームのソファへと連れて行かれた。

ソファ前のテーブルにはサンドウィッチやカットフルーツなどの軽食と、いくつかの飲み物が並べられていた。

雅臣は冷えたグラスに注がれた水だけを飲んで、すぐにくたりとソファに横になる。

卯月に確認した訳ではないが、ここがどこかのホテルだということは雅臣にもなんとなくわかっていた。ふたつあるベッドの両方がぐちゃぐちゃになると、卯月はどこかに電話をしてから雅臣と浴室へ向かう。すると、風呂から出る頃にはベッドメイクがすまされていて、そのうちの何度かは食事まで用意されているのだ。

ずっとカーテンが閉まっているので階数などはわからないが、部屋の広さや内装から相当高級なホテルなのではないだろうか。

居心地の悪さに、雅臣は身動ぐ。雅臣の体を受けとめるソファはふかふかで、いっそうなぜ自分がこんなところにいるのかわからなくなる。

時間の感覚すら忘れてしまうほど朝も昼も関係なく、ただただ卯月とセックスをしていた。

発情期中のオメガとアルファは、寝食も忘れて生殖行為のみに没頭する――という話は雅臣も聞いたことはあったが、まさかここまでとは思わなかった。

体が疲れ切って眠気に襲われても、卯月の花のようなフェロモンを感じるとすぐにまた欲しくなってしまう。

毎回体力の限界まで卯月を受け入れて、そのまま気絶するように眠る。寝ている間も卯月に抱かれていて、その最中に目覚めるということも何度かあった。

今雅臣が横になっているこのソファの上でも、数回抱かれた。背もたれにしがみついた状態で立ったままの卯月に背後から突き挿れられたり、ソファに座った卯月の上に跨って自分からその雄を受け入れたり――

「……ッ」

思い出すと、また雅臣の体が羞恥と劣情で熱くなる。ハッと吐息を零し、気を紛らわすように髪を掻き乱した。

そうこうしているうちに、髪を乾かすため洗面台のある脱衣所へ行っていた卯月が戻ってくる。

卯月は雅臣の様子を見て、首を傾げた。

「どうした？」

「……別に」

「なんだよ」

おかしそうにクスクスと笑った卯月が、雅臣の隣に腰を下ろした。そしてテーブルの上のイチゴを掴み取り、そっと雅臣の唇に押し当てる。

「ほら、あーんして」

「んー……」

「いくら発情期だからって、ちょっとは食べなきゃダメだろ」

渋々唇を薄く開くと、小ぶりのイチゴが口内へと押し込まれた。雅臣がもぐもぐと口を動かすと、甘酸っぱい味と香りが口いっぱいに広がる。

その後も、卯月は合間に自身の口へサンドウィッチを放り込みながら、手ずから雅臣にフルーツを食べさせた。果汁で濡れた卯月の指を雅臣が舐めしゃぶると、卯月は欲を孕んだ目をして舌舐めずりをする。

「美味そうだな」

「んっ……」

卯月がキスをしながら雅臣の片足を持ち上げようとしたところで——少し離れた場所から軽快な電子音が鳴り響いた。

顔をしかめた卯月が舌打ちして、テーブルの上に置かれていたスマートフォンに手を伸ばす。画面を見て、訝しむように片眉を上げてから電話に出た。

「今いいとこなのになんなんだよ……は？　……いや、持ってない……うっせえなぁ、いらねぇと思ったんだよ……で、お前どこまで来てんの？　……わかった、じゃあ今から取りに行くから、ちょっと待ってろ……ああ……ああ、じゃあな」

「……総真？」

雅臣が不安げに名前を呼ぶと、電話を切った卯月にくしゃくしゃと髪を掻き回された。

「ちょっと行ってくるな。すぐ戻るから」

「……やだ」

突如大きな不安が湧き上がって、離れようとする卯月の腕を掴んでギュッと抱き締めた。

卯月は困ったような顔で笑って雅臣にキスをする。舌が絡み合うたびにくちゅくちゅという水音が頭に響いて、頭のなかがぼうっとした。

「ふっ、……ん、ぁ」

「ほんの少しの間、下のロビーに行ってくるだけだから」

雅臣の体の力が抜けたのを見計らって、卯月はそっと雅臣から離れた。ソファの上に雅臣を残して、卯月は寝室の方へと消えていく。

途端に、雅臣の目から涙があふれ出してとまらなくなった。

少し離れるだけでなにがそんなに寂しいのか、自分でもわからない。発情期で不安定だからか、それとも発情期中に何度もひとり置き去りにされた記憶があるからか。

めそめそと泣いていると、ダボついたパーカーと細身のジーンズに着替えた卯月が寝室から出てくる。卯月はリビングルームに足を踏み入れた瞬間、目を丸くして部屋のなかを見回してから、雅臣を見た。

「すっげぇ甘い匂い……」

「そうま……いかないで……」

「……そんな泣くなよ。かわいいな……」

頭を優しく撫でられ、涙で濡れた目元に慰めるようにキスをされた。

「大丈夫。すぐ戻ってくるよ。俺がお前をひとり残して帰る訳ないだろ？」

「……本当にすぐ戻ってくる？」

「ああ、約束する」

そう言って優しく頬を撫でた卯月は、雅臣の方を気にしながら静かに部屋を出て行った。

雅臣も扉が閉まるまで卯月の姿を見つめ続ける。扉が閉まってその姿が見えなくなると、ズルズルとソファに沈むように背中を預けた。

寂しくて、心細い。でもすぐ戻ってくると約束してくれたことを思うと、少しだけ気分が落ち着いた。

待っている間になにか摘もうかとも思ったが、迷った末に雅臣はまた水だけを口にした。発情期中は不思議と空腹感がないのだ。

雅臣はぼんやりとテーブルの向こうにある大きなテレビを眺めた。電源の入っていない真っ暗な画面には、バスローブ姿でソファの上に陣取る自分が映っている。

どこからどう見ても、大柄な普通の男だ。

「……どこがかわいいんだよ」

ひとりになった途端に恥ずかしくなってしまった雅臣は、暴れ出したい気持ちを堪(こら)えながら抱えた膝にグリグリと額(ひたい)を押し付ける。

発情期(ヒート)だから仕方ないのだと頭ではわかっているが、それにしてもひどい。思い出すだけで顔が真っ赤になるほど、卯月といるときの雅臣はむちゃくちゃだ。

子どものように甘えて、娼婦のようにねだる。

卯月を喜ばせること、卯月に抱かれること――それしか考えられなくなって、自分が自分じゃなくなる。

卯月から求められるままに卑猥(ひわい)な言葉を発して、その言葉に雅臣自身も興奮していた。卯月に淫乱だとからかわれても否定はできない。

でも、卯月だって悪いのだ。普段の傲慢さを時々滲(にじ)ませながらも、心底愛おしそうにかわいいかわいいと雅臣を甘やかす。

行為中に何度も言われた言葉だ。そんなはずはないと雅臣もわかってはいる。

しかし、卯月にそう言われると、すごく恥ずかしくもうれしい気持ちになるのもまた事実だった。

いい子とか、上手とか、そんな子どもに使うような言葉もそうだ。甘ったるい言葉で褒められ、求められると、それがとんでもなく性的で意地悪なことでも受け入れてしまう自分がいる。それでいて、いつもの偉そうな態度で攻められ、命令されることにも興奮してしまうのだから、本当に節操がない。

きっと相手が卯月だったら雅臣はもうなんでもいいのだ。項を差し出したあのときから、雅臣のすべてが作り替えられてしまった。それを少し怖いと思う気持ちはあるのに、その恐怖感さえも卯月に与えられたものなのだと思うと心地いい気がした。

そんなことを考えながら視線を上げた雅臣の視界に、ふとあるものが映る。思わず立ち上がった雅臣は、ふらふらとテレビ台に近寄り、徐にそれを手に取った。

「こんなとこにあったのか……」

それは、どこにあるのかわからなくなっていた雅臣のスマートフォンだった。財布と鍵は寝室のベッドサイドテーブルの上に置かれていたが、スマートフォンだけはどこにも見当たらなかったのだ。

サイドボタンを長押しして、電源を入れる。

あの日以来、ずっと電源を落として放置したままだ。誠はともかく、連絡が取れないことに気付いた祖父母や友人たちが心配しているのではないかと雅臣は少し気になっていた。

パスコードでロックを解除し、ホーム画面が表示されたその直後——見計らったかのようにスマートフォンが振動し、着信画面へと切り替わった。

着信音が鳴り響くスマートフォンの画面に表示された『神田誠』という文字を、雅臣はただぼんやりと眺める。

元恋人。元婚約者。

いや、あっちはまだ終わったと思っていないのかもしれない。

でも、雅臣にとって誠はもう過去のひとだ。

話し合えばわかり合えただろうか。許せただろうか。もう一度愛せただろうか。

穏やかに優しく笑う顔が好きだった。失敗した料理を美味しいと食べてくれるところが好きだった。一緒にいて楽しいことがたくさんあった。好きだと言われるとうれしかった。幸せだった。

しかし、もうどうしようもないのだ。

雅臣は卯月と番になった。雅臣の生涯でただひとりのアルファは卯月だ。誠ではない。

鳴り止まないスマートフォンを見下ろし、雅臣は静かに通話ボタンをタップした。

『雅臣っ⁉』

聞き慣れたはずの声が随分懐かしく感じた。

この声も好きだった。柔らかな声で名前を呼ばれると、胸がときめいた。

でも、今はもう虚しい気持ちになるだけだ。

『よかった、連絡が取れなくて心配してたんだ。あれから色々めちゃくちゃで、お前のお祖父さんたちもすごく怒ってて……なあ、婚約解消なんて嘘だろ？　雅臣の望んだことじゃないんだよな？　……いや、とにかく会って話そう。お前今どこに――』

「誠はそうじゃなかったんだろうけど、俺はお前のこと好きだったよ」

『…………』

「一緒に暮らしてたとき楽しかった。短い間だったけどありがとう」

呆然としているのか、誠はしばらくの間黙ったままだった。

それから数十秒後、嗚咽交じりの笑い声があちら側から聞こえてくる。

『こんなのおかしいだろ……なんで急にこんなことになってんだよ……絶対誰かに仕組まれてる……』

仕組まれてる――誠のその言葉に、雅臣の指先がぴくりと動いた。

だがなにも言わないでいると、疲れ切ったような声をした誠が言葉を続ける。

『あの日のことは謝るよ……これからはお前のこと傷付けたりしない。俺のことも、全部自分の口で説明するから……頼む、今どこにいるのか教えてくれ……お前のこと、本当に好きなんだ……』

「そんな嘘つかなくてもいいよ。俺ももう好きじゃないし、会いたくもないから」

『雅臣……』

電話口から今度は本物の嗚咽が響いた。

なにが悲しくて誠が泣いているのか、雅臣にはわからない。悠木の資産と、なんでも言いなりになる予定だった馬鹿なデカブツオメガがそんなにも惜しいのだろうか。

「――雅臣」

ふいに、背後から伸びてきた手が静かに雅臣の手からスマートフォンを抜き取った。

しばらく通話画面を見つめた卯月は、冷めた目をして無言で雅臣のスマートフォンの電源を落とす。それから、画面を伏せた状態でテーブルの上へと置いた。

いつ戻ったのだろう。雅臣の体が強張る。

なぜ今まで卯月の存在に気付かなかったのかわからないくらい、卯月の花の香りが強い。甘く、濃密で、脳がピリピリとするような刺激的な香りだった。

「そ、うま……」

「お前、まだあいつが好きなんだ」

「違う……」

「じゃあなんで泣いてんだよ」

目の下を親指でそっと拭われる。そこで初めて、雅臣は自分が泣いていたことに気付いた。

卯月は笑っていた。ほのかに薄暗いその微笑みは、ゾッとするほど美しい。

違う、本当にもう好きじゃない——そう否定したいのに、うまく言葉が出てこない。そもそもなぜ泣いてしまったのか、雅臣は自分でもよくわかっていないのだ。

卯月は立ち尽くした雅臣の腕を引き、強引に口付けた。差し込まれた舌が、凌辱するように雅臣の口内を掻き回す。

何度も角度を変えながら続けられる荒々しい口付けに、雅臣の体から徐々に力が抜けていった。

「ふっ、ぁあ、ん……」

「雅臣……」

長いキスのあと、切ない声で雅臣を呼んだ卯月は、額を押し付けるように雅臣の肩口に顔を埋めた。

背中に回された卯月の手がかすかに震えているのに気付いて、雅臣の胸がきゅうっと痛む。卯月が泣いているような気がした雅臣は、その綺麗な黒髪をおそるおそる撫でながら告げた。

「もう、好きじゃない……あいつのこと、もう本当に好きじゃないから……」

「別に責めてる訳じゃねぇよ。お前らにはお前らで過ごしてきた時間があるんだろうし、仕方のないことだってわかってる。……だけど、俺はお前が誰を好きだろうと、お前のことが好きだ。それだけは覚えておいてほしい」

　顔を上げた卯月は泣いてはいなかった。

　鋭く感じるほど真剣な瞳で見つめられ、雅臣は戸惑いながらもこくりと小さく頷いた。

　卯月の花の香りがよりいっそう強く匂い立つ。

　その甘く濃厚なフェロモンに、雅臣の体がとろりと溶けていってしまいそうなほど熱を帯びていく。かすかに息を荒くすると、それを宥(なだ)めるかのように卯月が雅臣の背中を優しく撫でた。

「……あと、責めてはないけど、正直めちゃくちゃ嫉妬してる……お前は俺の番(つがい)になったんだから、あんなやつのことなんて早く忘れちまえよ」

「はぁ……ふ、ぁ……」

「……雅臣?」

　顎(あご)を掴(つか)まれ、強引に顔を上げさせられる。

　目が合うと、途端にニヤッと意地の悪い顔で笑った卯月が、至近距離で雅臣の顔を覗(のぞ)き込んだ。

「俺が真面目に話してるのに、ひとりでエッチな気分になっちゃったんだ?」

「だ、だって……あっ！　やっ……」

「嫌なの？　もうやめる？」

「……や、じゃない……んっ、アァッ、ん……」

バスローブ越しに、いやらしい手つきで尻を揉まれる。割れ目に差し込まれた指先で後孔をグッと押されると、足がふるふると震えた。

その時点で、もうすでに雅臣のなかでは誠のことなんてどうでもよくなっていた。目の前の番に愛されることしか考えられず、雅臣は縋るように卯月に抱きつく。

くすりと笑った卯月は膝裏と背中に腕を回し、ひょいと雅臣の体を抱き上げた。いわゆるお姫様抱っこだ。

「や、やだ」

「落としたりしねぇよ」

卯月は、おそらく同じくらいの体重の雅臣を抱き上げて、軽々と歩き出す。その力に驚いているうちに、雅臣は寝室へと運ばれた。

雅臣がベッドに落とされるのとほぼ同時に、ベッドに乗ってきた卯月に深いキスをされる。長い舌に雅臣の舌が搦められ、いやらしい水音が頭に響いた。

バスローブの前が開かれ、卯月の手のひらが雅臣の首筋から下腹部までするりと滑る。

そうしてゆっくりと唇が離れると、見惚れるほど艶っぽく微笑んだ卯月が雅臣を見下ろして甘く囁いた。

「俺と結婚してくれる？」

「…………うん……」

「ほんと？　……うれしい」

　こんな簡単に、それもこのタイミングで交わしていい約束なのだろうかと頭の片隅で思ったが、唯一無二の番となった卯月からの申し出を断る理由はない。

　雅臣の返事にうっとりと微笑んだ卯月は、起き上がって服を脱ぎはじめる。

　ここ数日で見慣れた裸体であるのに、広い胸板や割れた腹筋を見ると心臓がトクトクと高鳴った。下着ごとジーンズを下ろした瞬間に勢いよく飛び出してきた長大な性器を目にした途端、雅臣の後孔の奥がきゅんと疼いて堪らなくなる。

　恥ずかしがりながらも雅臣は自ら大きく足を開いて、ぴくぴくと震える性器と、愛液を零しながらひくつく後孔を卯月へと晒した。

「は、はやく、はやく挿れて……」

「わかってる。すぐにくれてやるから、そんな煽んなよ」

「あっ……ひっ、い、あ、っあ、あああッ」

　硬くそそり立った性器が、一気に結腸口まで突き入れられた。そのままグッと腰を押し付けられると、簡単に結腸口が緩んで、さらに奥へと誘うようにナカが動く。

「あっ、奥、くる、はいっちゃう！　んっ……ひぅ、あっん、はっ、ああっ……！」

「はぁ、えっろ……」

　ズチュッという音とともに、卯月の切っ先が雅臣の結腸口の奥に入り込んだ。ここ数日何度も卯月を受け入れていたそこは、待ちわびていたかのように卯月の亀頭に吸い付く。

後孔のなかにみっちりと収められた性器の熱さに、雅臣の体も頭もとろけてしまいそうだった。

「あ、あっ……奥まできてる……」

「っ……いつもより熱いな」

「ンっ、ああっ、やっ、あんっ、あ！　あっ！　ひぅ……！　あっ」

両手で腰を掴まれ、ゆっくりと浅く腰を揺すられた。カリの部分が結腸口に引っかかりながら抜け、またすぐにズチュリと奥へと入り込む。

動きがゆっくりな分、カリに引っ張られる結腸口と、ぐりぐりと抉るように亀頭が結腸に入り込んでくる刺激がはっきりと感じられ、雅臣は強すぎる快感に悶えた。

「も、それ、そればっかだめ……っあ！　んぅ、ひっ、やぁ……」

「好きなくせに」

結腸まで突き入れられた状態で片方の乳首を摘まれ、クニクニと指の腹でこね回される。時折、指先でピンと弾かれると、胸を突き出すように雅臣の体が反り返った。

ジンとした痺れが快感として全身を巡り、卯月の雄を咥え込んだままのナカがうれしそうに蠢く。形がはっきりと感じ取れるほど卯月の性器にきゅうきゅうと絡み付いて、はしたなく精をねだっていた。

雅臣を見下ろす卯月は快感に顔を歪ませる。

「あーやべぇ……先っぽにしゃぶりついてくる……」

「んぁ、ぁ」

身を屈めて舌を差し出してきた卯月に向かって、雅臣も舌を突き出した。互いの舌を舐めるように重ねてから、舌を搦め合わせた激しいキスをする。

あふれ出た唾液も、合間に零れ落ちる吐息も、すべてが甘く、とろけるような官能に満ちていた。

反り返った亀頭にぐいぐいと腹の内側を押し上げられるたび、柔らかいままの雅臣の性器がとぷりと透明な蜜を零す。

上体を起こした卯月が腰を引くと、雅臣の後孔からズルリと性器が抜けた。

目を細めて笑った卯月は、雅臣のヒクつく孔の縁に指をかけ、二本の指を開くようにして窄まりを広げる。濡れた粘膜に空気が触れる感覚に、雅臣は腿をふるりと震わせた。

「さっき奥に出したのあふれてきちゃってるな……ナカ、俺の精液とお前のでぐちょぐちょになってる」

「や、やだっ……ナカ見ないで」

「だーめ。隠すな」

「んぁ！　あっ……あぁぁ、ッひぅ！　んッ、ふぁっ、あ、あぁああっ！」

足を閉じようとしたのを咎めるように、長い二本の指がぐちゅぐちゅと音を立てながら雅臣の後孔を犯す。指の根元まで激しく突き入れられ、指全体でなかを掻き回された。

その後、一際強めに前立腺を指の腹で押し潰された瞬間、雅臣はぎゅうっとシーツを握り締めて大きく喘いだ。

なにかが弾けたように、頭のなかが真っ白になる。

朧げな視界に優しい顔をした卯月だけが映って、雅臣はとろけた表情を晒しながら腹の底の絶頂に体を震わせた。

「あ、あっ……」

後孔から指を引き抜いたあとも、雅臣の絶頂は緩く続いていた。体をびくり、びくりと震わせながら、腹の上の萎えたままの性器からとろとろとカウパーを零している。

総真はその体を見下ろし、慈しむように目を細めて微笑んだ。

最高にいやらしくて、最高に愛おしい。

射精することもできず、大きく開かれた股の間から泡立った精液をあふれさせながら雌イキしている長身の男は、総真以外の者が見れば滑稽に映るのかもしれない。

けれど、その恥ずかしい姿を晒しているのは他でもない初恋の相手であり、そうさせたのは総真自身だ。

もっとぐちゃぐちゃに犯して、孕ませて、閉じ込めてしまいたい——そんなアルファ特有の異常とも呼べる独占欲、支配欲とは別に、総真にはただただ雅臣が愛おしく、美しくさえ見えた。

部屋に戻って神田誠と通話している雅臣を見つけたときは一瞬頭に血が上ったが、その怒りはすぐに凪（な）いだ。こちらに背を向ける雅臣の項（うなじ）にははっきりと総真の噛み痕が残っていたし、なにより雅臣がクズ男へ発したのは明確な別れの言葉だったからだ。

総真以外を思って泣く雅臣を見るのは至極不愉快だったが、それを理由に雅臣を責めても仕方がない。もとはと言えば、十年も離れる原因を作った自分が悪いのだ。

総真は満足いくまでうっとりと雅臣の痴態を眺めたあと、サイドテーブルに置いてあったペットボトルの水を少し口に含み、半開きだった雅臣の唇に口移しで流し込んだ。雅臣の喉がゴクリと上下するのを確認してから、ゆっくりと唇を離す。

「っは……ん……」

「水、もっといるか？」

「ん……」

総真が頬を撫でながら声をかけると、雅臣はすぐに甘えた顔で水をねだった。

発情期（ヒート）中、番（つがい）のアルファとオメガは寝食も忘れて互いを求め合う。それ故（ゆえ）に、脱水症状などを起こして緊急搬送されるような事故も年に数件起こっているらしい。

それに比べれば、まだ総真は理性的な方だと言えるだろう。食欲も喉の渇きも、平常時ほどではないがちゃんと感じられている。代わりに眠気は少ないが、これで死ぬようなことはなさそうだ。

そんな総真とは対照的に、雅臣は眠気はあるが食欲はないタイプのようだった。軽食を用意してもぐずって食べようとしないので、時々小さなフルーツなどを総真が雅臣の口まで運んで食べさせている。水に関しては素直に飲んでくれるので、こまめに与えるよう気を付けていた。

求められるままに何度か水を口移しで与え、そのまま舌を搦め合う。やがて、総真は雅臣の首筋へと唇を滑らせた。

喉仏を甘噛みして、消えかけているキスマークに上書きするように新たなキスマークを残していく。さらに下へと舌を這わせ、ツンと尖った乳首を口に含んで、ジュッと強く吸い付いた。

雅臣が「ひゃ」と声を上げて身動ぐ。

舌先でぐにぐにと乳首を押し潰しながら、もう片方の乳首を指でギュッと摘むと、落ち着きかけていた雅臣の体がまた熱を持ちはじめた。

「あっ、ん、乳首ぐりぐりだめ……ひぅ、や、イったばっかだからぁ」

「イったばっかだから気持ちいいんだろ。腰揺れてんぞ」

「ひぅ……う、ぁ、はぁ、あ……」

「かわいいな、ほんと……」

焦点の合っていない目をした汗だくの雅臣の顔に、総真は優しくキスをした。

ほぼ袖を通しているだけの状態になっていたバスローブを完全に脱がせ、総真はくたりと力の抜けた雅臣の足を大きく開かせた。そして——

「ッ~~~~!! ッは……う、あ、んぁ……!」

クパクパと物欲しげにひくついていた孔に、再び自身の雄を一気に突き立てた。パンッと肌が打ち付けられる音とともに、雅臣の体が大きく反り返り、宙に浮いた足がビクンと跳ねた。

ナカが痙攣するように総真の性器を締め付ける。

今日だけでもう何度目の雌イキだろう。奥まで挿入された瞬間に絶頂した雅臣は、とろけた顔でハクハクと口を動かすことしかできない。

そんな雅臣を見下ろして、総真は恍惚とした表情で笑う。

柔らかくとろけきった孔は、それでいて吸い付くように総真にギュウギュウと絡み付いてくるのだから堪らない。

弛緩した体は容易く結腸口の奥まで総真の雄を受け入れた。後孔の縁も、肉壁も、結腸口も、その奥も、総真の雄を愛おしそうに締め付け、しゃぶりついて離すまいとしてくる。

「はぁ、ぅ……あ、ぁあ……」

「動いていい？」

総真が囁くと、それまで絶頂に惚けていたはずの雅臣の表情が突如引きつった。

「ま、まって……まだ、イってるからぁ……」

「どうせ終わるまでイきっぱなしだろ？」

「だ、だめっ、まって……やぁっ、おねが、もうちょっと待ってッ……いまは、まだ、あッ、あぁッ、やっ、だめ、まっ……ひっ、ンッ……あっ！　あっ！　ああッ！」

足を開いた雅臣の体をベッドに押し付けて、犯すように激しく腰を振りたくった。

総真が腰を動かすたび、じゅぶじゅぶと粘着質な水音が後孔から響く。亀頭が孔から抜け落ちてしまいそうなほど大きく腰を引くと、泡立った愛液と精液の混じった液体がカリに掻き出されて、トロリと雅臣の臀部を伝ってシーツの上に落ちた。

突き刺すように奥に押し込んだときの甘い吸い付きもいいが、腰を引いたときの追い縋（すが）るような強い締め付けも堪（たま）らなく気持ちいい。

「ンッ……ハッ、すげぇな」

「んぐッ、ああっ、アッ、は……そ、まぁ、はげしッ……だめっ、こわれちゃうっ、おかしくなっちゃう……っ」

「気持ちいいんだろ？　ナカとろとろだもんな」

「ひッ、あ……だめ、きもち、よすぎるから、だめ……も、むりっ……ンっ、あっ、あっ！　こ、こわい……あたま、へんになるっ……」

髪を振り乱しながら涙を流す雅臣を尻目に、総真は大きく開かせた雅臣の膝の裏を掴（つか）んで、ベッドに押さえつける。そして、雅臣のナカを上から叩きつけるような勢いで深く突いた。

「ッ、う……ひぐっ、ほんと、だめ、ハァッ……そ、ま、ッア、ああっ！　……ゆ、ゆるして……もう、奥だめッ……ナカずっとビクビクしてるからぁ……！」

「ダメじゃないだろ？　少しでも引き抜こうとすると、こんなに俺のぎゅうぎゅう締め付けてくるくせに……ッ」

「んあっ、ひッ」

腰を打ち付けるたび、雅臣の尻たぶに当たってパンッ、パンッと大きな音が鳴る。

雅臣はそれよりも遥かに大きな声で喘（あえ）ぎながら身悶（みもだ）えていたが、どれだけ総真から逃げようと体をバタつかせても、自身の後孔が総真を咥（くわ）え込んで離さないのだから叶うはずもない。

行き過ぎた快楽に恐怖を覚えるのは総真だって同じだ。けれど、最初から雅臣だけを愛していた総真と、本能に流される形で総真を受け入れた雅臣では、その恐怖の感じ方は少し違うのかもしれない。

きっと、番を得る前の自分には戻れない。

大切な場所をこじ開けられて、居座られて、なくてはならない存在にさせられて。それが本能なのか、理性なのかもわからなくなって——

けれど、そんなことはもう些細なことだ。

雅臣にとって、総真は唯一無二の番なのだから。

「ほら、怖がらなくて大丈夫だから。気持ちいい、もっとしてって言ってみな?」

「やぁ……こわい……おかしくなるっ……頭おかしくなっちゃう……」

「おかしくなったっていい。俺がちゃんと愛してやるから。今日だけじゃなくて、これからずっと……」

甘い声でそう囁くと、雅臣の腹がひくりと震え、総真の亀頭に結腸がちゅうちゅうと吸い付いてきた。

体はもうとっくに落ちている。理性だって本当はぐちゃぐちゃのドロドロだろうに——

相変わらずの往生際の悪さに、総真は苛立ちを通り越して愛おしささえ覚えた。

涙と快楽でとろけた瞳をした雅臣が、少し怯えたような表情で総真を見上げる。

「そ、うま……」

「雅臣が本当に嫌ならやめるよ。でも本当は嫌じゃないんだろ？　抜いていいの？」

「あ、ぅ……ダメ、抜いちゃやだ……」

顔をくしゃりと歪めて、小さな子どものようにイヤイヤと首を振る。総真がいたずらに腰を引く素振りを見せると、いっそう泣き縋る声が大きくなった。

そうして総真の性器を咥え込んだまましばらくの間グズっていた雅臣だったが、やがて意を決したのか、はたまた諦めたのか、真っ赤になった顔を背けて声を震わせた。

「……はぁ、あぁ、うぅ……き、気持ちいい、ずっとナカきもちい……そうまの、すき……やめないで……もっとして……」

「いい子だな、雅臣」

「……ひあっ、ふ、ぁ……んっ、ンんっ」

堪らなくなった総真は深く繋がったまま雅臣の上に体を倒して、その甘い唇を貪るようにキスをした。体勢が変わったときに総真の先端が腹の内側をゴリッと抉ったのが気持ち良かったのか、また激しく雅臣のナカが蠢いたが、総真はそのままキスを続ける。

うっすらと目を開くと、涙に濡れた瞳が総真を見つめていた。キラキラと光る滴が綺麗で、総真はうっとりと目を細める。

幼い頃に見た、雅臣の笑顔を思い出す。

あの泣きながらはにかむように笑った雅臣に、総真は恋をした。

どうしようもなく稚拙で身勝手な恋だが、総真にとっては生涯でたった一度の恋だ。

「ふ、ぁ……そうま……」

「また動いてもいい？　雅臣のナカいっぱいいじめて、奥に精液ぶちまけていい？」

「ん……はぁ、あ、ぅ……いっぱい、して、お腹のなか、そうまのいっぱいだして……」

ニヤリと笑った総真は片手をベッドにつき、もう片方の手で雅臣の体を固定するようにベッドへと押さえつけた。そして、焦らすようにゆっくりと腰を引いたあと、ズンッと奥を貫く勢いで雅臣のナカを穿った。

「かはっ……ひっ、あ、ぅう……ああッ！」

「これ好きだろ？　抜くのはゆっくりで、挿れるときは一気に結腸口ぶち抜かれる、のッ……！」

「ひぅっ！　ん、うぅ……ぐッ！　……あ、んっ……す、好き、すき……んっ、ああ、またイクっ、ずっとイってるのにっ、またっ、ん、んッ、あッあぁ……ッ！」

ほぼずっと雌イキしている状態だが、それにも波が出てきたようだった。雅臣からしたら、『めちゃくちゃ気持ちいい』と『死ぬほど気持ちいい』の快楽地獄だろう。

緩急をつけてピストンを繰り返しながら、前立腺や結腸を出っ張ったカリでグリグリといじめてやる。雅臣は嬌声を上げながら、性器から大量のカウパーを漏らしていた。

「んあっ！　あっ、ひ……そ、ま、そぅまぁ」

突如腕が伸びてきて、総真は正面からぎゅっと強く抱き締められた。体勢が崩れて雅臣の上に倒れ込みそうになるのを、ベッドについていた片腕を突っ張ることでなんとか堪える。そこからゆっくりと肘を曲げて、総真は雅臣の体にそっと上半身を預けた。

雅臣の舌が子猫のようにぺろぺろと総真の唇を舐める。誘われるまま総真も舌を出し、雅臣のそれと搦め合った。

甘い口内を舌で味わいながら、総真も両腕を雅臣の体へと回す。

奥深くに挿入したまま抱き合ってする口付けはひどく気持ちが良かった。

キスをねだった雅臣も、飲み込みきれない唾液を唇から零しながら、とろけた表情で総真とのキスに酔いしれている。

総真が腰を動かしていなくても雅臣の雌イキは続いているようで、時折ビクリと腰が跳ね、動かない性器を責めるように肉壁がきゅうきゅうと吸い付いてきた。

「んん……あ、む……ふ、っあ、んっ」

それに応えるように総真がゆっくりと腰を揺らすと、雅臣はキスの合間に甘い声を漏らしながら喜んだ。

総真はゆっくりと口付けを解き、わずかに体重を乗せながら先ほどよりも強い力で雅臣を抱き締める。

そして——柔らかく、それでいてキツく総真の性器を咥え込んだそこを犯すように、今までよりも激しい律動を開始した。

「あ、あぁ！　おっ、あ、あっ！　んあっ、はっ……んあッ、ああッ！」

「んッ……本当に俺の大好きだよな。すげぇ絡み付いてくる……っ」

「～～ッ、す、すき、そうまの好きっ……はッ、んっ、あ、あっ……っん、奥きもちいい……あ、んあッ、あッ、あッ」

　腰がぶつかるたび肌の触れ合う音の他に、バチュ、バチュといやらしい水音が結合部から鳴り響く。

　総真は欲望のまま腰を振りたくりながら、ピンク色に色づいた雅臣の首筋に顔を埋めた。メープルシロップのような甘い香りが心地よく、スーッと鼻から大きく空気を吸い込んだ。

　発情期のピークは初日もしくは二日目だと言われているが、雅臣のフェロモンは今が一番強い気がする。きっと、雅臣からしたら総真のフェロモンもそうなのだろう。もうすぐ発情期が終わるからなのかもしれない。いや、だからこそ、だろうか。

「んんっ、あっ、ん……そ、まぁ、きもちい、……あっ、ひっ、きもちいい、おっきいので奥までぐちゃぐちゃにされるの、気持ちいい……ッ」

「俺も気持ちいいよ……腰とまらねぇ……」

「あっ、ああっ、ん、イイっ、気持ちいいッ、ナカとけちゃう……ひッ、あっ、は、ああっ」

　仰け反る雅臣の体をきつく抱き締めることでベッドに縫いとめて、ガンッ、ガンッと奥を突き破る勢いで激しく腰を打ち付ける。

　総真の射精が近いのがわかるのか、雅臣のナカがまるで搾り取ろうとするようにキュッと狭まって、奥へ奥へと誘う。

「雅臣、全部奥で出すからなっ……お前のナカ、俺のでいっぱいにするから……ッ」

「あ、あん、ぅ、ひあッ、うぅッ……ひうっ、あ、あ、そっ、まぁ、ッあ、ああっ……ッン」

口付けた瞬間と、雅臣の最奥を突いて総真が精液をぶちまけた瞬間はほぼ同時だった。

ごくりごくりと奥で飲み干そうとするように蠢く肉壁の動きに誘われるまま、総真はたっぷりと精液を注いでいく。

総真の射精に合わせて、雅臣の全身がビクンビクンと大きく震えていた。

無意識なのか、宙で揺れていた雅臣の足ががっちりと総真の腰に回り、腕とともにぎゅうっと強く総真を抱き締めていた。負けじと総真もぎゅっと雅臣の体を抱き締めて、絶頂に震える体を宥めるように優しくキスを続ける。

上も下も繋がって体を密着させると、まるでふたりでひとつになったようだった。絶頂の快感とはまた別の穏やかな多幸感に、総真の心はいっそう満たされていく。

しばらくしてからゆっくりと唇を離すと、お互いの舌先を銀糸が伝い、一瞬でぷつりと途切れる。雅臣は注がれた唾液をごくりと音を鳴らして呑み下し、総真を見つめて淫靡に笑った。とろんとしたその瞳はどこか虚ろだが、それでも総真の姿はしっかりと捉えている。

「雅臣、雅臣……」

「……っは、う、ぁ」

舌を舐めたり唇を甘噛みしたりしながら甘く呼びかけると、雅臣のまつ毛が震え、潤んだ瞳に再び総真が映った。

「あ、う、ふ、ぁ、……ナカ、すごい、そうまの、膨らんで、熱いの、おく、でてる……あっ、ああっ、いまも……いっぱい……せーえき、いっぱい……んぁ、あぁ、きもちい、おく、熱いの、気持ちいいよ……」

「よしよし。まだいっぱい出るから、雅臣もいっぱい気持ち良くなろうな」

「んぅ……うれしい、いっぱい種付けうれしい……子宮キュンキュンしてる、孕んじゃう、あかちゃんできちゃう……」

「俺の赤ちゃん産みたいの？」

「……う、産みたい……大切にするから……産んじゃダメ……？」

「ダメじゃないよ。俺も大切にする。雅臣も、俺たちの子どもも」

「ぅん……」

総真の言葉にも感じているのか、ナカがひくひくと震えて、雅臣は恥ずかしそうに目をギュッと瞑った。

「も、もう、ずっと雌イキしてる……そうまのせーえき、ビューってされると、イっちゃうの……あ、ぅ……とろとろの、奥にいっぱい流れてくる……」

「……お前がそうやってかわいいことばっか言うから、全然射精止まんねぇよ……ただでさえ名器なのに」

「は、ぁあ……いいよ……いっぱい出して、おれの子宮のなか、そうまのせーえきでいっぱいにして……あぅ、んっ、あぁぁ」

「ばか……」

そうして総真の射精が終わるまでの間、時折口付けを交わしながらふたりはずっと抱き合っていた。

「……大丈夫か、雅臣」

ゆっくりと性器を引き抜いてから、総真は雅臣の頬をそっと撫でた。

長い時間絶頂し続けた雅臣は、萎えた性器を抜かれる刺激にすらびくりと体を跳ねさせた。恍惚（こうこつ）とした表情ではぁはぁと呼吸を整えながら、ハリのある胸板を上下させている。

その色気のある様（さま）にまた総真の欲情が煽（あお）られたが、開かれた足を閉じる力も残っていないらしい雅臣の疲労を考えれば、これ以上は無理だろう。

総真が静かに雅臣を見下ろしていると、快楽にとろけた瞳が総真を捉（とら）え、愛おしそうに細められた。

「おれの……」

「雅臣？」

「おれの、つがい……おれの、アルファ……」

笑っているのに不安そうにも見える雅臣の表情に、総真の胸が締め付けられる。

頬に手を添えたまま、総真は雅臣へ柔らかく微笑みかけた。

「そうだよ。俺が……俺だけが、お前の番（つがい）。お前だけのアルファ」

「ずっと……？」

「ずっと」

総真がそう言い切ると、ようやく雅臣は安心したかのようにゆっくりと目を閉じた。その瞬間、目尻から零(こぼ)れた涙が頬を伝ってシーツの上へと落ちていく。

隣に体を横たえた総真は雅臣の頭を抱えるように抱き寄せ、じっとその寝顔を見つめる。

――かわいくて、かわいそうな、俺の雅臣。俺を拒んで、他の男に騙(だま)されて。でも最後はちゃんと俺を選んだ。俺の番(つがい)。俺のオメガ。俺だけの雅臣。

心の底から愛おしいと思った。

番(つがい)だからでも、アルファとオメガだからでもなく、雅臣だから愛おしい。

臆病で、自分のことが大嫌いで、いつも自信がなくて、面倒くさくて、なかなか思い通りにならなくて。

なぜ雅臣なのかと、周りの人間にはよく問われた。運命でもなく、秀でたなにかを持っている訳でもない。それどころか、生家の一条とは絶縁している曰(いわ)く付きだ。家族はともかく、卯月家の親戚連中にはよく思わない者も多いだろう。

それでも、総真は雅臣が良かった。ずっと、雅臣に恋をしていた。雅臣以外の誰かなんて考えられなかった。

無論、他の男と婚約までしていると知ったときは腸(はらわた)が煮え繰り返る思いだったが、だからといって総真が雅臣を嫌いになるなんてあり得ない。

絶対にどんな手を使ってでも奪い返す――その一心で今日まで動いてきた。

そして、ようやく手に入れたのだ。

腕を伸ばし、この四日間たっぷりと精液を注ぎ込んだ雅臣の下腹部に手のひら全体で触れる。先ほどの分を掻き出してないからか、わずかに膨らんでいるようにも感じられた。

そこを総真がさするように撫でると、雅臣の体がぴくりと震えた。けれども、目を覚ます様子はなかった。

発情期中のオメガの妊娠率は八割を超えると言われている。普通なら雅臣も妊娠する可能性が高いが、その心配はない。

総真は床の上に脱ぎ捨てていたジーンズを拾い上げ、ポケットのなかをまさぐった。

そこから取り出したのは少しばかりくしゃっと潰れた薬袋で、錠剤の並んだアルミシートが入っている。

それはオメガ用の避妊薬であり、先ほど電話をかけてきた年子の弟がわざわざ届けに来たものだった。

当事者抜きで行われている卯月家と悠木家の話し合いは、総真の予想よりもスムーズに進んでいるらしい。だが、番になったばかりですぐに子どもを作ることに関しては、雅臣の祖父もさすがに難色を示したという。

薬を届けさせたのは父の指示だろうが、普段は喧嘩ばかりしている弟もたまには役に立つ。このままだったら、雅臣を孕ませていたかもしれない。

アルファの本能として、番のオメガを孕ませたいという欲求は総真のなかにもあった。だが、冷静になったいま、それは総真自身の望みではない。

空白の十年を同じだけの時間をかけて埋めたいとは言わないが、総真は雅臣とふたりだけの時間が欲しかった。

総真とて、雅臣との子どももならいつかはほしいと思っているが、今すぐはごめんだ。幼稚だが、やっと手に入れた雅臣を赤ん坊に取られたくない。

――といっても、今後のことは発情期が完全に終わったあとの雅臣の反応次第だ。

正気に戻った雅臣は総真を拒み、逃げ出すかもしれない。

そうなる確率は極めて低いと総真は思っているが、結局は雅臣の発情期が終わってみなければわからないことだ。

番のアルファを拒むことは、オメガにとって緩やかな死に繋がる。故に、大抵のオメガは合意でなくても番になったアルファを受け入れる。

だが、死ぬ覚悟で番から逃げ出すオメガが一定数いるのもまた事実だ。雅臣がそうとは限らないが、強引に番になったことは否定できない。

弱っているところに付け込んだ。アルファのフェロモンで強制的に発情させ、快楽責めにして、雅臣の心を折った。

実際、発情期中の雅臣は別人のようだった。時折普段と同じような口調で言葉を交わすこともあったが、あれだって正気だったとは到底言えないだろう。

番という絶対的な存在になっても、ふたりはまだ友人でも恋人でもなかった。

明日には、四日間求め合い、捧げ合ったすべてが、夢のように消えてしまう可能性すらある。

絶対にもう二度と逃さないと誓っても、雅臣の心は雅臣だけのものだ。結局、総真が手に入れたのは、雅臣のオメガの本能だけなのかもしれない。

それでも、総真に後悔はなかった。

雅臣にアルファの婚約者がいるのだと知らされたときの、あの目の前が真っ暗になるような絶望感を味わうことはもう二度とないのだ。

総真が雅臣を抱き締めたままうっとりと目を閉じようとしたところで、間が悪いことにスマートフォンの振動音が鳴り響く。

舌打ちを堪え、雅臣を起こさないよう気を付けながら、総真はベッドサイドテーブルに置いていたスマートフォンを手に取った。その画面に表示されていた名前を目にした瞬間、忘れていた怒りが総真のなかでふつふつとよみがえってくる。

ベッドから抜け出し、ガウンを羽織った総真は、雅臣がよく眠っていることを確認してから足早にリビングルームへと向かった。

今すぐ怒鳴り散らしたい気持ちを抑えつつ、総真は素早く通話ボタンをタップする。

「てめぇよくもやってくれたな」

『なにが?』

「なにがじゃねぇよ。金目当てって話するだけだって言ってただろうが。なに失敗作だのデカブツだの余計な話まで雅臣に聞かせてんだよ、このクズ」

『えー、そうだったっけ? けどまあ、実際言ってるんだから聞かせた方がいいでしょ。誠に幻滅してくれた方が、そっちだって都合いいんじゃないの？』

弾むような声を聞くだけで、男のしたり顔が目に浮かぶ。

バーで雅臣から話を聞いたとき、総真は驚いた。片桐からもどういうことだと氷のような目で睨まれたが、総真だってそんなことは事前に聞かされていなかったのだ。

どうせ、その方が楽しいからとか、そんな身勝手な理由だろう。

つまり、雅臣はこの男の下らないお遊びに巻き込まれ、意味もなく傷付けられたのだ。

チッと総真の口から大きな舌打ちが零れる。

男にも、男を信用しすぎていたらしい自分自身にも腹が立つ。

総真と男の関係は、お互いの思惑の一致で成り立っている一時的なものに過ぎない。いや、こんな男と一時的にでも手を組んだのは、総真にとってある種の汚点とも言える。

だが、この男に利用価値があるのもまた事実だ。

高校卒業以降、まともに会うことのなかったその男が総真の前に現れたのは、ちょうど三ヶ月前――雅臣がアルファの男と婚約していたことを知った総真の腸が煮え繰り返っていたときのことだった。

中高の同級生であり、同じ上級のアルファでもあったその男とは多少の面識はあったものの、親しくはなかった。むしろ、アルファ至上主義で隠すことなくオメガを見下した態度を取るその男に嫌悪感を抱いていた総真は、なるべく男と関わらないようにしていたくらいだ。

にもかかわらず、いったいなぜ男は総真の前に現れたのか。

苛立つ総真を見て、男はその人形のような顔に不気味なほど美しい笑みを浮かべた。そして、総真にこんなことを言ったのだ。

『迷惑なんだよねぇ、自分の犬にはちゃんと首輪付けといてもらわないと』

その後男の口から語られたのは、気持ち悪くて理解不能で、しかし総真にとっては非常に都合の良い話だった。だからこそ、やはりこいつとは仲良くできそうもないと思いながらも、総真は男の話に乗ったのだ。

ため息が零れそうになるのを堪え、総真は気だるげに前髪を掻き上げる。

カリスマ性があり、ひとを惹きつけるが、実際は他人を傷付けることをなんとも思わないどころか、快感さえ覚えている。学生時代からヤバいやつだと感じてはいたが、ここまでとは思わなかった。

この男の幼少期になにがあったのかは総真も知っている。だからこそ憐れむ気持ちはあるが、それでもきっとこの男とはわかり合うことはできないだろう。

少なくとも、これ以上この男を雅臣に近付けてはいけないことだけは確かだ。

だが、この男の標的があの男なら、総真にとってこれほど都合の良い話はない……そんなことを考えていた時点で、結局は総真もこの男と根っこの部分では同類なのかもしれない。

総真の沈黙になにを思ったのか、電話越しの男は軽い調子で『あー、はいはい、俺が悪かったって』と投げやりに謝罪をする。そして、弾む声で質問を重ねた。

『で？　悠木雅臣とはちゃんと番になれたの？』

「……まぁな」

『へぇ、そりゃあおめでとう。誠のやつ、お前らが一緒にいること知らないから、悠木雅臣が卯月総真の番（つがい）になったなんて知ったら驚くだろうなぁ』

「あいつのことはどうでもいい。とにかくお前は二度と雅臣に関わるな。存在が胸糞悪いんだよ」

突き放すように総真がそう言うと、なにがそんなに楽しいのか、電話の向こうで男――佐伯夜彦（よるひこ）は声を上げて笑った。

『ひでぇな。卯月だから、特別に色んな情報全部流してやったのにさぁ』

「代わりに、お前の言う通りつまんねぇ茶番に協力してやっただろ」

『まあ、それでいいよ。俺だってお前のことは敵に回したくないし。それに、俺は犬が自分のとこに帰ってくるならなんでもいいから』

総真は佐伯の言う『犬』が一般的な犬とは違うことを知っていた。気味悪さを感じながら、総真はスマートフォンを耳に当てたまま眉をひそめる。

「……大枚叩くくらい執着してんなら、最初から捕まえとけよ。同じ大学なんだろ？」

『そんなこと言われたって仕方ねぇじゃん。だって、あいつがオメガと結婚するって言い出してからあいつのこと好きになったんだもん』

佐伯は、電話越しでも表情が想像できるほどうっとりとした声色で言った。

『俺はな、誠が本物のかわいそうなゴミクズだってわかって初めて、あいつのこと死ぬほど欲しくなったんだよ』

総真は背筋にぞくりとしたものを感じたまま押し黙った。

先ほど佐伯と自分は根っこの部分では同類かもしれないと思ったが、撤回だ。さすがに総真もここまで歪(ゆが)んではいない。

総真が口を噤(つぐ)んでいるうちに、佐伯は『じゃあまた』と言って通話を切った。

画面を睨(にら)んだまま、またなんてなければいい、と総真は思う。

あとは勝手にすればいい。総真だってそうする。佐伯が神田誠をどうしようが、総真にも雅臣にもなんの関係もない。

佐伯と出会い、オメガと婚約した時点で、あの男の運命は決まっていたようなものだ。

そして、皮肉なことにそれに関してはきっと雅臣も同じなのだろう。総真が雅臣に心奪われた瞬間から、こうなることは決まっていた。

——あの夜の唐突な再会だって、すべては総真と佐伯に仕組まれたものだったのだから。

▽▽▽

バーカウンターに突っ伏したまま眠ってしまった雅臣の顔を見つめながら、総真はその頬をするりと撫でる。

酒のせいか、軽く発情しかけているのか、その頬は赤く色付き、熱を持っていた。

——ようやく俺のとこに帰ってきた。

総真は満足げにほくそ笑む。

この日を十年待っていた。途中、余計な邪魔も入ったが、雅臣が誰とも番（つがい）になっていないのならあとはどうとでもなる。

総真が現れたとき、雅臣はひどく驚いていたし、その後はひどく気まずそうだった。若干嫌がられている気配もあって、総真は内心ショックを受けていたが、酒のおかげか、片桐のおかげか、途中からは雅臣もリラックスした状態で話してくれていたと思う。

総真が雅臣の頬に触れたときも、嫌がっている様子はなかった。それどころか、雅臣の目はとろんととろけて、うっとりと総真を見つめていた。

――あのまま雅臣が起きていたら、ちゃんと口説けてたのかもしれない。

とはいえ、もう眠ってしまったのだから、たらればの話をしても仕方がない。

片桐の作る酒は、飲みやすいがアルコール度数の高いものばかりだった。それが意図的なのか、偶然なのか――佐伯の指示なのか、片桐が勝手にやったことなのかは総真にもわからないが、別段興味はない。

総真は雅臣さえ手に入るのなら、外野のことなんてどうでもよかった。

「ん……」

眠っている雅臣が小さく声を上げ、わずかに身動（みじろ）ぐ。

総真はパッと雅臣の頬から手を離した。起こしてしまったかと一瞬気を揉んだが、雅臣は口をむにゃむにゃと動かしたあと、またすぐに穏やかな寝息を立てはじめる。

その雅臣の無防備な寝顔に、総真の胸はギュウッと締め付けられた。痛いような、苦しいような、けれど決して不快ではない胸の締め付けに、総真は奥歯を噛み締める。

――かわいい……！

ひそかに悶えながら、今度は錠付きのチョーカーに覆われた雅臣の項にそっと指先を滑らせる。

雅臣からメープルシロップのような甘い香りがするのは、たぶん気のせいではない。その甘美な香りだけで腹の底が熱くなっていく。

頭がぼうっとするような多幸感に、総真は熱い吐息を零した。

普通のオメガなら、アルファのフェロモンに当てられたくらいで発情したりなんてしない。運命の番であれば話は別だろうが、総真と雅臣は運命の番ではなかった。

おそらく雅臣は、長年強い抑制剤で無理やり発情期を抑えてきたことにより、比較的容易に発情期に陥りやすくなっているのだろう。

当然だが、あまり良い状態ではない。少し大袈裟に言うなら、雅臣はオメガとして心身ともに限界を迎えている。

つまり、飢えているのだ。

オメガにとって発情期は生理現象な訳で、本来は薬で抑え込むべきものではない。

動物のようだと嘲笑う連中もいるが、それのなにが悪いのだろう。生殖は生物の本能であり、そもそも人間も動物だ。

もともと男女の性別しかなかった世界にバース性を持つ者が生まれ、今やそれが当たり前になったのは、人類にとって必要な進化の形だったからに他ならない。

しかし、定期的な発情期（ヒート）に悩まされるオメガにとっては、そう簡単に割り切れる問題でないのもまた事実だ。

個人差はあるものの、独り身のオメガの発情期（ヒート）は激しい苦痛を伴うことが多い。

相手をしてくれるアルファが傍にいるかいないかで、天国と地獄ほどの違いがある。わざわざ金を払って見ず知らずのアルファと発情期（ヒート）をともにするオメガもいるくらい、ひとりで過ごす発情期（ヒート）はつらいのだ。

雅臣の発情期（ヒート）が重度だと知って、総真は十年もの制約をもうけた父を心底恨んだ。けれども、雅臣との約束を破ることもできず、ここ数年はずっと歯痒（はがゆ）い思いをしていた。

総真はじっと雅臣の寝顔を眺める。

恋人に拒まれ、ひとりでつらい発情期（ヒート）を過ごすのはどれだけ心細かっただろう。

総真は雅臣の髪を撫で、その手をゆっくりと広い背中に滑らせた。服越しでも、雅臣の体が熱を持っているのがはっきりとわかる。

雅臣の甘い香りが強まり、総真の目がとろけるように細められた。

「雅臣くん寝ちゃったんだ。……セクハラ反対」

ちょうどそのとき、店の奥に引っ込んでいた片桐が戻ってきた。

総真は不愉快そうに顔をしかめる。

「は？　まだなにもしてねぇんだけど」

「本人の許可なく他人の体に触るのは、間違いなくセクハラです」

じとっとした目で総真を見ながらカウンター内から出てきた片桐は、どこからか持ってきたブランケットを眠っている雅臣の肩にかける。そして、雅臣を総真と挟むような形で、カウンター席に腰を下ろした。

「そういうことは、せめて雅臣くんが起きてるときにしてくれる？　あと、うちの店のなかで発情期（ラット）起こさないで」

「無理言うなよ。お前らの発情期（ヒート）と同じで、こっちもコントロールできないんだから」

「よく言うよ。コントロールなんて最初からする気もないくせに……」

ハァとため息をついたあと、片桐の視線は眠っている雅臣へと向けられる。その目は慈愛に満ちていて、穏やかだった。

そんな片桐を見て、総真は軽く目を細める。

自分以外の人間が雅臣に愛情を向けているのも、向けられているのも、総真にとって愉快なことではない。特に、数年会っていなかったにもかかわらず親しげなふたりを見せられたあとでは。

「……お前、なんで今回俺たちに協力したんだ？」

総真は少しばかり気になっていたことを問いかけた。

片桐に声をかけたのは佐伯だが、正直、総真は今回の申し出に片桐と白鳥が応じるとは思っていなかった。協力したところで大した旨（うま）みはないし、片桐にしてみれば友人を罠に嵌（は）める行為でもあるからだ。

暴言を吐かれたからといって、雅臣がその場に殴り込みに行くような人間でないことは総真もわかっていた。おそらく、その場から走って逃げ出すだろうことも。

もともと総真は、自分が雅臣に声をかけて、強引にでも雅臣をどこかしらに連れて行くつもりだった。

しかし佐伯に『いやいや無理でしょ。十年ぶりに会った元同級生ってだけの男にのこのこついて行く訳ないじゃん』と冷静に言われ、渋々パイプ役を用意することになったのだ。

そうして、雅臣の交友関係を調べ上げた佐伯が見つけてきたのが、この片桐だった。

佐伯はいくらか謝礼を出すと言ったが、片桐はそれを断ったらしい。友達のことだから、と。ただより安いものはないと佐伯は少し不満そうだったが、結局、パイプ役には片桐が選ばれた。

数年間も音信不通だった親友が突然目の前に現れれば、雅臣だって足をとめるだろう――佐伯はそう予想し、それは確かに当たった。

片桐は唇を湿らせるようにわずかに酒に口を付けたあと、先ほどの総真の問いに淡々と答える。

「雅臣くんに会いたかったから。……それと、ひとりで家から出られる最初で最後のチャンスだと思ったから、かな」

意外な答えに、総真は目を見開く。

片桐は口元に皮肉っぽい笑みを浮かべながら言葉を続けた。

「白鳥にとっても、佐伯と卯月に恩を売れるなんてなかなかないからね。それに、白鳥は僕と雅臣くんが仲良かったのをあまりよく思ってなかったんだ。だから、卯月くんが雅臣くんを番（つがい）にするなら、白鳥にとっては一石二鳥だったわけ。……それでも、僕が家から出るのは嫌がってたけどね。説得するの面倒くさかったなぁ……」

白鳥とは友人ではないが、彼が番を激しく束縛するタイプのアルファだということは総真も知っていた。

それはアルファの本能のようなものなので、仕方のない部分もあるのだろう。逆にオメガのなかにも番に束縛されることを強く望む者はいる。

しかし、それほど番のアルファに対して愛情がなく、束縛されるのも嫌という普通の感性を持ったオメガであれば、そんなアルファに束縛され、監視される生活は地獄だろう。

片桐がそうなのかはわからないが、先ほどからの言動を考えると、夫の白鳥に心底うんざりしているのは総真にも察せられた。

「それに、僕がやらないって言っても、他の誰かに話が回っただろうしね。なら、僕がやりたいって思ったんだ。結果、正解だったよ。雅臣くんとたくさん話せたし、鬱陶しい男は傍にいないし」

短い時間とはいえ、白鳥から解放された片桐は清々しい顔で笑っていた。

言葉そのものも辛辣だが、結婚して自分の姓も白鳥になったはずなのに、どんなときでも夫のことを未だに名字で呼び続けることにもなかなか深い闇を感じる。

——ほら見ろ、どこが仲良いんだよ……

総真は眠っている雅臣に向けて、心のなかで文句を言う。

しかし、そんな状況を知るはずもなく、雅臣はすやすやと眠ったままだ。

「あと、雅臣くんのこと騙してる男にムカついたから協力した、ってのもあるかな。だって、あり得ないでしょ。雅臣くんみたいな発情期が重いオメガを騙すなんて……」

怒りを滲ませながら、片桐は痛ましげな表情で雅臣を見下ろした。きっと、学生時代をともにした分、雅臣の発情期の重さやつらさがわかるのだろう。

ふいに、詰問するような鋭い目が総真へと向けられる。

「……そう言えば、あそこまでひどい会話を雅臣くんに聞かせる必要ってあったの？　失敗作とか、容姿のこととか……」

先ほど雅臣が話していた、婚約者の男とその友人たちに馬鹿にされていたという話についてだろう。だが、それに関しては、どういうことなのかこちらが聞きたいくらいだ。

総真は苦々しい表情を浮かべながら、自身の髪を掻き上げた。

「俺もそれは知らなかったんだよ。あんなもんわざわざ雅臣に聞かせる訳ねぇだろ」

「ということは、佐伯夜彦が勝手にやったことな訳ね……あいつも本当にどうしようもないな。よりにもよって、雅臣くんを失敗作だなんて……」

呆れたように言って、雅臣を見下ろした片桐はスッと目を細める。

一瞬、慈愛に満ちたその目になにか冷たいものが宿った気がした。嫉妬のような、軽蔑のような、そんななにかが。

「雅臣くんが失敗作なんて、オメガのことなにも知らない馬鹿が言いそうなことだよね。雅臣くんはオメガのなかでも本物のオメガなのに」

「……どういう意味だ？」

「そのままの意味だよ」

片桐はそれだけ言って、はっきりとは答えてくれなかった。そして、再び小さく微笑みながら総真を見やる。

「心配しなくても、雅臣くんがあの男を選ぶことなんて絶対ないよ。雅臣くんは僕と違って、ちゃんとオメガらしいオメガだから」

「別に、心配なんかしてねぇよ」

「そう？」

「……おい、本人の許可なく触るのはセクハラなんじゃなかったのか？」

雅臣の髪を撫ではじめた片桐に向かって総真は苦言を投げかけたが、片桐はそれを無視して淡い色をした雅臣の髪を撫で続けた。そして、ふと思い出したように言う。

「高校生の頃、雅臣くんから卯月くんの話聞いたことあるよ」

「……なんて言ってた？」

「内容は忘れちゃった」

――ならうなよ……

一瞬、期待とともに緊張が走ったものの、片桐のあっけらかんとした返答に総真はがくりと肩を落とした。

いじめられていたとか嫌いだったとか、そういう話の可能性もあるので、本当に聞きたいかと言われれば微妙だ。

だが、空白の十年間、雅臣が総真のことをどう思っていたのか興味はあった。

がっかりしている総真を見て、片桐はくすりと笑う。

「ただ、そのとき『雅臣くんって卯月くんのこと好きだったのかなー』って思ったのは覚えてるんだよね。表情とか言い方で、なんとなくだけどね」

総真は顔を上げて、じっと片桐を見た。嘘をついている風ではないが、その顔に浮かべられた笑みはからかいを含んでいる。

「協力した一番の理由はそれってことか？」

「さぁ、どうだろう。正直、ひとりで外を歩きたかったって理由も大きいんだよね。でも、確かに相手が卯月くんじゃなかったら、協力なんてしなかったかもね」

そう言いながら、片桐は名残惜しそうに雅臣の髪から手を離す。

「なんにせよ、あとは雅臣くんが決めることだよ。……といっても、君も逃す気なんて更々ないんだろうけどね」

「当たり前だろ。こっちは十七年もこいつに惚れてんだよ」

「傲慢」

片桐が悪態をついた直後、再び片桐のスマートフォンから着信音が鳴り響く。

舌打ちをしながら即座に着信を切った片桐は、窺うように雅臣の顔を覗き込んだ。幸いにも雅臣はぐっすりと眠ったままだ。

画面を見ずとも、着信相手が誰だかわかる。総真は渋い顔をする片桐に苦笑いをした。

「……じゃ、そろそろ引き上げるわ」

「タクシー呼ぼうか？」

「いや。車は近くのパーキングで待たせてるから、今から呼ぶ」

「さすが、用意周到だね」

片桐はうざったそうな顔をしてスマートフォンの電源を落とした。

それから、改めて総真に向き合って言う。

「協力した僕が言うのもなんだけど、雅臣くんのこと不幸にしないでね」

「……ああ」

本心からそう願っているように見えた。そこには確かに、雅臣の未来を心配する優しい友人の姿があった。

雅臣の寝顔を見つめた片桐は少し寂しそうに笑って、「また会えたらいいなぁ」と小さく呟く。

だが、そんな日はもう訪れないかもしれない――そう思いながらも総真は片桐に礼を告げ、眠ったままの雅臣を抱き上げて静かに店を出た。

雅臣が片桐のことをどう思っているのかはわからないが、ここの友人関係も案外複雑なのだろうか。いや、よくよく考えてみれば、総真だって自身の友人たちのすべてを好ましく思っている訳ではなかった。嫌なやつだと思うこともあるし、呆れることもある。

そういうなにかが、片桐も雅臣に対してあるのかもしれない。でなければ、そもそも総真たちに協力したりはしないだろう。

一分もしないうちに到着した車の後部座席に雅臣を押し込むように乗せ、総真もその隣に腰を下ろした。雅臣は熟睡しているようで、ちっとも起きる気配はない。酒に弱いという情報はあったが、ここまでとは思わなかった。

その赤い頬をするりと撫でても、今はそれを咎(とが)める人間などいない。総真はじっと雅臣の寝顔を眺めた。

雅臣が目覚めたら、なにから話そう。

あの一方的な約束のことを覚えているだろうか。まだ総真が雅臣を愛していると知ったら驚くだろうか。総真が番(つがい)になりたいと言ったら、あのときのように拒むのだろうか。

わからないが、なんと言われようと、総真は自分のやりたいようにやる。もう待たない。

甘やかして、愛して、骨抜きにする。それを雅臣が望んでいなくても構わない。同じように愛を返してくれなくたって構わない。

どんな方法を使ってでも雅臣を手に入れる――雅臣にアルファの婚約者がいると知らされたとき、自分自身にそう誓ったのだ。

恨まれたっていい。嫌われたっていい。

けれど、もし叶うなら、愛することを許してほしい。

総真は少しだけ寂しげに微笑んで、雅臣の髪にキスを落とした。

◇　◇　◇

「どうしてオメガなの？」

大好きな母が泣いていた。

明るくて、美人で、自慢の母だった。

なのに、今は床に蹲って、怯えたような目で雅臣を見る。

もともと冷たかった父は母を抱き締め、いっそう煩わしそうに雅臣を睨んだ。

雅臣は膝を抱えて、小さく蹲る。

――ここはどこだろう。

遠くから子どもの笑い声と外を駆け回る足音が聞こえてくるが、雅臣は狭くて暗い場所にひとりぼっちだった。

さみしい。けれど、それはここから抜け出してもきっと変わらない。なら、ここでもいい。このまま誰にも気付かれず消えてしまえるなら一等いい。

本心からそう思っているはずなのに、目からはぽろぽろと涙が零れ落ちてくる。

雅臣は抱えた膝を引き寄せて、いっそう深く顔を埋めた。

「――見つけた」

耳慣れた声とともに、突如頭上から光が差す。

雅臣が顔を上げると、幼い頃の卯月がこちらを覗き込むように見下ろしていた。

真っ白なシャツも、膝小僧の見える黒の半ズボンも、まるで卯月のためにデザインされたかのようによく似合っている。

雅臣が呆然と卯月を見上げていると、小さな手が伸びてきて、雅臣の腕を掴む。そして、卯月は呆れたような、少し怒ったような顔をして、雅臣の腕をぐいっと引っ張った。

されるがままに立ち上がり、そこから引きずり出された雅臣は、卯月に手を引かれて幼稚園の敷地内を歩き出す。

雅臣を引っ張る卯月の手も、卯月に引っ張られる雅臣の手も、小さく頼りない幼子のものだ。

けれども、雅臣の手をギュッと握る卯月の手は力強く、なにより温かかった。

さっきまでいた場所を雅臣が振り返ると、そこには蓋の開いた小さな段ボール箱が放置されていた。

卯月は雅臣の手を引いたまま、ずんずんと日向の明るい方へと進んで行く。

「お前、隠れるのうますぎるんだよ。もうみんな別の遊びしてんぞ」

かくれんぼをしていると、雅臣は鬼に見つけてもらえないまま遊びが終わってしまうことが多かった。卯月が言うように雅臣が見つけにくい場所に隠れてしまうせいもあるが、そもそもみな、さほど雅臣に関心がないのだ。

雅臣はゆっくりと顔を上げて前を見た。卯月が歩を進めるたび、目の前の艶やかな黒髪がかすかに揺れる。

――いや、みんなではなかった。卯月は、卯月だけは、いつも雅臣を捜し続けて、見つけてくれた。怒ったような、それでいて誇らしげな顔をして、いつも雅臣の手を引いてくれた。

「……ありがとう」

掴(つか)まれていた手を軽く握り返すと、卯月がピタリと立ち止まった。そして、不機嫌そうな、少しツンとした表情で雅臣を振り返る。

照れていたのだと気付いたのは、もっと大人になってからだ。

「もう二度と逃げんな」

「うん」

「ずっと傍にいろ。俺以外のやつの言うことなんて無視しろ。あいつのことは忘れて、俺のことだけ見てろ」

「……うん」

ようやく卯月が笑った。

らしくもない、今にも泣きそうな、くしゃっとした笑顔だった。


どこからか聞こえてくるかすかな話し声で、雅臣は目を覚ました。

ゆっくりと瞼(まぶた)を持ち上げると、すぐそこに卯月の後ろ姿が見える。下は穿(は)いているが上半身は裸のままで、むき出しの白い背中が起き抜けの雅臣の目には少し眩(まぶ)しかった。

ベッドに腰掛けている卯月は誰かと電話をしているようで、雅臣が目を覚ましたことにはまだ気付いていない。ほとんど相槌(あいづち)を打っているだけなので会話の内容はわからないが、雅臣はなんだか寂しい気持ちになった。

服を着ているときよりも大きく見えるその背中に手を伸ばし、そっと指先で触れる。

肩越しにこちらを振り返った卯月と目が合うと、伸びてきた手が雅臣の短い髪を優しい手つきで撫でた。

「……いや、それは俺が戻ってから自分でなんとかする……ああ、わかってる……ああ、じゃあ、またあとでな」

通話を切り、ベッドに乗ってきた卯月が雅臣へと覆い被さった。

柔らかく微笑みかけられたあと、顔中にキスが落ちてくる。チュッと鳴るかわいらしいリップ音が気恥ずかしい。

「悪い、うるさかったか？」

耳元で囁(ささや)かれた言葉に、雅臣は小さく首を横に振る。

それよりも、電話の相手が気になった。

「誰と電話してたんだ？」

「弟だよ」

「……和真(かずま)くん？」

「なんで知ってんだ？」

「なんでって、小学校一緒だっただろ？」

雅臣が苦笑いしながら言うと、卯月はそれもそうかと納得したような顔をした。

卯月和真は卯月の年子の弟で、兄とはまた少し違うタイプの美少年だった。

学年が違ったので雅臣とはさほど関わりがなかったが、学校行事かなにかでたまたまふたりきりになったときに「いつもうちの兄がすみません」と頭を下げられ、卯月の弟らしからぬ誠実な振る舞いに驚かされた記憶があった。

懐かしさとおかしさに、雅臣の頬が緩（ゆる）む。

その一方、雅臣がそんなことを思い出しているなど知る由（よし）もない卯月は、雅臣の首筋に鼻先を寄せて、スンと匂いを嗅（か）いだ。

「まだちょっと甘い匂いするな」

「でも、たぶんもう大丈夫だと思う」

少しぼうっとするが、体の熱も引いているし、あの発情期（ヒート）特有の頭がおかしくなりそうなほどの渇望感も今はない。

これまでの発情期（ヒート）は丸々一週間ひとりで苦しみ続けたが、今回は同じくらいの日数でもあっという間だった気がする。番（つがい）を得たオメガの発情期（ヒート）は軽くなると聞いたことがあるので、それなのかもしれない。

徐（おもむろ）に自身の項（うなじ）に手をやると、ピリッとした痛みが走り、雅臣はとっさに手を離す。

再度おそるおそる指先で触れてみると、カサついた、少し硬い手触りがした。おそらく、卯月に噛まれたところが瘡蓋（かさぶた）になっているのだろう。

「噛み痕、見たい」

雅臣が独り言のようにぽつりと呟く（つぶや）と、卯月は再びスマートフォンを手に取り、もう片方の手で雅臣の頭を横向きに固定した。それからパシャリと音がしたあと、無言でスマートフォンを雅臣に手渡してくれる。

画面に映る雅臣の項（うなじ）には、複数の噛み痕がしっかりと残されていた。瘡蓋（かさぶた）になったそれらは痛々しいというよりも、どこか神聖なもののように雅臣の目には映った。

「雅臣」

ぼんやりと画像を眺めていた雅臣が振り返ると、頭を引き寄せられ、深いキスをされた。

「っ、ん……」

薄く唇を開くと、卯月の舌と一緒に小さな固形物らしきものが口のなかへと入ってくる。その違和感に雅臣は一度唇を離そうとしたが、後頭部に回された卯月の手にさらに強く引き寄せられ、離れることはかなわなかった。

雅臣が唾液とともにそれをごくりと呑み込むと、ようやく唇が離れる。

軽く咳き込む雅臣の背をさすりながら、卯月はペットボトルの水を差し出してきた。

「ほら」

「……なんか薬みたいなの飲ませただろ」

手渡された水を喉に流し込んでから、雅臣はじとりと卯月を見た。

ばつが悪いのか、卯月は前髪を掻き上げて、雅臣と視線を合わさずに言う。

「オメガ用の避妊薬だよ。番（つがい）になったばっかりで、さすがにまだ子どもは早いだろ」

「……そうだな」

なんとなく雅臣もそうじゃないかな、と予想していたので、そこまで驚きはしなかった。別にこんな飲ませ方をしなくてもいいだろう……とは少し思うが。

発情期(ヒート)中に何度か子どものことを口走った記憶はある。けれど、それでも発情期(ヒート)が終わった今は卯月の意見に同意だ。もちろん、子どもが欲しい気持ちは今もあるが、まだ不安の方が大きいのが正直なところだった。

卯月と雅臣は番(つがい)になったが、それを除いたふたりの関係は、十年ぶりに再会したただの同級生に過ぎない。

雅臣にも卯月にも、お互いを知る時間が必要で、セックスなんて本当はそのあとにすべきことだ。

ふいに昨日までの自分を思い出し、雅臣はひとり顔を赤くした。

慌てて卯月から顔を背(そむ)け、枕に顔を押し付ける。

別人と言ってもいいほど、自分が自分じゃなかった。それでいて、記憶はしっかり残っているのだからタチが悪い。

卯月に言われるがまま卑猥(ひわい)な言葉を口にして、ねだって、甘えた。『総真』と下の名前で呼んで、自分から口付けた。恥ずかしいのさえ気持ち良くて、卯月に与えられるすべてが愛おしかった。

思い返すと、素に戻った今では恥ずかしくて堪(たま)らない。

けれどおかしなことに、その気恥ずかしさが嫌ではないのだ。

むしろ、今までの人生のなかで一番幸せな時間だったような気すらする。

――……いや、でもやっぱ恥ずかしすぎる……なんか全体的に俺みたいなかわいくない男がやっちゃダメなことばっかだっただろ……変なこといっぱい言ったし、十年ぶりに会ったのに卯月のこと馴れ馴れしく『総真』って呼び捨てにしちゃってたし……

赤面した雅臣が暴れ出したいほどの羞恥に耐えている間に、ベッドから下りた卯月は雅臣に背を向けてガウンを羽織る。

「とりあえず、お前の祖父さんたちにちゃんと挨拶しないとな。そのあと役所から番届もらってくるから、すぐ出そうぜ」

番届とは、番になったアルファとオメガが任意で国に提出するものだ。婚姻届と似ているが、籍を一緒にする訳ではない。番関係を証明するためのものであり、特にオメガ側にとっては重要な届け出だった。

アルファにとっては足枷にもなり得るそれを自分から申し出るということは、卯月は本気で雅臣との将来を考えているのだろう。

――そもそも、昨日プロポーズのようなものもされたんだった。

思い出して、照れくさい気持ちになりながら雅臣は小さく頷き返す。

「うん」

「……やけに素直だな。発情期が終わったら、やっぱりヤダって言い出すかと思った」

あんまりな言い草になにか言い返そうかと思ったが、卯月が心底ホッとしたような表情を浮かべていたので、雅臣は黙ったままでいた。

実際、発情期（ヒート）中は本能に流されてアルファを受け入れても、発情期（ヒート）が終わった途端にアルファを拒むオメガもいる。

雅臣も、本能に流された部分がある。番（つがい）になったときも、投げやりな気持ちがなかったとは言い切れない。

けれど、今は後悔してないのも事実だった。

目が覚めて、卯月が傍にいて、なんだかすごくうれしかったのだ。

とりあえずと雅臣が上半身を起こした瞬間、とろりと内側からなにかが零（こぼ）れ落ちてきた。

「う、ぁ……」

雅臣が顔を真っ赤にしたまま動けずにいると、どうした？　と卯月がこちらに近付いて来る。

とっさにシーツを手繰（たぐ）り寄せた雅臣の様子を見て、なにかに気付いたらしい卯月は再びベッドに乗ってきた。

グイグイとシーツの引っ張り合いがはじまる。

「や、やだって……」

「孔から精液出てきてんだろ」

「お前……言い方ってもんがあるだろ」

「うるせぇなぁ。ある程度掻き出さねぇと風呂場にも行けねぇだろ。ケツからザーメン垂れ流しながら歩くのか？」

こいつにはデリカシーというものがないのだろうか。雅臣がジトッとした目で睨（にら）んでも、卯月はどこ吹く風。

　とうとう卯月は雅臣から強引にシーツを剥ぎ取り、雅臣の膝を立てさせてから足を押し開いた。

「恥ずかしいなら目閉じとけよ」

　雅臣の股の間に体を置いた卯月が、近くにあったティッシュを数枚まとめて手に取り、雅臣の後孔のすぐ下に添えるように押し当てる。卯月が二本の指で縁を広げるだけで、そこそこの量の精液があふれ出てきた。

　激しい羞恥心に雅臣は身を捩り、縋り付くようにシーツを握り締める。

「いやだ……っ」

「我慢しろ。あと、指入れるから力抜け」

「んっ……」

　力を抜けと言いつつ、指はすぐに雅臣の後孔のナカへと入ってきた。発情期が終わったとはいえ、ここ数日指よりも遥かに太いものを咥え込んでいたそこは、すんなりと卯月の指を受け入れた。

　前立腺を避け、ゆっくりと精液を掻き出すように動く指のもどかしさに、雅臣の内腿が震える。唇から零れ落ちる吐息が熱を帯びはじめたのを卯月に気付かれぬよう、雅臣は手の甲を口に押し付けて声を殺した。

　卯月の指の動きに促され、時折卑猥な音を立てながら孔から精液が零れ落ちていく。

　恥ずかしくて、堪らず雅臣はギュッと目を瞑った。

　そうしてティッシュが何枚も消費され、雅臣の全身が汗ばみ出した頃、ようやく卯月の指が抜き取られた。

はあ、と雅臣の口から熱い吐息が零れる。

しかし、ホッとしたのも束の間、背中と膝裏に腕を回されたかと思うと、雅臣はそのままグイッと抱き上げられた。発情期中同じように運ばれたことは何度もあったが、今は素面だ。

雅臣はびっくりしてヒッと声を上げる。

「な、なにっ？」

「風呂だよ」

卯月は有無を言わさぬ口調で言い放ち、雅臣を抱きかかえたまま浴室へと向かった。

浴室に入ると卯月はすぐに雅臣を下ろし、浴槽にお湯を張りはじめる。そして、ズボンと下着、先ほど羽織ったばかりのガウンを浴室の外に脱ぎ捨ててから、雅臣と向き合った。

目が合うと、卯月に無言で抱き寄せられ、キスをされる。

少し驚いたが、重なった唇の気持ち良さに、そんなことはすぐにどうでも良くなる。角度を変えながら舌を吸い合うと、腰がジンと痺れるように疼いた。

「んっ……」

吸い寄せられるようにキスをして、お互いの口内を舐め回す。もう発情期は終わったはずなのに、卯月の唾液がひどく甘く感じた。

その後、ゆっくりと唇を離して、しばしふたりは見つめ合う。

目を逸らしたのは卯月の方が早かった。

「洗ってやるから、そこ座れよ」

「自分でできるよ」

「いいから」

体をシャワーで軽く流したあと、半ば強引にバスチェアに座らされ、背後から伸びてきた卯月の手に髪を洗われる。発情期（ヒート）中にも何度か全身を洗ってもらったことを覚えていたので、雅臣もさほど抵抗はしなかった。

がしがしと強めの力で頭を揉み込むように髪を洗われるのが気持ち良い。シャンプーのあとはしっかりトリートメントまでされて、それを洗い流したあとは泡立てたスポンジで体を洗われる。際どい部分をスポンジで擦（こす）られると一瞬緊張で体が強張（こわば）ったが、卯月には洗う以外の意図はなかったようで、泡を洗い流すとすぐに雅臣は解放された。

「先入っとけよ」

「うん」

素直に頷いて、お湯の張られた広い浴槽に浸（つ）かる。少しぬるめのお湯が雅臣の火照（ほて）った体にはちょうど良かった。

足を伸ばして、ほうっと息を吐く。

なんだかのんびりしてしまっているが、今後どうなるのか雅臣には見当もつかない。

自分たちの状況を知ったとき、雅臣の祖父母と卯月の家族、そして誠とその家族がどう反応するのかを想像すると少し怖かった。

雅臣は自分の意思で卯月と番になったのだから、当然その責任は自分で負わなければならない。誠側にも色々あったとはいえ、婚約中に他の相手と番関係を結んだのだから、叱責は免れないだろう。しかも、番になったのがあの卯月家の息子だとわかれば、余計に話は大きくなるはずだ。きっと、真面目な祖父母は雅臣に怒り、失望するだろう。最悪、父のように縁を切られてしまう可能性もある。

想像するだけで血の気が引くが、祖父母に迷惑をかけてしまうくらいなら、その方がいいのかもしれない。雅臣が神田家に責められるのは当然だが、祖父母まで責められてしまうのは絶対に嫌だった。親に捨てられた雅臣を引き取って愛してくれた家族に、これ以上迷惑はかけられない。

卯月の今までの言動を考えれば、なにかしら手を打っている可能性はある。だが、それはそれとして、雅臣は誠とのことは自分自身できっちりとけりをつけるつもりだ。

電話で話したとき、誠は雅臣とやり直したがっていたようだったが、自分のことを失敗作だとみんなで嘲笑っていたのを知ったときから雅臣にその気はなかった。卯月と番になった今は尚更だ。

オメガにとって番は唯一無二。変えることも、やめることもできない魂の契約。

番を解消できるのはアルファだけだが、今までの言動から、卯月がそれを望むとは到底思えない。

卯月は雅臣を愛している。未だに信じがたいが、おそらく事実だ。

まどろんだ思考のなか、雅臣は少し離れたところで体を洗う卯月をこっそりと眺める。

顔が小さくて、手足が長い、モデルのように引き締まった美しい体をしている。水を弾く肌は陶器のように白くて、けれどしっかりと筋肉が付いているからか、軟弱な印象はまったくない。昔から美少年だったが、少しずるいと感じてしまうくらい綺麗でかっこいい男へと成長していた。

「……そんなに見るなよ」

泡を洗い流している卯月が、突如小さく噴き出してそんなことを言った。

雅臣は慌てて目を逸らす。

こっそりと見つめていたはずが、気付けばジロジロと卯月を観察していたらしい。やましい気持ちがあった訳ではないのに、恥ずかしくて顔から火が出そうだった。

その後、体を洗い終えた卯月が、濡れた前髪を掻き上げながら湯船のなかへと入ってくる。

浴室と同様に浴槽も広いのだが、卯月は雅臣のすぐ傍に腰を下ろすと、雅臣を背後から抱き寄せるような形で自身の股の間に引き込んだ。

気恥ずかしくて堪らないけれど、密着した肌の温かさが心地いい。

雅臣は卯月の胸にもたれるように背中を預けて、しばらくの間ぼんやりと湯に浸かっていた。

番だからこんなにも落ち着くのだろうか。

番でなければ、卯月の言っていた通り雅臣は逃げ出したのだろうか。

誠のことが好きだった。結婚したいくらい、番になりたいくらい、好きだった。

けれど、もうすべてが朧げだ。

長い夢から覚めたような気分だった。誠を愛したことも、誠に裏切られたことも——

首だけで振り返ると、ずっと雅臣を見つめていたらしい卯月と目が合った。

「……なんだよ」

言葉はぶっきらぼうなのに、表情と声は柔らかい。

雅臣はふっと笑ってから正面を向いた。

「すごく不思議な気分だ。お前とこんな風になるなんて、思ってもみなかった」

「お前が嫌だって言っても、今度は絶対逃がさねぇからな」

「誰も逃げるなんて言ってないだろ」

小さく苦笑してから、雅臣はずっと気になっていたことを卯月に問いかけた。

「あの日、お前と会ったのは偶然じゃないよな？　たぶん、片桐と会ったのも、佐伯さんからの電話も」

あのときはパニック状態で気付けなかったが、思い返してみるとあの日のことはどれもこれもおかしかった。佐伯からの電話の内容は嘘だったし、片桐との再会が偶然だったとしても、入った店の奥から突然卯月が現れるなんて偶然はさすがにないだろう。

ただ、あの数々の不自然な出来事が、こうなるために予め仕組まれていたのだとしたらすべて説明がつく――訳ではないが、すべてが偶然だったと考えるよりはまだ現実的だ。

しばらくの間、卯月は黙ったままだった。

しかし、やがて諦めたようにため息交じりで低く答える。

「……そうだ、って言ったらなんか変わんのか？」

「いいや、別に。わざわざ手の込んだことするなぁとは思うけど」

「仕組んだのは俺じゃねぇよ」

「じゃあ、誰が？　なんのために？」

「……お前は知らなくていい」

多少気にはなったが、卯月の声がひどく苦々しいものだったので、雅臣もそれ以上詮索はしなかった。

それに、今回の件が誰の思惑で目的がなんだろうと、雅臣にはどうでもいいことだ。卯月が知らなくていいと言うのだから、尚更そうだろう。

誰かの手のひらの上で踊らされていたとしても、それが今のこの幸福な時間に繋がっているのなら雅臣はそれで構わなかった。この先にとんでもない地獄が待っていたとしても、卯月が傍にいてくれるのならなんとでもなる気さえしていた。

卯月がわずかに身動ぎすると、浴槽の水面がゆらりと揺れる。

「言っとくけど、あの男がクズなのは事実だからな。……あと、俺はお前があそこまでひどい話を聞かされるなんて知らなかった……いや、こんなのただの言い訳だな。嫌な思いさせて悪かった。俺がもっと、あいつを警戒するべきだったのに……」

「それは別にお前が謝ることじゃないだろ」

顔が見えなくても声だけで卯月が落ち込んでいるのがわかり、雅臣は苦笑した。

確かに傷付いたが、結果的にそれで良かったのだと思う。あれだけのことを言われても、まだ雅臣のなかには誠に対する情が残っていた。軽い悪口程度では、誠を許してしまっていたかもしれない。

それに、卯月が雅臣を諦めていなかった時点で、どちらにせよ雅臣の運命は決まっていたような気がする。

自身を抱き締める卯月の手に、雅臣はおずおずと自分の手を重ねた。

「正直、ここ数日で色々ありすぎてまだ頭が追い付いてないんだ……でも、俺の番になったのが卯月で良かったって思ってる。お前がずっと俺を好きでいてくれて、なんというか……うれしかった。それは本当だ」

独り言のようにぼそぼそと告げる。

雅臣を抱き締める卯月の腕にギュッと力が入ったのを感じた。

「それ、プロポーズか？」

「……プロポーズしたのは昨日のお前だろ」

「じゃあその返事？　イエスってこと？」

「……返事はもう昨日した」

「あんな発情期でふにゃふにゃの状態で言ったことなんて信じられるかよ。ちゃんと素面の今、答えろ」

ムッとして体ごと振り返ると、想像していたよりもずっと真剣な顔をした卯月と目が合った。

少し気恥ずかしかったが、卯月の目を見つめ返したまま雅臣は答える。

「結婚するよ……お前がそれでいいのなら」

言い終わると同時に、卯月にそっとキスをされた。

おとぎ話に出てくるような、唇が触れ合うだけの優しいキスだった。

唇が離れると、鼻がくっつきそうな距離で卯月と見つめ合う。

笑っているのに泣きそうにも見える、今朝の夢で見た幼い卯月とよく似た表情を見て、雅臣はどうしようもなく卯月が愛おしく思えた。

「雅臣、ちゃんと支度はすませたの？　もうそろそろ総真さんとの約束の時間でしょ」

「まだ早いよ……待ち合わせまであと一時間以上あるだろ」

「でも、電車で行くんでしょ？　なにがあるかわからないわ」

「そりゃそうだけど……」

雅臣は少し困った表情で、ひとりそわそわと落ち着かない様子の祖母を見つめる。

今思えば、祖母は昔から卯月贔屓だった。幼い頃、雅臣が卯月にいじめられているのだと主張したときも、祖母は雅臣の肩を持ちつつも卯月のフォローをしていた。

――まあ、それに関しては雅臣以外の誰も、雅臣が卯月にいじめられているとは思っていなかったのだから仕方がない。

そもそも、卯月が雅臣のことを好きだということは、一度目の婚約の申し入れがある前から祖父母もわかっていたらしい。というか、わかっていなかったのが雅臣本人だけだったというのは、久しぶりに真理亜と電話で話してようやく知ったことだ。

『鈍いっていうか……雅臣くん、そういう対象から卯月くんのこと完全にシャットアウトしてたよね。別次元のひとだから自分のこと好きなはずないって思い込んでたんじゃない？　傍から見たら卯月くんって、好きな子に構ってほしくて意地悪しちゃうクソガキ以外のなにものでもなかったんだけどね』

真理亜の話に唖然としつつ、雅臣は確かにと納得もしていた。

思い返してみれば、幼い頃の雅臣は何度も卯月に助けられ、守られてきた。楽しい思い出もたくさんあったし、一見暴君である卯月が本当は優しい少年だと知っていた。

けれど、そんな記憶はいつだって些細なこととして頭の隅に追いやられて、嫌なことをされた記憶ばかりが鮮明に残り、卯月を苦手に思っていた気がする。

結局は、自分がかわいかったのだ。

これ以上惨めになるのが嫌で、卯月を遠ざけた。雅臣はずっと、卯月が自分に好意を持っていることを認めることができなかった。

卯月と番になった今となっては、自分のせいで長い時間を無駄にさせてしまったような気がして、申し訳なさすら感じている。

「……わかった、早めに行っとくよ」

雅臣が苦笑しながら立ち上がると、それがいいわ、と祖母は満足そうに笑った。

外出着に着替え、約束の時間よりずっと早く家を出た雅臣は、のんびりと歩いて最寄りの駅へ向かう。

もう冬が近いからか、陽が差しているのに少し肌寒かった。もう一枚、上着を羽織ってくればよかったかと思いつつ、雅臣は幼い頃から歩き慣れた道を進んで行く。

あんなことがあったのに、なんだか普通に過ごせてしまっている。

雅臣と卯月が番になってから二月ほど時間が流れたが、今のところ覚悟していたような罰を受けることもなく、淡々と日々が過ぎていた。

駅に着き、ちょうどいいタイミングでやってきた電車に乗り込んで吊革に掴まる。

すぐに動き出した電車のなか、雅臣は移り変わっていく窓の外の景色を眺めながら、卯月に連れられて実家に戻ったあの日のことをぼんやりと思い出していた。

▽▽▽

あの日、発情期が治まった雅臣は卯月に連れられ、タクシーで雅臣の実家へと向かった。

慣れ親しんだ実家の客間には、祖父母と卯月の両親、そして卯月家の顧問弁護士を名乗る男が揃っていた。

挨拶もそこそこに、雅臣と卯月は促されるまま、テーブルを挟んで互いに向かい合う形で座布団の上に腰を下ろす。

両家の話し合いは、悠木家に断りなく雅臣を番にした卯月が、雅臣の祖父母へ謝罪することからはじまった。だが、祖父母が雅臣と卯月を強く責めることもなければ、卯月の両親が雅臣に対して難色を示すこともなかった。それどころか、祖母と卯月の母に至っては笑顔である。

もっと重苦しい空気を想像していた雅臣は、なんだか少し拍子抜けした気分だった。

「では、こちらを」

その後、番に関する契約書を手渡され、雅臣は弁護士からの説明を聞きながら中身に目を通す。

番契約は婚姻よりも重い魂の契約だが、番届とは別に書面での契約を交わすことも多い。良家の人間であったり、家同士の政略的番契約を結ぶ場合であれば尚更そうだ。

紙には堅苦しい言葉がびっしりと並んでいるが、端的に言えば『卯月が雅臣との番契約を破棄した場合、これだけのお金を雅臣に支払う』という旨が書かれていた。

弁護士の説明をみな涼しげな顔で聞いているが、雅臣はそこに記載されている金額にひとり顔を引きつらせていた。

一生遊んで暮らせるどころか、一生豪遊しても使いきれないほどの金額である。相場がいくらなのか雅臣は知らないが、これはさすがにあんまりではないのか。

「説明は以上ですが、なにか確認しておきたいことはありますか？」

「あの……この金額、高すぎませんか？」

雅臣の質問に、向かいに座る卯月が呆れたような顔をする。

「なんで受け取る側のお前が金の心配してんだよ」

「だって……」

「雅臣さん、この違約金は番契約の破棄を防ぐためのものなので、払えないほど高額でなければ意味がないんですよ」

まだ若い弁護士はにこりと笑って、力強く言葉を続ける。

「オメガにとって番契約の破棄は命に関わる問題ですからね。確かに高額ですが、卯月家の財力を考えればこのあたりが妥当かと」

「そういうものですか……」

番に捨てられたオメガを待つのは、衰弱死か自死か――それを防ぐため、アルファの家を没落させるほどの違約金を設定するのだという弁護士の説明には雅臣も納得できた。

番であるオメガへの愛が尽きても、これほどの金額を払うくらいなら番契約は継続する、というアルファも多いだろう。それがオメガにとって本当に幸せなことなのかはわからないが、少なくとも死ぬことはない訳だ。

雅臣はちらりと向かいの卯月を盗み見た。

卯月はいかにも馬鹿馬鹿しいといった表情で契約書を眺めている。自分が雅臣を捨てることなどあるはずがないと、そう思っているのだろう。卯月にとってこの書面は、雅臣と雅臣の祖父母を安心させるためだけに用意したものなのかもしれない。

雅臣さえ納得すれば、残りの話はスムーズに進んでいく。祖父母や卯月の両親は事前に話を聞いていたのか、異議を唱えることもない。

自分の知らない間に話が進んでいることに多少の居心地の悪さもあったが、なにかしらの策略があったことは先ほど卯月に聞いてわかっている。

契約書に書かれている内容を上から下までしっかりと確認してから、雅臣は震える手でペンを取った。

しかし、契約書にサインをする直前で雅臣はぴたりと手をとめる。そして、テーブルを囲んだ全員を見回すように視線を漂わせながら遠慮がちに言った。

「あの、そもそもなんですけど……まず、俺の婚約を解消してからじゃないと、こういうのは良くないんじゃないでしょうか……？」

黙ってはいたが、ずっと雅臣はそう思っていた。むしろ、誰もその件に触れないのが不思議で仕方なかったくらいだ。

卯月の祖父母への謝罪も、雅臣を無断で番にしたことに対してのみで、婚約者のいる雅臣を番にしたことへの謝罪ではなかった。おまけに、祖父母や卯月の両親からも、その点に関する指摘は一切ない。

特に祖父母に関しては、誠と婚約中にもかかわらず卯月と番になったことについて責められ、縁を切られるかもしれないと覚悟していた。けれども、祖父母にそんな様子はまったくなく、ふたりは雅臣にいつもと変わらぬ態度で接してくれている。

不気味なほどに、誠との婚約の件が省かれた状態で話が進んでいた。

まるで、雅臣と誠の婚約など最初からなかったかのように。

「雅臣、そのことはもういいのよ」

短い沈黙を破ったのは、雅臣の隣に座る祖母だった。

穏やかに微笑んだままそんなことを言う祖母を、雅臣は驚愕の目で見る。

「もういいって……そういう訳にはいかないだろ？」

「本当にもういいの。あれは破談にしたから。あちらのお家も快(こころよ)く承諾してくださったわ」

祖母の言葉に、雅臣は目をぱちくりと瞬(またた)かせた。

確かに婚約証書などを交わした訳ではなかったので、口頭での婚約解消は可能である。だが、あちらがそれを快(こころよ)く承諾するなんて、本当にあり得るのだろうか。

誠が雅臣に心ないことを言ったとしても、それは婚約中に他の相手と番(つがい)になっていい理由にはならない。今回の件は間違いなく雅臣に非があるのだ。

だからこそ、誠に対して思うところがあっても、雅臣は神田家に謝罪して慰謝料を払う気でいた。

しかし、蓋(ふた)を開けてみれば、もうすでに婚約は解消されているのだと言う。

雅臣は訳がわからなかった。

可能性として考えられるとすれば――

「それは……お金で解決したってこと？」

「まさか。あんなひとたちに払うお金なんて一銭もないわ」

美しく歳を重ねた祖母は微笑んだまま、きっぱりと言い捨てた。

祖母はいつも通り笑っているのに、その瞳の奥は夕闇のようにほの暗い。こんな祖母を見たのは、雅臣の両親から雅臣を引き取ったあの日――祖母にとっては自分の息子でもある雅臣の父に絶縁を言い渡した、あのとき以来だろうか。

雅臣が呆然としている間にも、祖母は淡々と言葉を続ける。

「雅臣が心配するようなことはなにもないのよ。だから、もう二度とあのひとの話はしないでちょうだい。思い出すだけで不愉快なの」

口調だけ柔らかい祖母の辛辣な発言で、室内に重苦しい空気が漂う。

金銭のやり取りがなかったのなら、なぜ神田家は婚約解消に応じたのか——雅臣はいっそう訳がわからなくなった。

もしかすると、あちらはまだ雅臣が卯月と番になったことを知らないのかもしれない。

だが、それにしたってこんな早急に、しかも当人の雅臣がいない状態で婚約解消なんてあり得るのだろうか。

もっと深く掘り下げたい気持ちはあったが、今のこのピリついた雰囲気のなかでは難しいだろう。

それに、すべてを知っているであろう卯月も、やけに涼しい顔をして黙ったままでいる。この男が裏で一枚噛んでいるのは間違いないと思うが、今は知らぬ存ぜぬといった態度だ。今朝の話同様、雅臣にはあまり内情を知らせたくないのかもしれない。

雅臣と卯月がホテルに籠っている間にいったいなにがあったのか、そもそも祖父母はあの日のことをどこまで知っているのか——雅臣が俯き加減だった顔を上げると、斜め向かいにいた卯月の母とたまたま目が合う。

卯月の母はこの重苦しい雰囲気をものともせず、上機嫌に笑っていた。そして、ポンと手を叩いてから明るく言う。

「それじゃあ、雅臣くんの心配事も解消されたみたいだし、とりあえずサインしちゃいましょうか」

「……はい」

色々と置いてきぼりにされている感じはするが、なんにせよ番契約自体はもうすませてしまっているのだ。この書類へのサインを躊躇したところで、今更どうこうなる話ではない。

卯月の名前の下に雅臣も名前を書いて、印鑑を押す。それをさらにもう一度繰り返すと、弁護士が中身を確認して、両家に一部ずつ手渡した。

卯月が役所に取りに行くと言っていた番届も弁護士が用意していたので、ふたりはそれにも記入していく。

——あとは、結婚の話になるのかな。いや、とりあえず婚約か？

ペンを持つ手を動かしながら、雅臣は考える。

確かに雅臣は卯月と結婚すると言った。それも二度も。

しかし、本当にこのまますぐに卯月と結婚したいかと言われると、そうでもなかった。

何事にも順序というものがあるが、卯月と雅臣はそれらをすっ飛ばして番になってしまっている。

要は、ふたりはお互いのことを知らなすぎるのだ。

「それにしても、こちらのお宅にお邪魔するのは何年ぶりかしら。あのときはまだ総ちゃんが小学生だったから……十年前？　懐かしいわぁ。あの頃よりずっと前から、総ちゃんは雅臣くんのことが大好きだったものねぇ」

「そういうのいいから。お袋はとりあえず黙っててくれ」

「あら、かわいい我が子の長年の夢が叶ったんだから、親として喜ぶのは当然でしょう？」

「ほんと勘弁してくれよ……」

ひとり楽しげにはしゃぐ母親に、卯月は苦々しい表情でため息をつく。

卯月の母は、見た目は威圧感のある絶世の美女だが、中身は天真爛漫な少し変わったひとだった。

幼い頃の雅臣は、卯月の母をとても綺麗な明るいひとだと認識していた記憶がある。

番届を書き終えた雅臣が顔を上げると、長いまつ毛に縁取られた切れ長の瞳がじっと雅臣を見ていた。その目がにっこりと弧を描いて、雅臣に微笑みかける。

「それで、雅臣くんは結婚についてはどう考えてるのかしら？」

「え？」

雅臣の迷いを見透かしたような問いに、雅臣の心臓がどきりと跳ねた。

どちらかといえば妖艶な見目をしている卯月の母が、まるで聖女のように柔らかな表情で続ける。

「私はね、総ちゃんの気持ちより雅臣くんの気持ちの方が大事だと思ってるの。だって、今回の件も結局は総ちゃんの独りよがりでしょ？」

「おいっ、適当なこと言うなよ！」

「総真、お前は黙ってろ」

卯月が母親に向かって焦ったような声を上げたが、間髪をいれずに発せられた卯月の父の鋭い一声に、口を閉ざした。しかし、納得している訳ではないようで、険しい表情で父親を睨め付けている。

よく似た顔の父子が睨み合うなか、間に挟まれた卯月の母はそれを気にも留めず、穏やかな表情で雅臣に語りかけてくる。

「だから、雅臣くんが早めに結婚したいなら今すぐにでも籍を入れるべきだと思うし、そうじゃないなら結婚なんてしなくてもいいと私は思ってるわ」

「えっと、それは……」

「ああ、総ちゃんのことは気にしなくていいのよ。この子のことだからきっとあれこれ言ってるだろうけど、そんなの無視していいの。番だからって、なんでもアルファに合わせる必要はないわ。あなたと総ちゃんは対等なんだから」

「対等――……」

柔らかな声で紡がれた芯のある言葉が、流れるようにすっと雅臣の胸に届く。

オメガである雅臣を、卯月の母なりに気遣っているのだとすぐにわかった。それと同時に、我の強いアルファの息子に対して釘を刺す意味もあるのかもしれない。

個体差はあるが、オメガは一般的に番のアルファに対して従順になることが多い。番に嫌われ、捨てられることがオメガにとって一番恐ろしいことだからだ。

雅臣は、今後のことは卯月の望み通りでいいと思っていた。言いなりになるとか、それで卯月の機嫌を取りたいとかではなく、ただ単に卯月の希望に合わせてやりたいという気持ちが強かった。

けれど、結果として自分の意見を口にしないまま、卯月の希望に流されようとしている自分がいた。それは、幼い頃から雅臣が憧れていた祖父母のような対等な番関係ではない。

雅臣は静かに卯月の方を見た。

卯月は驚いた表情で自身の母親を見つめていたが、雅臣の視線に気付くと複雑そうな顔をして雅臣を見返してきた。

「でも？」

不安げで、少し拗ねたようなその表情を見て、雅臣の顔に自然と笑みが零れる。

「……俺は、総真と結婚したいと思ってます。でも……」

「今すぐに結婚したいとか、総真が大学を卒業したら結婚したいとか、そういう訳じゃないです。もっとお互いを知ってからでも遅くはないのかな、と」

「なるほどね。で、総ちゃんはどうなの？」

うんうんとにこやかに頷いたあと、卯月の母はその目を息子へと向けた。

すると、視線を向けられた卯月は少し口ごもりながら無愛想に答える。

「別に俺は……雅臣がまだ先がいいって言うなら、それでいい」

もしかすると、卯月はすぐにでも結婚したかったのかもしれない。なんとなく、そんな気がした。

申し訳ないような気持ちもあったが、卯月が自分の意思よりも雅臣の意思を尊重してくれたことがうれしい。雅臣が卯月の希望に合わせてあげたいと思っていたように、卯月もそう思っていてくれたことがわかったからだ。

すると、それまで黙ってその場を見守っていた祖母がふくふくと笑う。

「なら、結婚はまだ先にしましょうか。恋人期間を楽しむのも悪くないものね」

恋人期間——その言葉に、雅臣と卯月は思わず顔を見合わせる。

ふたりは番で、結婚の約束はしたが、付き合うなどという話はなかった。そのせいか、雅臣のなかでは卯月とそういう関係になるという認識が薄かった。

なんだかすごく照れくさくて、顔が熱くなる。

そんな雅臣を見て、少し前まで不機嫌そうだった卯月がようやくうれしそうに笑った。

▽　▽　▽

そして、今がその恋人期間である。

雅臣は待ち合わせ場所付近に卯月の姿が見えないのを遠目で確認したあと、そこからほど近い場所にあるコーヒーショップへと入った。

卯月がいるかどうかなど、いちいち確認するまでもなかったのかもしれない。なんたって、まだ待ち合わせまで一時間もあるのだ。

雅臣は注文したホットコーヒーをカウンターで受け取ると、外がよく見える窓際の席にのんびりと腰を下ろした。

コーヒーにミルクと砂糖を入れ、マドラーでかき混ぜてから、そっと一口飲む。

窓の外の景色を眺めながら、雅臣はほうっと息を吐いた。

あれから雅臣は、祖父の強い勧めでいったん実家へと戻ることになった。誠と暮らしていたマンションで暮らすのも嫌だったので、そういう意味ではありがたい提案だ。

両家の話し合いのあと、雅臣は誠と暮らしていたマンションに一度だけ私物を取りに戻った。当然そこに誠の姿はなく、部屋には雅臣の私物と家具が残されているだけだった。

もう、誠がどこでなにをしているのかも、雅臣にはわからない。

時折タイミングを見計らって祖父母に誠や神田家のことを尋ねたが、どちらも答えてくれなかった。卯月にも顔を合わせるたびに誠のことを尋ねてはいるが、のらりくらりと躱（かわ）される日々が続いている。

また、たまに連絡が取れるようになった片桐にもあの日のことを聞いてみたが『僕も頼まれた通りにしただけだから、内情はよくわかんないんだよねぇ』と、ふわふわとした返答をされるだけだった。

別に雅臣だって、誠や神田家のことを心配している訳ではない。ただ、最後に言葉を交わしたのがあの発情期（ヒート）中の電話だったので、なんだかすっきりしないのだ。

――とにかく、今日も誠のことを卯月に聞いてみよう。一番聞きやすいのも、状況を教えてくれそうなのも、結局は卯月だ。

そんなことを考えながら、雅臣はスマートフォンを手に取り、最近はじめたＳＮＳを眺めて時間を潰すことにする。

これまでその手のものに興味がなかった雅臣だったが、卯月に勧められたことと、もともと友人たちがやっていたこともあり、ひと月ほど前、卯月に教えてもらいながらアプリをダウンロードした。

雅臣から発信することはあまりないが、リアルタイムで友人たちの近況を知れるのはなかなか楽しい。久しぶりに会うときに、自分以外のみんなが情報共有できているのはこれのおかげだったんだなと雅臣は感心していた。

そうして画面に指を滑らせながら、雅臣はひとりにこにこと賑やかなタイムラインを眺める。最近知ったばかりの新しい世界に、雅臣はすっかり夢中だった。

なので、背後から階段を下りてくる誰かしらの足音が聞こえたことも、すぐ左隣の椅子が引かれて誰かがそこに座ったことも、さほど気にならなかった。他にも空いてる席があるのにな、とは思ったが、そういうこともあるだろう。

「……お前、なんでこんな早く来てんだよ」

すぐ隣から聞き慣れた声が聞こえて、雅臣は思わず体をびくりとさせた。

まさかと思いつつ、おそるおそる隣を見ると、テーブルに頬杖をついた卯月がどこか不可解そうな表情で雅臣を見つめていた。

雅臣はポカンとして卯月を見つめ返したあと、ちらりと手のなかのスマートフォンで時刻を確認する。そして、再び卯月を見つめて言った。

「それはこっちのセリフですけど」

「なんで敬語なんだよ」

「……あれ、ちょっと待てよ……さっき上の階から下りてきたのって卯月だよな？　もしかして、俺より早く来てた？」

「まあ、家にいても落ち着かねぇし。コーヒーもう一杯飲もうと思って下来たら、お前がいたからびっくりした」

「へ、へぇ……」

雅臣もどちらかといえば待ち合わせには早めに行くタイプだが、さすがに一時間も前に行くことはない。今日は祖母がうるさいので仕方なくだ。

——というか、もしかしてこれはあれなんだろうか。俺と会うのが楽しみで落ち着かなかったから早く家を出たとか、そんな感じなんだろうか……

雅臣はこっそりと卯月の横顔を盗み見る。

なんとも自分に都合のいい想像をしてしまったが、いつもと変わらぬ卯月の表情からはなにも読み取れなかった。

今日で五回目のデートである。数えている訳ではないのではっきりとは断言できないが、たぶんそのくらいだ。

雅臣が気付かなかっただけで、卯月はこれまでも約束の時間よりもずっと早く待ち合わせ場所に来ていたのだろうか。そう考えると、雅臣は卯月に対してなんだか申し訳ない気持ちになった。別に遅刻していた訳ではないので気にしなくてもいいのかもしれないが、それでもだ。

念のため聞いてみようと、雅臣は隣の卯月の方を見て口を開きかけた――が、雅臣が尋ねるよりも早く、卯月が小さな声で呟く。

「……お前、あんまり自分の写真とかネットに上げんなよな」

「え？」

「だから……この前上げてただろ。犬と一緒に写ってるやつ」

「あ、ああ……」

つい一週間ほど前、確かに雅臣は近所の柴犬のタロちゃんと一緒に撮った写真をＳＮＳ上にアップした。散歩中に会った飼い主のおばちゃんが快く撮ってくれたものだ。

雅臣自身もタロちゃんもすごくいい笑顔で写っていたので軽い気持ちで投稿したのだが、タロちゃんがかわいいと周囲の反応はなかなか良かったと思う。

しかし、卯月はあの写真になにか不満があるらしい。あからさまにムスッとした表情で、雅臣のスマートフォンを見下ろしている。

雅臣は軽く首を傾げた。

「あの写真、ダメなのか？」

「写真はダメじゃねぇけど、お前全然顔隠してないじゃん」

「あー、顔かぁ」

実を言うと、雅臣も写真を投稿する前に少し迷ったのだ。

ＳＮＳで繋がっている友人たちのなかには、顔を出して自撮りを上げている者もいれば、スタンプで顔を隠したり、顔がはっきりと映っていない写真だけを上げている者もいた。

雅臣も自分の顔は載せない方がいいのかと考えたものの、顔をスタンプで隠す方法がわからなかったので、結局はまあ大丈夫だろうとそのまま写真を投稿してしまったのだ。

今思えば少し軽率だったかもしれない。そもそもアプリをダウンロードしたときに、卯月から個人情報はあまり載せるなと注意されていたのだった。フォロワーがリアルの友人だけで、自分や友達の写真をバンバン上げている子が複数いたものだから、ちょっと感覚が麻痺(まひ)してしまっていたらしい。

雅臣は眉を下げて申し訳なさそうにする。

「……今度からは気を付けるよ」

「そうしろ。あと、変なやつから話しかけられても相手しなくていいから。無視して、しつこかったらブロックしろ」

「……どれのこと？」

「色々来てただろ。写真上げた途端、急にフォロワーも増えてたし」

確かに、写真を投稿したあと、フォロワーが三十人くらい増えていた。おそらく、友人たちのSNSからやってきたのだろう。

ほとんど知り合いではなかったが、たとえ知らないひとからでも『かわいい～！』や『好き！』など、タロちゃんを褒めるコメントをもらえたので正直悪い気はしなかった。

大きく尻尾を振りながら飛びついてきたタロちゃんの姿を思い出すだけで、雅臣の頬が緩(ゆる)む。

「タロちゃんかわいいからなぁ」

「はあ？　どう考えてもお前狙いだろ」

「なにが？」

「だから……かわいいとか……そんなコメント来てただろ」

「……タロちゃんのことだよな？」

「いや、お前の方がかわいいんだから、お前のことに決まってんだろ」

雅臣は目を丸くして卯月を見る。すると、その顔には「なに言ってんだこいつ」とでも言いたげな、真剣かつ不機嫌そうな表情が浮かんでいた。

無言でそっと卯月から目を逸らした雅臣は、気持ちを落ち着かせるように少し温くなったコーヒーを口に運ぶ。

――いや、誰がどう考えてもタロちゃんのことだろ。

「ハハ……」

思わず、雅臣の口から乾いた笑いが漏れた。

卯月とのデートを数回重ねて最近わかったことだが、なんと、卯月は本心から雅臣のことをかわいいと思っているらしい。向かい合っての食事中や、ふと雅臣と目が合った瞬間などに卯月は独り言のように呟くのだ――かわいい、と。

その言葉自体は、発情期中に何度も言われている。だが、あれはお互い発情期でおかしくなっていたからであって、平常時とはまったく別の話だ。雅臣だって、発情期のときは今より卯月がかっこよく見えていた。

――いや、もちろんいつだって卯月はかっこいいけど、それはそれとして……

問題は、雅臣に対する『かわいい』についてである。

最初は雅臣も、卯月なりの冗談なのだと、雅臣をからかってその反応を見たいだけなのだと、そう思っていた。

けれど、そのたびにうっとりと雅臣を見つめる卯月の姿を何度も目撃してしまえば、さすがに雅臣も『こいつ、本気で言ってる……』と気付かざるを得なかった。

ただ、卯月にそう言われるのが嫌という訳ではない。もちろん恥ずかしいが、卯月が雅臣に嫌な思いをさせようと思って言っているのではないことはわかっていた。

しかし、卯月がどう思い、雅臣がそれをどう受け取ろうと、大柄な雅臣は一般的には『かわいくない』のである。

雅臣はコーヒーを飲みながら、ひとり苦笑いをする。

嫌ではない。嫌ではないが、かわいくないという自覚が雅臣にある分、反応に困るというのが正直なところだった。特に今回のような、全人類が雅臣をかわいいと思っていることが前提で話を進められるパターンは、どう対処すればいいのか難しい。

――教えてやった方がいいのかな。俺をかわいいと思ってるのは、たぶん世界でお前だけだよ、って。

「……おい、なに変な顔して黙ってんだよ」

「いや……」

「どうせ、また卯月が馬鹿なこと言ってんな~とか思ってんだろ。……仕方ねぇだろ、かわいく見えるんだから」

ふん、と卯月は拗ねた子どものようにそっぽを向く。

その様子がなぜかかわいらしく見えてしまって、雅臣はほんの少し卯月の気持ちがわかったような気がした。

「悪かったよ。別に卯月を馬鹿にしてるとかじゃなくて、ただ……実際タロちゃんの方がかわいいし、みんなもそう思ってるから……」

「どうだかな」

「……俺のことかわいいなんて言うの、世界でお前くらいだよ」

苦笑交じりのその言葉に、卯月がムッとした表情で雅臣を見る。

番の欲目だろうか。そんな子どもっぽい顔をしていても、卯月はとびきり綺麗で、かっこよくて、やっぱりかわいらしい。

照れくさくなった雅臣は、無言で卯月から目を逸らした。

すると、突然卯月の右手が伸びてきて、その指先が静かに雅臣の頬に触れる。

驚く間もなかった。爪の先まで整った指先が輪郭をなぞるように雅臣の頬を滑り、そして、そのままそっと顎をすくい上げる。

長いまつ毛に縁取られた瞳が、吸い込まれそうなくらい綺麗だ。

その美しい目がゆっくりと瞼に覆われる瞬間まで、雅臣は惚けたように卯月の瞳を見つめていた。伏せられた長いまつ毛と、シミひとつないきめ細やかな白い肌が、雅臣の視界いっぱいに映し出される。

その直後、唇になにか柔らかいものが触れ、次に濡れたなにかが雅臣の唇を舐めた。

――舐めた……？

ようやくそこで、卯月が――いや、自分たちが今なにをしているのかに気付いた雅臣は、慌てて卯月の腕を掴み、仰け反るように身を引いた。

一瞬でカッと顔が熱くなる。恥ずかしすぎて、周りを確認できない。

そんな雅臣の反応とは対照的に、こちらに身を乗り出していた卯月は何事もなかったかのように体を元の位置に戻した。そして、赤面する雅臣を見つめたまま目を細め、いたずらが成功した子どものように無邪気に笑う。

「ほら、やっぱりかわいい」

「ばっ……！」

馬鹿！　と大きな声で叫びそうになった雅臣だったが、すぐにここが店内であることを思い出し、口を噤んだ。

そして、真っ赤な顔のまま、恨めしげな目で卯月を睨む。

「……ダメだろっ、外で、こんなっ……」

「別にキスぐらい良いだろ。俺ら番だし、恋人だし？」

キスが良い悪いの話ではない。ここはコーヒーショップで、雅臣と卯月以外にもひとがそこそこいて、しかも外からもガラス張りの店内は丸見えなのだ。

ただでさえ卯月の容貌は人目を引いてしまうというのに。

「そ、そういう問題じゃなくてっ、誰かに見られたら……！」

「――恥ずかしい？」

突如、卯月の声が艶のある甘さを帯びて、雅臣の体がビクッと小さく跳ねる。発情期中に何度も耳元で囁かれ、雅臣の理性をとろけさせた、あの声色だった。

雅臣の心臓がどくんと音を立て、項にちりちりとした熱が生まれる。

――まるでパブロフの犬だ。

なんだか悔しくなって、雅臣はなるべく怒った顔で卯月を見つめた。

卯月はにっこりとご機嫌な笑みを作り、どこかあざとい仕草で小首を傾げる。

「じゃあ、外じゃなかったらいいの？　今から家来る？　泊まる？」

「いっ、行かないし、泊まらない……」

「強情」

「どっちがだよっ。……あと、その声やめろ。ずるいぞ」

「嫌いじゃないくせに」

だから困ってるんだ、ということは言わないでおく。どうせバレているのだろうが、それでもこれ以上卯月を喜ばせてやることはない。

雅臣はフイッと顔を背（そむ）け、すっかり冷めてしまったコーヒーに口を付ける。

卯月はクスクスと笑った。

「拗ねるなよ。かわいいな」

「……かわいくない」

「かわいいよ。家に持って帰りたいくらい」

雅臣は黙ってコーヒーを飲み干した。

今の卯月は、完全に雅臣の反応を楽しんでいる。このまま話を続けても、卯月のペースに乗せられて遊ばれるだけだ。

それに、今はこんなじゃれ合いをしている場合ではない。雅臣は今日も卯月に聞きたいことがあるのだ。

雅臣は卯月と視線を合わせないまま、静かに話の口火を切る。

「……それで、誠のことなんだけど」

その瞬間、笑っていた卯月の顔からスッと笑みが消え去った。

頬杖をついた卯月は退屈とも面倒とも取れる表情で、ガラス窓の向こうを眺める。

「せっかく良い気分だったのに、またそれかよ。思い出すだけで不愉快」

「ばあちゃんの真似するなよ……」

卯月が、雅臣の元婚約者である誠の話を嫌がるのは当然だとは思う。

だが、当事者であるはずの雅臣が蚊帳（かや）の外に置かれているこの現状には、どうしても納得できない。雅臣にだって知る権利ぐらいあるだろう。モヤモヤするし、それが原因でまたなにか起こって今の幸せに影が差すようなことがあったらと思うと不安になる。

みなが口を噤むそれなりの理由があるのかもしれないが、それでも雅臣は知りたいのだ。

雅臣は横目で卯月をチラッと見た。

「誠は……生きてるよな？」

「なんだよその質問……」

「だって、誰も教えてくれないし……もしかしたらと思って……」

「生きてるし、あいつの親父も今んとこは普通に政治家やってる。国会中継でも見てみろよ」

卯月が大きくため息をつく。

「なにがそんなに気になるんだよ。俺らにはもう関係ない話だろ」

「だから、その関係がなくなるまでの経緯がわかんないから気になるんだって。あと一ヶ月ちょっとで年も越すし、ちゃんと知っときたいんだよ」

「いや、年越すのは別に関係ないだろ」

雅臣はムッとして卯月に言い切った。

「関係なくない。今年の汚れは今年のうちにって言うだろ」

パッとこちらを振り返った卯月の目が大きく見開かれ、まじまじと雅臣を見つめる。

あれ、なんか変なこと言っちゃったかな、と雅臣が思うよりも早く、卯月が声を上げてゲラゲラと笑いはじめた。

こんなに笑う卯月を見たのは初めてだ。しばらくの間、呆気に取られた雅臣だったが、周りの視線がこちらに集まっているのに気付き、慌てて卯月の大笑いをとめに入る。

「ちょ、うるさいって……！」

「ツクク……だってっ、お前が、汚れとか言うから……っ」

声量はだいぶ控えめになったものの、卯月は尚も腹を抱えて笑っている。

雅臣は周囲の目を気にしながら小さな声で卯月を咎（とが）めた。

「突然なんなんだよ。そんなおかしいこと言ってないだろ」

「いやいや、言ってただろっ……元婚約者を、よ、汚れって……！」

未だに卯月は体を丸めてヒーヒーと笑い震えている。

それほどおかしなことを言ったつもりのない雅臣はまたムッとした。

ただの例えだ。比喩（ひゆ）だ。

確かに、遠回しに誠とのことを汚れ扱いしてしまったかもしれないが、ただ単に『心配事を今年中に解消してしまいたい』と伝えたかっただけで、それほど悪意はなかった。

はあー！　と大きく息を吐いたあと、ようやく笑い終えたらしい卯月は雅臣と向かい合った。

しかし、その顔はまだニヤついているし、目尻には涙まで滲（にじ）んでいる。

「あー、笑った笑った。こんなに笑わせられたの久々だわ。お前ほんとおもしれーな」

「……俺は全然面白くない」

「そう怒んなって。婚約解消のこと、ちょっと教えてやるから」

むくれていた雅臣だったが、その卯月の言葉にパッと表情を明るくする。

卯月はニヤニヤと笑ったまま、言葉を続けた。

「お前の家も、俺の家も、本当になんもしてねぇよ。金も払ってないし、謝罪もしてない。俺が家の名前使って、あっちに圧力をかけたりもしてない」

卯月の家がなにかしら裏で手を回したのではないかと雅臣は思っていたが、どうやら違うらしい。

雅臣は低く唸って眉をひそめた。

「じゃあ、なんであっちは婚約解消に応じたんだ？　おかしいだろ」

「お前なぁ、毎回おかしいおかしいばっか言ってないで、ちょっとは頭使って考えてみろよ。そのおかしなことがまかり通るってことは、それなりの理由があるってことだろ」

「それなりの理由……？」

卯月は外を見つめて冷ややかに笑う。

「あっちにはこっちと同等、もしくはそれ以上のやましいことがあったってことだよ」

「やましいこと……」

つまり、雅臣側のやましいことが誠側のやましいことに打ち消されて、両家合意の穏便な婚約解消に至ったということだろうか。だとしたら、雅臣が誠以外の相手と番になったことと同等、もしくはそれ以上のやましいこととはいったいなんなのだろう。

雅臣は顎に手を当てて、少し考えてみる。

――浮気をしていた、隠し子がいた、多額の借金があった、実は犯罪歴がある……

そのくらいしかとっさには思い浮かばない。

現実的に考えれば、浮気の線が可能性としては一番高いのだろうか。誠は雅臣に一度も手を出さなかった上に、裏では雅臣の容姿を馬鹿にしていた。雅臣が気付かなかっただけで、誠には別に付き合っている相手がいたのかもしれない。

みなが口を噤んでいるのも、過去のこととはいえ、知れば雅臣が傷付くのではと思ってのことだとしたら、それも納得がいく。

自分なりにそう結論づけて、雅臣は卯月の表情を窺いながら問いかける。

「……浮気、とか？」

「さあな。具体的な理由までは教えねぇよ。お前だって、本当はそこまで興味ある訳じゃないんだろ？」

「興味がない訳じゃないけど……」

興味を失った訳ではないが、今の段階でかなりスッキリしているのは事実だ。

誠側の『やましいこと』がはっきりとわかった訳ではないが、誠側が快く婚約解消を受け入れた理由はわかった。誠も電話では泣いていたが、今頃は案外、雅臣と穏便に婚約解消できてホッとしているのかもしれない。

「とにかく、ちゃんとこっちで方は付けてあるから、お前はなにも心配しなくていい。あっちの家がこの先ごちゃごちゃ言ってくることは絶対にねぇよ」

「……うん」

誠のことを聞くたび、祖母が「慰謝料なんてこっちがもらいたいくらいよ」と、不満げに漏らしていたことを考えれば、誠側のやましいことは雅臣の想像よりももっとひどいことなのかもしれない。

謝罪だの慰謝料だのと今までずっと気にしていたのが、雅臣はなんだか少し馬鹿らしく思えてきた。

「……腹減ったな」

話に一区切りついたところで卯月がそう呟き、スマートフォンを弄り出す。

「飯なんにする？」

「なんでもいいよ」

「じゃあ、中華とイタリアンと焼肉だったらどれがいい？」

「うーん……なんか和食系が食べたいかも」

「さっきの『なんでもいい』はなんだったんだよ」

文句を言いながらも、卯月は近くの和食のお店を調べてくれる。

雅臣は少々優柔不断なので、卯月のこういうところは本当に楽だ。雅臣の意見を取り入れつつ、テキパキとお店を探して勝手に決めてくれる。

誠といたときは、こうはいかなかった。あちらもなんでもいいというタイプだったので、なにかひとつ決めるだけでもかなりの時間がかかったのだ。

「海鮮丼は？」

「うん、いいよ」

「じゃあ、近いからすぐ行こうぜ。今から行ったら、並ばず入れると思う」

空になった紙製のカップをダストボックスに捨てたあと、雅臣は卯月に手を引かれてコーヒーショップを出た。

そうして、手を繋いだまま店までの道のりを並んで歩く。

卯月は平然としているが、雅臣は周りの目が気になって仕方がない。

雅臣がオメガに見えないので、きっと周りもふたりを番だとは思わないだろう。そのせいか、なんだか目立ってしまっている気がする。

それに、手を繋ぐという行為自体にも雅臣は緊張していた。子ども時代を除いて、誰かと手を繋いだ記憶なんてほとんどない。

思い返してみれば、三年半も付き合っていた誠とも、手を繋いで外を歩いたことなんてなかった。

雅臣も手を繋ぎたいと言ったことはなかったし、誠にもその気はなかったのだろう。

そもそも、ふたりで外に出かけること自体滅多になかったのだ。今思えば、誠は雅臣以上に周りの目を気にしていた気がする。

――いや、そう言えば一回だけ、手を繋いで外を歩いたことがあったな。

昨年の夏、誠が突然旅行に行こうと言い出して、ふたりで二泊三日の海外旅行に行ったのだ。

今となっては複雑な思い出だが、当時はすごくうれしかった。

そのときに、夜の砂浜をふたりで手を繋いで歩いた。周りに自分たちのことを知るひとがひとりもいなかったからできたことかもしれない。

『ずっとこのまま、ここにふたりでいたいな』

海を見つめて、独り言のようにそう呟(つぶや)いた誠の横顔は、見たことのない寂しげな表情をしていた。

『また来ればいいじゃないか。そう遠くもないんだし、何回でも来られるよ。……そうだ、将来子どもが産まれたら、家族旅行で来るのもいいな。ここは自然が多いし、きっと子どもたちも喜ぶよ』

雅臣は笑いながらそう言ったが、誠からの返事はなかった。

誠は海を見つめたまま力なく笑い、繋(つな)いでいた手を静かに解く。

どうしたのかと雅臣が聞いても、誠はなにも答えてはくれなかった。

代わりに、ずっとこのままここにふたりでいたいと呟(つぶや)いたはずの口で『もう帰ろう』と言ったのだ。

あれが、誠と雅臣が手を繋(つな)いで歩いた、最初で最後の日だった。

あのとき、なぜ急に誠の機嫌が悪くなってしまったのかは今でもわからない。

雅臣が将来の話をしたことが、誠の癪(しゃく)に障(さわ)ったのだろうか。誠は雅臣との幸せな未来なんて、考えてもいなかっただろうから。

「——どうした？」

卯月が突然立ち止まり、気遣うように雅臣を見つめた。

意味がわからず、雅臣は小首を傾げて尋ね返す。

「なにが?」

「なんか変な顔してたから」

「失礼だな」

雅臣は苦笑いしたあと、今度は自分から卯月の手を引いて再び歩きはじめた。

誠とのことを思い出していたなんて知らされても、卯月はうれしくはないだろう。たとえ、それがどんな思い出であっても。

たぶん、卯月はまだ雅臣が誠のことを好きだと思っている。そして、それが当たっているのか、いないのか、雅臣本人もよくわかっていなかった。

どうでもいい。幸せになっても、不幸になっても、もう自分たちに関わらないでくれるならそれでいい。

そう思うのに、ふとした瞬間に誠を思い出してしまう自分がいる。この感覚をなんと呼んだらいいのか、雅臣にもわからなかった。

そんなことを考えながらぼんやりと歩いていると――ドンッと雅臣の左足に軽い衝撃があり、そのすぐあとに背後からズサッと地面の擦れる音がした。

驚いて振り返ると、雅臣の後ろで二、三歳くらいの小さな男の子が仰向けに倒れていた。くりくりとしたかわいらしい目が、きょとんと雅臣を見上げている。

「ご、ごめんねっ、大丈夫っ?」

「いや、別に謝るようなことはしてねぇだろ」

そう突っ込みつつも、卯月は雅臣よりも素早く屈んで男の子を立ち上がらせた。背中やお尻を軽くはたいて、砂や小石を落とす。

幸いにも怪我などはないようで、男の子はケロッとしていた。

「泣かないで偉いな」

そう言って卯月が男の子の頭を撫でると、男の子は恥ずかしそうにもじもじとしながらも、うれしそうににこにこと笑った。

その愛らしさに、自然と雅臣の顔にも笑みが零れる。

「こらー！　離れちゃダメだってー！」

少し離れたところから、小さな女の子と手を繋いだ若い男のひとが駆けてきた。もう片方の手には、パンパンに膨らんだエコバッグをぶら下げている。

小柄でかわいらしい見目をしていることと、首に噛み痕隠しのネックカバーをしていることから、彼はたぶん番持ちのオメガでこの子のお母さんなのだろう。

「すみませんっ、ちょっと目を離したらどっか行っちゃって……！」

「こちらこそすみません。俺の足がぶつかって、転んじゃったみたいで……」

「いえいえ！　うちの子全然前とか見ないんで、たぶんこっちからぶつかりに行ったんだと思います」

そう言って、雅臣たちと同い年くらいに見える青年は申し訳なさそうに頭を下げると、手に持っていたエコバッグを肩にかけ、男の子と手を繋いだ。

お互いに何度か軽く頭を下げ合ったあと、青年は双子と思(おぼ)しき子どもたちを連れて、近くのレストランへと入っていく。

雅臣たちが何気なくその後ろ姿を見送っていると、途中で振り返った子どもたちがバイバイと小さく手を振ってくれた。そのあまりのかわいさに、また雅臣の頬が緩(ゆる)んだ。

「かわいいな」

雅臣が思っていたのと同じことを、卯月がぽつりと呟(つぶや)く。

少し意外だった。確かに発情期(ヒート)中に子どもを大切にするとは言っていたが、それでも卯月に子どもも好きなイメージはない。

雅臣がまじまじと見ると、その視線に気付いた卯月が不可解そうに雅臣を見返す。

「なんだよ？」

「子ども、好きなのか？」

「好きというか……まあ、人並みに？」

少し照れくさそうに言ったあと、卯月の目が柔らかく細められて、慈(いつく)しむように雅臣を見つめる。

「まあでも、俺とお前の子だったら、きっと世界一かわいいだろうな」

雅臣はわずかに目を見張って、声もなく卯月を見つめる。

雅臣が何度も誠に投げかけた言葉だった。ずっと言ってほしかった言葉だった。一度も言ってもらえなかった言葉だった――

ぽとり、と雅臣の目尻から涙が零(こぼ)れ落ちる。突然のことに呆然としていると、さらにぽろぽろと涙があふれてきた。

それを見た卯月はギョッとしたような顔をして、らしくないほどおろおろと狼狽（うろた）え出す。

「な、なんで泣くんだよ」

「……わ、わかんない……」

「待て、手で擦（こす）んな」

涙を拭（ぬぐ）おうとした手を掴（つか）まれ、代わりにスラックスのポケットから取り出したハンカチをそっと目に当てられる。

卯月に優しく背中をさすられ、その手に誘導されるように道の隅の方へ移動した。

「……意外と、ハンカチとか持ち歩くタイプなんだ……」

「んなこと今はどうでもいいだろ……」

本当にどうでもいいことだ。雅臣は泣きながら小さく苦笑する。

けれど、そんな些細（ささい）なことですら、雅臣は今初めて知った。卯月について知らないことがまだまだたくさんある。

ふたりは番（つがい）に、そして恋人になったばかりで、雅臣はまだ自分が卯月をどう思っているのかはっきりわからない。卯月がどれだけ言葉と行動で愛情を示しても、雅臣はやはり自分は不釣り合いだと思うし、きっとこれからも些細（ささい）なことで不安になる。

もしかすると、この面倒な劣等感や不安は一生消えないのかもしれない。

それでも――

「っ……なんだろ、なんか、おれ……」

「うん」

「……いま、すごく幸せだ……」

嗚咽交じりの声で雅臣はそう吐露した。

卯月はどうしてこんなにも容易く、雅臣の欲しかったものを当たり前のように与えてくれるのだろう。

誠の本当の気持ちを知ったあの日、雅臣は絶望するとともに『ああ、やっぱり幸せにはなれないんだな』と納得もしていた。

親にも愛されなかった失敗作だから。

誰かに愛されたいなんて、幸せになりたいなんて、そんなことを望んではいけなかったのだと、そう思い知らされた。

けれど、そんな雅臣の前に再び卯月が現れた。子どもの頃の言葉通り、本当に十年たって雅臣に会いに来た。

雅臣にとって卯月総真はいつだって特別な存在だった。

羨んでいた。妬んでいた。

眩しくて、遠くて、憧れていた。

空き教室で卯月に好きだと告げられたあの日から、憧憬と嫉妬と、わずかな恋心とがグチャグチャに混ざり合った感情が雅臣のなかでひっそりと生き続けていたのだと思う。

だが、雅臣が十年もあの空き教室に置き去りにしていたそれごと、卯月は雅臣を奪っていった。

十年前から変わらず雅臣のすべてを欲しがって、愛していると言ってくれた。

「――俺も、お前が番になってくれたときから……いや、お前を見つけたときから、ずっと幸せだ」

柔らかな声で卯月にそう囁かれて、そっと抱き寄せられる。

あふれ出る涙がいっそう止まらなくなって、雅臣は卯月の肩口に顔を埋めるように押し付けた。

さっきまであんなにも周りの目が気になって仕方なかったのに、今はなにも気にならない。

ただただ、髪を撫でる卯月の手が愛おしくて仕方なかった。

――俺の番。俺のアルファ。俺をずっと好きでいてくれた、生涯でただひとりのひと。

卯月が自分を見つけてくれて良かった。ずっと自分を好きでいてくれて良かった。

番になって二ヶ月、ようやく雅臣は心の底からそう思えた気がした。

◇　◇　◇

「すごいな……」

雅臣は感嘆の声を漏らし、店内をキラキラとした目で見回す。

それを見た総真は、少し得意げに笑った。

「いいだろ。知り合いがここで作って良かったって言ってたから、教えてもらった」

「へぇ～」

オメガ用のチョーカー専門店――もともと今日は、ここに来るのが総真と雅臣にとってのメインイベントだった。

様々な素材で作られたチョーカーが、ガラスケースのなかに並べられている。デザインも豊富で、どれも値段は張るが、その分技巧を凝らしたものが多かった。

「とりあえず、端から全部見ていこうぜ。気に入ったのがあったら、合わせてみたらいい」

「うん」

明るく返事をした雅臣は、ガラスケースのなかを見ながら軽い足取りで先を歩く。

総真はホッと胸を撫で下ろしながら、ゆっくりとそのあとを追った。

先ほど、急に雅臣が泣き出したときは総真も驚いた。最初は理由がわからず困惑したが、よくよく考えれば子どもの話をしたのがきっかけだったのだろう。

しかし、泣いた理由が「幸せで」ならなんの問題もない。

雅臣のなかで温かな家庭に対する憧れが人並み以上に強いのは、総真もなんとなくわかっていた。

複雑な家庭環境で育ったため、そうなるのも無理はないのかもしれない。

神田誠は子どもの話はしなかっただろう。

いや、できなかったというのが正しいのか。

『心配しなくても、雅臣くんがあの男を選ぶことなんて絶対ないよ。雅臣くんは僕と違って、ちゃんとオメガらしいオメガだから』

あの日、意味のよくわからなかった片桐の言葉が日を追うごとに真実味を帯びていく。

前を歩く雅臣の項（うなじ）に残る自身の噛み痕を見つめて、総真はひとりうっとりと微笑んだ。


泣いてしまったのが恥ずかしかったのか、泣き止んだあとしばらくの間、雅臣は落ち込んでいた。けれども、お昼の海鮮丼を食べはじめた頃から徐々に元気になり、今はにこにこと店内のチョーカーを眺めている。

「こういうのって綺麗だけど、少女漫画に出てくるような、折れそうなくらい首の細い子じゃないと似合わないよなぁ」

レースで作られたフリル付きのチョーカーを見つめながら雅臣が言った言葉に、総真は小さく苦笑いする。確かに、ロリータ系のファッションに合わせやすそうなそのチョーカーは、雅臣——というか、男には似合わないかもしれない。

——でも、折れそうな、って……

総真はククッと小さく声を漏らして笑った。

天然というか、ちょっと独特な感性を持っているな、と雅臣に対して思うことがたまにある。これは今にはじまった話ではなく、幼稚園の頃からそうだった。もちろん、雅臣のこういうところも総真は嫌いではないが。

さっきの『汚れ』発言だってそうだ。

雅臣がそういう意図で言った訳ではないのは総真もわかっている。だが、もし少しでも神田誠に対する好意が残っていたら、あんな言葉は出てこない気がする。

雅臣が神田誠のことを気にするのはまだ情が残っているからだと思っていたが、そういう訳でもないのかもしれない。

なんにせよ、総真は雅臣にすべてを教える気は更々なかった。

同情だろうと、軽蔑だろうと、それ以外の感情だろうと、あの男のことでこれ以上雅臣の心が揺さぶられるのはごめんだ。

それに、佐伯との約束もある。

佐伯は総真を敵に回したくないと言ったが、それは総真だって同じだ。

家の格やアルファの格に関係なく、結局はなにをしでかすかわからない佐伯のようなサイコパスが一番恐ろしい。

実際、佐伯に雅臣から手を引かせられたことが、総真にとってなによりの収穫なのかもしれない。

総真の存在がなければ、佐伯はどんな手を使って雅臣を排除したのか——想像するだけで背筋がゾッとする。

総真が佐伯に恐怖を抱いているうちに、雅臣はすたすたと店内を進んでいく。

綺麗だとは言ったが別段興味がある訳ではないようで、雅臣はレースのチョーカーの前をあっさりと通り過ぎた。そして、革のチョーカーの前で立ち止まると、真剣な面持ちでガラスケースのなかをじっと見つめる。

雅臣の真剣な眼差しから察するに、革のチョーカーが良いと前々から考えていたのかもしれない。

もともと着けていたチョーカーも革に似た特殊素材だったので、きっと同じようなものがいいのだろう。

番持ちのオメガの項には、当然アルファの噛み痕が残っている。フォーマルな場ではその噛み痕を隠すためのチョーカーを着けるのが一般的なマナーであり、さらにそのチョーカーを番になったアルファからオメガへと贈るのが随分前からの慣習だった。

つまり、結婚指輪ならぬ番チョーカーな訳である。

総真がなにかを買い与えようとしたり、高い店で食事をしたりすることに対しては遠慮がちな態度を見せる雅臣も、チョーカーを贈りたいと申し出たときは素直にうれしそうだった。今も、慎重かつ楽しげに革のチョーカーを吟味している。

「シンプルなやつがいいかなぁ。あと、簡単に取り外しができるやつ」

「普段使いはしないんだろ？」

「うん。スーツとかに合わせたいから、やっぱり黒が無難かな……」

今雅臣の項の噛み痕は、なににも覆われることなく晒されている。本人としてはその方が目立たない上に楽なので、今後も正式な場以外ではそのままで過ごしたいらしい。

総真としても、それで構わなかった。晒された項の噛み痕は、見るたび総真の独占欲を満たしてくれる。もう誰にも奪われることはないのだと、ありありと実感させてくれるそれがすぐ目に入るのは、総真にとって喜ばしいことだ。

視線を上げた総真が軽くあたりを見回すと、上等なスーツを着た壮年の店員が静かに近付いてくる。

店員がずっと付きっきりで接客してくる店も多いが、ここは店内に入ったときから客と店員の間に適度な距離が保たれていた。番を相手にする商売なだけあって、きっとアルファの独占欲が強いことをわかっているのだろう。こちらが必要なとき以外、無闇に客に近付かないと決められているようだった。

「試着してみますか？」

「じゃあ、これを……」

雅臣が指差したのは、黒革のシンプルなチョーカーだった。

以前雅臣がしていたチョーカーによく似ているが、当然錠はなく、ベルトタイプで比較的簡単に着脱できる作りになっている。チャームなども付いておらず、本当にシンプルなデザインのチョーカーだ。

三面鏡の前で店員にチョーカーを着けてもらった雅臣は、色んな角度からチョーカーを着けた自分の姿を確認する。そして、どこか不安そうな表情で総真を振り返った。

「どう？　変じゃない？」

「変じゃない。よく似合ってる」

総真がそう言うと、雅臣は途端にうれしそうな顔をして「じゃあ、これにしようかな」と呟いた。

そこからは、とんとん拍子で話が進んでいく。

まずは別室に移動して、ヒアリングと細かな採寸だ。

ひとつひとつオーダーメイドで作られる店なので、チョーカーの受け取りまで数週間かかるらしかった。

巻尺で首のサイズを測られる雅臣を、総真は隣からじっと見つめる。

やっぱりかわいい顔をしていると思う。それに、綺麗だし、かっこいい。

百歩譲って『かわいい』が総真の惚れた欲目だとしても、世間一般的な『かっこいい』には間違いなく当てはまるだろう。あの片桐だって、雅臣のことをイケメンだと言っていた。

だが、厄介なことに雅臣にはその自覚がまったくないらしい。オメガらしくない容姿を気にしすぎて、自分が男として魅力的だということに気付いていないのだ。

——しかも、俺へのガードは堅いのに他はガバガバなんだよなぁ……

総真は雅臣に気付かれないよう、小さくため息を零す。

雅臣にSNSを勧めたのは失敗だった。少しでも雅臣の日常を知れたらと軽い気持ちで勧めたのだが、今では逆にヤキモキさせられることの方が多い。

先ほど話題にした、突然増えた三十四人のフォロワーのことだってそうだ。

雅臣が犬を飼っているのならまだしも、偶然散歩中に出会った近所の犬の写真を目当てにわざわざ雅臣をフォローするなんて、普通に考えてあり得ない。犬が好きなら、他に山ほどあるペットアカウントをフォローすればいいのだから。

あれは、投稿した写真の犬がかわいいからではなく、その隣で笑う雅臣の顔が良いからフォローされたのだと総真は確信している。絶対に間違いない。

その証拠に、やつらは犬とはなんの関係もない雅臣の普段の投稿にも馴れ馴れしくコメントしてきている。しかも、外食の写真を見て『これどこのお店ですかー？』と遠回しに所在地を探る者もいれば、直球で『どこ住み？』と聞いてくるわかりやすい出会い厨もいた。

それでも、雅臣は相手の下心にまったく気付いていないらしい。

ネットリテラシー的な意味で、顔の載った写真を上げたことは反省しているようだが、ただそれだけだ。人見知りを発揮して、知らないひとからのアクションをすべてスルーしているのが不幸中の幸いである。

そのくせ、総真に対してのガードは番だと思えないくらい堅いのだから納得できない。

家に誘ってものらりくらりと躱され、夜遅い時間まで一緒にいるのも『じいちゃんが心配するから』という理由で毎回断られていた。

雅臣の祖父を出されると、さすがの総真も強くは出られない。

おそらく、雅臣の祖父は総真のことを完全に認めた訳ではないからだ。

両家の話し合いの際も、総真を責めこそしなかったものの、むっつりと黙り込んでいる時間が長かった。不満はあるが、すでに番になってしまったし、前の婚約者よりはマシだから渋々許した、といったところだろう。

しかし、許しを得られただけでも、総真は雅臣の祖父母に感謝していた。

母が総真の行動を独りよがりだと皆の前で言い放ったときは、いったいなにを考えているのかと正直総真も焦ったが、母の発言は確かに事実だ。無論、息子と同じく独りよがりで父と結婚した母にだけは言われたくない、という気持ちもあったが、それはそれである。
総真の我儘を雅臣と雅臣の家族が許してくれたから、今ふたりはこうやって当然のように一緒にいられる。なにかひとつでも噛み合わなければ、今の幸福はなかったかもしれない。

「……ん？」

ケースの見本を持ってきます、と店員が一度部屋を出て行ったところで、総真の視線に気付いた雅臣が小さく笑って首を傾げる。
長い間、総真は無言で雅臣を見つめていた。といっても、よくあることなので雅臣もさほど気にした様子はない。
ふたりきりなのを良いことに、総真は手を伸ばして雅臣の髪を撫でた。
機嫌がいいからか、雅臣は嫌がる素振りも見せず、少しくすぐったそうな顔をする。
そのまま髪を撫でながら、総真は静かに言う。

「幸せにするよ」

唐突な言葉に、雅臣は目を丸くした。

「突然どうした？」

「別に。ちゃんと幸せにしなきゃな、って改めて思っただけ」

「…………？」

雅臣は目を瞬かせ、いっそう訳がわからないという顔をする。
その頭の上に大量のクエスチョンマークが浮かんでいるのが見えた気がして、総真は小さく苦笑しながら言葉を続けた。

「だって俺、独りよがりだから。後悔はしてねぇけど、強引だったたって自覚はある」

他にも色々とやりようはあった。それでもこの道を選んだのは、結局は総真のエゴだったのかもしれない。

雅臣はきっと、総真じゃなくたって幸せになれた。

雅臣じゃなければダメだったのは、いつだって総真の方だ。

「ひとりよがり……？　ああ、お母さんに言われたこと、まだ気にしてるのか？」

おかしそうに、雅臣がくすくすと笑う。

「卯月って、結構根に持つタイプだよな」

「単に記憶力がいいんだよ」

「それとこれとはまた話が違うだろ」

柔らかく笑ったまま、雅臣がそっと自身の項に手を伸ばす。

その指先がゆっくりと噛み痕をなぞるのを、総真はじっと目で追った。

「お前が独りよがりだって、強引だって、俺は別にいいよ。さっきも言ったけど、今本当に幸せなんだ」

項から手を離した雅臣が、穏やかな表情で総真を見る。

「だから、そんなの気にしなくていい。今のままでいてくれ。……むしろ、変わる方が怖い」

「――へぇ」

雅臣の言葉に総真は目を細め、口角を上げてにっこりと笑う。

「それはつまり、これからも今のまま——嫉妬深くて、すぐ束縛する、むちゃくちゃ愛が重い俺のままでいいってことだよな？」

「そ、れは……よくわかんないけど……」

「なに急に歯切れ悪くなってんだよ」

変わる方が怖いなんて、馬鹿げた不安だ。

総真が幼い頃からずっと雅臣に恋していたことを知っているくせに、本当にネガティブすぎる。

雅臣が総真を信じきれないのは、両親に捨てられたトラウマのせいか、その傷口に塩を塗った神田誠のせいか、はたまた単純に総真が即席の番(つがい)だからなのか——

なんにせよ、そんな不安はただの杞憂(きゆう)だ。今更この気持ちが変わるなんてあり得ない。

雅臣を好きでなかった頃の自分なんて、もう総真自身思い出せやしないのに。

「幼稚園のとき、かくれんぼで俺が初めてお前を見つけた日のこと、覚えてるか？」

「初めて……えっと、俺が木の上に隠れてたとき……？」

「そう」

ちゃんと雅臣が覚えていてくれたことがうれしくて、総真は微笑む。

あの日から、総真はずっと雅臣が好きだった。キラキラと涙で光った瞳と、微笑んだときに緩(ゆる)んだ頬と、ほっそりとした手首の感触と——あのときの雅臣のすべてが、今でも総真のなかで生き続けている。

「あのとき、泣きながら笑ったお前がかわいくて、お前のことが好きになった。好きだって気付いて傍にいるようになったら、顔も性格も全部かわいくて、もっと好きになった」

今だってそうだ。傍にいればいるほど、雅臣のことが好きになっていく。幼少期以来のこの感覚がひどく懐かしく、なにより愛おしい。

「これからもずっと、お前が好きだ」

総真は雅臣の目を見つめたまま、その手を掴(つか)み、ぎゅっと強く握る。

雅臣の目が大きく見開かれ、呆然とした表情で総真を見ていた。

そして、その顔がみるみるうちに赤くなっていく。

「いっ、今言うことか……!?」

「だってお前、わかってないみたいだから」

不安になるのが馬鹿らしいほど愛している。それをちゃんと言葉で伝えなければダメなのだということは、小学校の頃に絶望とともにしっかりと学ばされた。

雅臣は真っ赤な顔で唇を震わせるが、なかなか言葉は出てこない。

「~~ッ、勘弁してくれ……」

やがて雅臣は消え入りそうな声でそう呟(つぶや)くと、総真に握られていない方の手で顔を覆い隠すようにして頭を抱えた。

耳まで赤くなったその姿を、総真はニヤニヤと笑って眺めた。

その後、見本のケースを持った店員がタイミング良く戻ってきて、先ほどと同様、丁寧な接客を受ける。

平然とした態度を取りながらも、雅臣の顔はしばらく赤いままだった。

最後にチョーカーの内側に刻印する文字を指定してカードで支払いをすませてから、その日は店をあとにした。

受け取りは数週間後。またふたりで時間のあるときに店を訪れる予定だ。

先ほどまで照れていた雅臣もだいぶ落ち着いたらしく、今は赤みの引いた頬を緩(ゆる)めて、うれしそうに微笑んでいる。とにかくチョーカーが出来上がるのが楽しみで仕方ないのだろう。番(つがい)になる前も、なったあとも、オメガにとってチョーカーは意味のあるものだ。

「ありがとう」

「気がはえーよ。まだできてもいないのに」

「うん。でも、うれしかったから」

はにかむように笑う雅臣から、総真はとっさにフイッと顔を背(そむ)けて前を向く。

いつも思うことだが、泣いた顔も、笑った顔も、意味がわからないくらい最高にかわいい。街中じゃなかったら、きっと抱き締めてキスをしていた。たとえ、雅臣に怒られることになったとしても。

総真がそんなことを考えていると、雅臣はスマートフォンで時刻の確認をしながら静かな声で言う。

「今日はもう帰ろうか」

「……ああ、家まで送る」

「別にひとりで帰れるよ。確か、夜から用事があるんだろ？」

「あるけど、大した用じゃねぇよ」

——むしろ、死ぬほどくだらない用事だ。

「ふーん、なにがあるんだ？」

総真は雅臣と視線を合わせないまま、意味ありげにうっすらと笑って答える。

「別に。知り合いが遠くに行くから、最後にちょっと挨拶(あいさつ)してくるだけだよ」

◇◇◇

俺よりかわいそうなやつがいる。

雅臣のことを知ったとき、誠が一番初めに思ったのはそんなさみしいことだった。


「よう、早いな」

約束の時間ギリギリにやってきた男は、そう言ってにやりと笑った。

思わずソファから立ち上がりかけた誠を手で制し、男は誠の斜め向かいのソファに悠然と腰を下ろす。

誠は視線をさまよわせ、この現実味のない光景に口を閉ざした。

言いたいことも聞きたいことも山ほどあったのに、その男を目の前にした途端に喉がカラカラに渇いて言葉が出てこない。

広いホテルの室内にいるのは、男と誠、それと男の付き人らしきスーツ姿の男性だけだ。

男は笑って誠を見ている。けれど、決して好意的な笑みではない。その目が誠を嘲り、見下しているのがありありとわかった。

誠は男から目を逸らし、かすかに震える唇で言葉を紡いだ。

「……雅臣に、会わせてくれ」

「なんのために？」

「そんなの、俺は雅臣の婚約者で……」

「は？　婚約者じゃなくて、元婚約者だろ？」

おかしそうに、男はクックッと喉を鳴らして笑う。

「悪いな、今は俺があいつの婚約者なんだ」

誠は男を睨んだが、男——卯月総真はニヤニヤと笑ったままだった。

卯月財閥の後継者候補。あの佐伯よりも格上の上級のアルファ。誠の欲しいものをすべて持っているくせに、誠から雅臣さえも奪っていった男。

瞬間、怒りでカッと頭に血が上る。

「——お前がッ、卑怯な手を使って雅臣を洗脳したんだろッ！　じゃなきゃ、雅臣が俺にあんなこと言うはずがないッ……お前のせいで、俺たちの人生はめちゃくちゃだ……っ」

そう叫んで頭を掻き乱した誠を、卯月はただただ冷めた目で眺めた。

「いや、お前さぁ……あんだけのことしといてまだそんなこと言えるとか、さすがに頭んなかお花畑すぎるだろ……」

呆れたようにため息を吐いた卯月が軽く片手を上げると、背後にいた男が手に持っていたアタッシュケースから書類の束を取り出し、卯月に手渡した。

その書類を、卯月は誠の目の前のローテーブルの上に投げつけるように広げる。

「にしても、お前の親父も政治家のくせによくやるよな。バレたら全国ニュースもんだろ？」

よく通る声でそう言って、卯月は楽しげに笑いながら言葉を続けた。

「――まともな神経してたら普通はしねぇよ。検査結果の偽造なんてさぁ」

誠の肩がびくりと跳ね上がる。

奥歯を強く噛み締めて、誠は目の前に放られた書類の束を睨(にら)んだ。膝の上で握った拳(こぶし)が、ぶるぶると震える。

テーブルに広げられた書類の一番上――バース性検査結果と書かれたその紙には、誠のフルネームとともに『β(ベータ)』の文字が記されていた。

▽　▽　▽

「ベータは一番価値がない」

――というのが、誠の父の口癖だった。

優秀なアルファと、そのアルファの番になれるオメガは価値のある存在で、余りもののベータはなんの価値もないただの凡人。父の世間一般とはまた少し異なるその差別的な考えは、当然実の子にも適用される。

五歳の頃、健康診断の際に行われるバース性検査で、誠がベータだとわかったときの父のあの冷たい顔は忘れられない。アルファである兄と、オメガである姉の、気の毒そうな目も。

だが、それだけですめばまだ良かった。そうであれば、誠は父からの愛情に飢えながらも、自分らしく、相応の生き方をすることはできただろう。

しかし、父はどうしても自分の息子が役立たずのベータであることを受け入れられなかったらしい。

誠がベータだとわかってすぐ、父は誠のバース性を検査した病院の院長に大金を払って、検査結果をベータからアルファへと書き換えさせた。これにはさすがに家族全員が反対したが、それでも父の意思は覆らなかった。

そうしてその日から、誠はベータでありながらアルファとして生きることを余儀なくされたのだ。

幼い頃から、誠は勉強も運動も人一倍努力した。気付かれないよう、疑われないよう、その努力さえも隠して優秀なふりをする。生まれながらに脳の出来も、体の作りも違うアルファたちに紛れるためには、そうするしかなかったのだ。

思春期になる頃には、父が特注で用意させたアルファのフェロモン成分が含まれた香水を付けて過ごし、常にアルファらしい立ち振る舞いを心がけた。

ただ、アルファ同士の見えない序列などは嗅ぎ分けられないので、そこは相手の態度で見極めるしかない。

誠に対して訝しむような表情をした相手とはさり気なく距離を取り、なるべく関わらないようにする。そんな誠に多少の違和感を覚えたアルファもいただろうが、わざわざ深く追及してくる者はひとりもいなかった。まさか、アルファとして生きるベータがいるとは誰も思わなかったに違いない。

そうした努力の甲斐もあり、誠は長い間、誰にもベータであることを悟られずに日々を過ごせていた。おそらく、アルファの両親に似て顔立ちが整っていたことも幸いしたのだろう。

兄と姉は、父は子どものことを駒としてしか見ていない人間だと言った。父の我が儘に付き合う必要はないと。

父にとって、アルファである兄とオメガである姉は利用価値のある駒で、ベータである誠は利用価値のない駒——ただそれだけの違いなのだと誠にもわかってはいたが、それでも兄たちが羨ましかった。

たとえ駒としてでも、誠は父に認められたかったのだ。

そんな、なんでも父の言う通りに生きてきた誠だったが、さすがに『結婚はオメガとするように』と言われたときは驚いた。

父としては、オメガと結婚することで誠のアルファとしての地位を確実なものにしたかったのかもしれないが、ベータはオメガと番うことができない。

オメガのなかには異性のベータや同じオメガと結婚する者もいるが、そう多くはなかった。オメガの発情期の苦しみは、アルファでなければ解消できない。故に多くのオメガはアルファを求める。どれだけアルファのふりをしても、実際はベータでしかない誠はお呼びじゃないのだ。

しかし、誠にとって父の命令は絶対だった。

父に認められたいという思いは年々強まり、いつか父に認められる日が来るのではないかと期待すら抱いていた。

ちょうどそんな頃だ――誠が雅臣に出会ったのは。


悠木雅臣は、誠が通っていた剣道道場にやってきた同い年のオメガで、祖父の言いつけで剣道を習うことになったという、ごく普通の少年だった。

顔立ちは整っていたが、他のオメガたちのような少女めいた可憐さはない。ただ、その白い首に着けられた錠付きの黒のチョーカーが、雅臣がオメガだということを皮肉なほどに周囲へと知らしめていた。

雅臣のことは誠も知っていた。

オメガであることを理由に、名家の一条から捨てられたかわいそうな少年。

比較的裕福な家庭の子どもが通うこの道場には、誠以外にも雅臣のことを知る者が多くいた。時折向けられる周囲からの好奇の視線に居心地悪そうに俯(うつむ)く雅臣は、まさしくかわいそうな子どもそのものだった。

そんな雅臣を道場で初めて見たとき、誠の胸に込み上げて来たのは絶対的な優越感だった。

誠はアルファのふりをさせられているが、両親に捨てられた訳ではない。普通ではないが、少なくとも雅臣よりは両親に愛されている。そう思えた。

――傍に置くなら、こいつがいい。

そんな単純な優越感をきっかけに、誠は雅臣に目を付けた。

調べてみると、悠木家の家柄や資産は父にとって十分魅力的なものだった。それに加え、大人しくてひとの良い雅臣の性格は誠にとっても都合が良かったのだ。

結婚相手に誰を選んだとしても、誠がアルファでないことはいずれ絶対にバレる。番(つがい)になれず、発情期(ヒート)の苦しみを和(やわ)らげることもできないのだから当然だ。

そのため、結婚相手のオメガは誠に対して従順で、簡単に丸め込めそうな人物でなくてはならない。

そういった点でも、雅臣は誠の結婚相手にぴったりだった。

誠がアルファではないとバレたとしても、父のせいで人生を狂わされたかわいそうなベータを演じれば、お人好しの雅臣相手なら言いくるめる自信がある。

それに、父が言っていた。

もし万が一、結婚後にオメガを丸め込めなかった場合は、なにかしら別の弱みを握って脅(おど)せばいい――適当なアルファを金で雇うこともできるし、なんなら自分が『噛んで』やってもいい、と。

誠はその悪魔のような提案を、本気で良い考えだと思った。本当に雅臣のことを、自分がアルファであるという信憑性(しんぴょうせい)を高めるための道具としてしか見ていなかったのだ。

そうして誠は自身の外面(そとづら)の良さを活かし、道場では好青年を演じながら、親しげに雅臣に接した。

初め雅臣は戸惑っていたようだが、それが繰り返されて日常になると、次第に警戒を解いていく。

誠の本性も目的も知らず、誠が優しいふりをするだけで、本当の優しさを返してくれるお人好しの悠木雅臣。時折、誠が好意をちらつかせるだけで頬を赤らめるその様(さま)は、滑稽(こっけい)を通り越していっそ憐(あわ)れなほどだった。

高校に上がる頃には、雅臣の容姿はオメガらしくない方向へと成長していたが、誠にはそれすら都合が良かった。せっかく目を付けたのに、他の本物のアルファに横取りされては堪(たま)らない。

運良く、他に雅臣を狙っている本物のアルファがいなかったため、高校生の頃は付かず離れずの距離を保つ。そして、高校卒業前になって、ようやく誠は雅臣に結婚前提の交際を申し込んだ。

雅臣は誠の思惑も知らず、純粋に誠の告白を喜んでいた。

そのときはまだ、すべてが誠の思い通りに進んでいた。


「誠のこと、私たちと同じかわいそうな子どもだと思ってたけど、そうじゃなかったのね」

誠と雅臣が婚約した数日後、誠の部屋にやってきた姉はひどく冷たい表情を浮かべてそう言った。

おそらく、誠と父の計画を知ったのだろう。

兄と姉からは、極力父とは関わらないよう幼い頃から口煩く注意されていた。ふたりとも、身勝手で傲慢な父を嫌っていたのだ。

実際、縁は切っていないものの兄はすでに家を出て、神田家とは距離を置いている。父はいずれ戻ってくると思っているようだが、誠は兄がこのまま帰ってこないような気がしていた。

非難されても平然とソファに座ったままの誠を、姉はキッと睨み付ける。その目には、絶望にも近い失望の色がはっきりと浮かんでいた。

アルファとオメガの番に限り、この国では同性婚も認められている。なので、戸籍上はアルファである誠がオメガの雅臣と結婚すること自体に問題はない。ただ、男同士のベータとオメガの間に子どもができるはずもなく、オメガは死ぬまで発情期の苦しみを味わい続けることになる。

誠はどちらもどうでもよかった。子どもは嫌いだったし、愛してもいない雅臣が一生苦しもうと知ったことではないと思っていたのだ。

しかし、それは雅臣と同じオメガの姉には到底許せることではなかったらしい。

姉の美しい顔がくしゃりと歪む。

「あんたはパパと同じ、自分のことしか愛せない最低な人間よ。自分の幸せのためなら他人を平気で殺せるひと……バース性なんかに振り回されて、あんたもパパも馬鹿みたい」

「……で？」

「いつか天罰が下るわ、きっと」

誠は今にも泣き出しそうな姉を鋭く睨み付けた。

姉にいったい自分のなにがわかるというのだろう。

わかるはずがない。ずっと父にとって価値のある存在であった姉には。五歳の頃、突然無価値な存在に成り下がった誠の気持ちなど、わかるはずがないのだ。

やがて、諦めたような笑みを浮かべて、姉は誠に背を向けた。

「もう弟だとは思わない。さよなら」

それが、誠が姉を見た最後の日だった。

翌日、姉はどこで出会ったのかもわからない一般家庭の男と駆け落ちしたのだ。

姉は大学を卒業したあと、父が見つけてきた二回りほど歳の離れた資産家のアルファの後妻になる予定だった。きっと、それが嫌で逃げ出したのだろう。

父は激怒していたが、駆け落ちした相手がアルファだとわかると、姉を捜すのをやめた。利用価値のない庶民のアルファと番になったであろう姉もまた、父にとって利用価値のないどうでもいい存在へと成り下がったのだ。

誠の唇が笑みの形に歪む。

——なにが天罰だ。

誠はこれからも、今まで同様アルファとして生きていく。雅臣を利用して、その人生を踏み躙って、それでも平気な顔をして生きていく。

誰にも理解されなくても、父が認めてくれるならそれでいい。

当時は本気でそう思っていた。

それは、雅臣と交際して一年がたった頃、誠が雅臣の実家を訪れたときのことだった。

雅臣の祖母がアルバムを取り出し、小さい頃の雅臣の写真を見せてくれた。

幼い雅臣はどの写真にも控えめな笑顔で写っていて、その隣には大抵同じ少年が並んでいる。

パッと目を引く、作り物のような美しい顔立ちの少年だ。幼稚園の頃など本物の天使のように愛らしかったが、気の強そうな瞳が一番印象的だった。

「この子、いつも雅臣の隣に写ってるね」

誠が少年を指差しながらそう言うと、雅臣はなんとも言えない表情を浮かべて黙ってしまった。

雅臣にそんな態度を取られたのが初めてだった誠は少し驚いた。

黙っている雅臣の代わりに、同席していた雅臣の祖母がにこやかに答える。

「その子はね、卯月総真さんっていうの。雅臣とは小学生まで同じ学校で、とても仲が良かったのよ」

「……別に、仲良くなんてないよ」

拗ねているようにも、寂しそうにも見える表情で雅臣は小さく否定した。

誠は聞き覚えのあるその名前に、わずかに目を見張る。

「卯月って、もしかして、あの卯月財閥の？」

「ええ、お孫さんなの」

「……へぇ、すごいひとと友達だったんだな」

誠は驚いて隣の雅臣へと顔を向ける。

そんな大物と友人だったなんて、初めて聞いた。

しかし、雅臣は誠の方に視線をやることもなく、ぼんやりと写真のなかの卯月総真を見つめている。見たことのない、誠が一度も向けられたことのない、どこか切なげな表情だった。

その横顔に、なぜだか胸がざわつく。

それから少しして、雅臣の祖母がゆっくりと部屋から出て行った。

残された誠は、いつも以上に大人しい雅臣の隣で静かにアルバムをめくる。

「好きだったの？」

「……なにが？」

「卯月総真君のこと」

「まさか」

顔は見られなかったが、雅臣がわずかに笑ったような気配がした。

「卯月は特別だから」

それは、好きだったと言っているのといったいなにが違うのか——突然込み上げてきたモヤモヤとした感情に、誠は戸惑っていた。

悠木雅臣は、誠の周りにいる誰とも違う、穏やかな男だった。

欲がなく、いつも柔らかく微笑んでいる。アルファのような外見に反してその内面は凡庸と言っていいほどだったが、雅臣の隣は存外居心地が良かった。

五歳の頃、親から無価値な存在として切り捨てられたのは誠と同じはずなのに、雅臣は誠のように自分より惨めな相手を捜して見下すようなことはしない。

それどころか、自分を捨てた両親を強く恨んでいる訳でもないらしかった。

誠にとって雅臣は、近くて遠い、どこか不可解な存在だった。

「誠はすごいな」

勉強やスポーツで優秀な成績を残すたび、雅臣は誠をそう褒めた。それも、おだてて機嫌を取ろうだとか、自分の好感度を上げようだとか、そんな打算は一切ない純粋な賛辞だった。

「……まあ一応アルファだからね」

「そんなの関係ないだろ？　誠がすごいのは誠がちゃんと努力してるからだよ」

不思議そうな顔をする雅臣を、誠は息を呑んで見つめ返す。

――そうだ。ずっと努力してきた。

アルファに負けないよう。ベータだと疑われないよう。

勉強も、運動も、それ以外のことも、生まれながらの天才たちのなかに紛れ込むため、誠はずっと努力を重ねてきた。

さすがアルファだと周りに言われるとホッとしたが、同じくらいムシャクシャもした。

誠の優秀な成績は、誠のがむしゃらな努力で成り立っている。ただ学校の授業を受けているだけで成績上位に入れるアルファたちとは訳が違うのだ。

しかし、誰もそれを知る者はいない。誠の努力はないものとされ、誠の手にしたものは当然のものとされる。その状況を受け入れるしかないのが、またどうしようもなく歯痒（はがゆ）かった。

けれど、雅臣は誠の努力を知っていてくれた。

偽りのバース性越しではなく、ひとりの人間としての誠を見てくれていた。

「……ありがとう」

誠が礼を言うと、雅臣はいっそう不思議そうな表情で首を傾げたあと、少し照れたように笑う。

その笑みに、なぜだか誠の心臓がどくりと音を立てた。


いつからか、雅臣とキスをするのが嫌じゃなくなっていた。いつからか、雅臣の前で作り笑いをする必要がなくなっていた。

誠はそんな自分に焦り、戸惑い……けれど、その苦悩さえも、雅臣の傍にいるときだけは忘れられた。

しかし、そんな平穏など、所詮は一時のまやかしに過ぎない。

雅臣の傍にいればいるほど、誠は激しい自己嫌悪に苛（さいな）まれていくことになる。

アルファのような見た目に反して雅臣の発情期（ヒート）は重く、最新の抑制剤を使っても気休めにしかならない状態だった。抑制剤の効きが悪いオメガにとって、ひとりで過ごす発情期（ヒート）は地獄そのものだ。

最初はひとりで耐えていた雅臣も、付き合って一年が過ぎる頃には誠に泣いて縋（すが）るようになっていた。

「頼む、助けて……助けてくれ……本当に苦しいんだ……お願いだから……っ」

真っ赤な顔で泣きじゃくりながら懇願する雅臣の症状は、発情期（ヒート）を重ねるごとにひどくなっていく。

それはもう、発情などという世間一般の人々がイメージする卑猥（ひわい）なものではなく、気が触れそうなほどの苦痛に苛（さいな）まれているようにしか見えなかった。

しかし、どれだけ助けを求められても、ベータの誠にはどうすることもできない。オメガを発情期（ヒート）の苦しみから本当の意味で解放できるのはアルファだけだ。

だから誠は、婚前交渉に否定的な考えを持っているふりをして、発情期（ヒート）のたびに苦しむ雅臣から逃げた。

泣き縋（すが）る雅臣を引き剥（は）がした瞬間の、あの絶望に満ちた瞳が、今も誠の瞼（まぶた）の裏に焼き付いている。

発情期（ヒート）さえ終わってしまえば、雅臣はまた普段通り誠に柔らかく微笑んだ。誠が逃げたことなど忘れてしまったような顔をして、照れくさそうに誠のキスを受け入れた。

実際は不満もあったのだろうが、雅臣は誠を責めることも疑うこともしない。それどころか、雅臣の祖父母に責められる誠を庇（かば）うことさえあった。しかし——

「子どもは最低ふたりは欲しいかな。俺、弟と妹がいたけど、あんまり一緒に遊んだりできなくて、ひとりで結構さみしかったから」

「……そうなんだ」

なんでもないことのように明るく言った雅臣に対し、誠の返事は消え入りそうなほどに小さかった。

ベータで同性の誠相手では、天と地がひっくり返っても雅臣は子どもを作ることができない。だが、雅臣は結婚後は当然子どもを産んで、誠と一緒に幸せな家庭を築くのだと信じている。

雅臣が子どものことを口にするたび、誠は適当に相槌を打ちながら無理やり話を逸らすようにしていた。自分との間にできもしない子どもの話なんて聞きたくもなかった。

そのたび、雅臣が少し不安そうな表情を浮かべていたことに誠も気付いてはいたが、それだけはどうにも耐えられなかったのだ。


いつしか、誠はベータであることを雅臣に打ち明けたいと考えるようになっていた。

当初は結婚後にバラして逃げ道を塞ぐ予定だったため父には反対されたが、誠は雅臣を騙したままでいるのがつらくなってしまったのだ。

なんとか父を説得して、早く自分の口から雅臣に本当のことを話したい——そう考えていたものの、次第に誠はベータだと打ち明けることが怖くなっていく。

アルファのような見た目とは裏腹に、雅臣はオメガらしい感性を持っていた。

雅臣はバース性に関係なく誠を見てくれた初めての相手であるはずなのに、知れば知るほど雅臣はオメガらしいオメガで、雅臣が愛しているのはアルファである神田誠であるように思えて仕方がなかった。

けれども、アルファの神田誠なんて本当はどこにもいやしない。

いるのはただ、アルファのふりをして生きてきた惨めなベータの神田誠だけだ。

出会った頃は、お人好しで気の弱い雅臣なら簡単に丸め込めると思っていた。

だが、今となってはどうだ。

発情期に苦しみ、子どもに囲まれた温かい家庭を夢見る雅臣が、はたしてベータの誠を受け入れてくれるだろうか。

もし雅臣がベータの誠を拒んだら、選択肢はひとつしかない。

雅臣の項を噛む相手が父だろうと父が雇ったアルファだろうと、雅臣が自分以外の誰かのものになるなんて、誠は考えるだけで吐き気がした。

気付けば、誠にとっての雅臣は『誠がアルファだという信憑性を高めるための道具』ではなくなっていた。けれど、雅臣のことが好きだと気付いたときにはもうなにもかも遅すぎたのだ。

すべてを打ち明けて、ふたりでどこか遠くへ逃げてしまいたいと思うことが何度もあった。

しかし、結局なにも変われないまま、ただただ時間だけが過ぎていく。

そうして誠は日に日に過去の自分の愚かさに追い詰められていき、とうとうあの夜――目の前の男に雅臣を奪われたのだ。

▽
▽
▽

「ほんと最近はすげぇよなぁ。髪の毛一本で簡単にバース性調べられるんだってよ。俺らがガキの頃は、まだ血液検査じゃないと無理だったっけ？　……ああ、そうそう、ちなみに五歳のときの本物の健康診断書もあるぞ。これはさすがにコピーだけどな」

卯月は書類の山をペラペラとめくり、健康診断書と書かれた一枚の紙を見つけ出すと、それを誠の目の前に掲げた。

誠は苦い表情でその紙を睨（にら）む。そこには誠の五歳時の健診結果とともに、バース性の欄に『β（ベータ）』の文字が記載されていた。

歯を食いしばったまま黙っている誠を見て、卯月は勝ち誇ったようにニヤニヤと笑う。

アルバムのなかで見た、幼い雅臣の隣を陣取っていたときのあの満足げな笑みが重なり、誠はいっそう胸糞悪い気分になった。

「わざわざ偽造前の結果残してるあたり、病院側も手慣れてるよな。でもまあ、金のために平然と犯罪やらかすような輩（やから）を信用したお前らも頭悪すぎんだろ」

「……どういう意味だ」

「わかんねぇの？　数百万積まれて違法行為するようなクズは、公（おおやけ）にはしないって条件付きで数千万積まれたら簡単に手のひら返すに決まってんだろ？　……いや、さすがに数千万は出してねぇと思うけど」

――つまり、病院側に裏切られたということか。

誠の唇に自嘲的な笑みが浮かぶ。

別に信用していた訳ではない。だが、このことが公になればあの院長もすべて失うことになるのだから、そんな馬鹿な真似はしないだろうと思っていた。

大体、大金を払って、事を公にしないなんて馬鹿げた条件まで付けて違法行為の証拠を欲しがる人間がいるなんて誰も思わないだろう。弱みを握られたという点を除けば、痛い目にあっているのは雅臣を奪われた誠だけではないか。

それらの書類から目を逸らし、誠は片手で頭を抱えた。ぐしゃりと強く自身の髪を握り締める。

「……お前が、全部バラしたのか」

「まあ、この書類とか、お前らのクソみたいな罵詈雑言の録音を悠木の家に送り付けたのは俺だな」

飄々と答えた卯月を誠は睨んだが、相手の笑みはいっそう深まるばかり。

卯月が指を離すと、書類はひらりとテーブルの上に落ちていく。

「詐欺師なんかがバース性詐称してたって話はたまに聞くけど、国に提出する検査結果から偽造してるやつなんて初めて見たわ。しかも、ベータからアルファとか……雅臣の祖父さんたちも驚いてただろ？」

白々しくそう尋ねてきた卯月を、誠はさらに憎々しげに見つめ返す。

驚いていたどころではない。

雅臣が学生時代の友人だという男に連れて行かれた日の翌日、なんと言い訳をしたものかと一晩中頭を悩ませていた誠のもとに雅臣の祖父母がやってきた。

誠は、昨夜のことを雅臣から聞いてやってきたのだと思っていた。雅臣はもう実家の方に戻っているのだと。

しかし、雅臣の祖父母は誠を叱りにやってきた訳ではなかったし、そもそも雅臣は実家に戻ってもいなかった。

『まさかあなたがベータだったなんて……雅臣が発情期(ヒート)で苦しんでいたのを知っていて、よくもまあそんな嘘をつけたものね。ああ、それと、家にはあなたみたいなひとにあげる資産は一切ありませんから。いったいなにを勘違いしているのかしら』

淡藤色の着物を美しく着こなした雅臣の祖母が、冷ややかにそう言い放った。いつも通り穏やかに微笑んでいるようにも見えたが、その目に憎しみにも近い怒りが宿っているのが誠にははっきりと感じ取れた。

その隣に立つ雅臣の祖父もまた、険しい表情で誠を見据えて淡々と告げる。

『当然、君と雅臣の婚約は破談にさせてもらう。いや……君はベータだったんだから、もともと婚約自体あり得ないことだったな……とにかく、詳しいことは後日、君の親御さんを交えてゆっくりと話をさせてもらおう』

そうして言い訳もさせてもらえないまま、誠は雅臣と暮らしていた部屋から追い出された。

マンション自体がもともと雅臣の祖父の持ち物なので文句を言える立場ではないが、なぜ急にベータであることがバレたのかわからず、誠は軽いパニック状態だった。

さらに、この話はすでに誠の両親の耳にも入っていたようで、誠はその後すぐに実家へと連れ戻されることになる。

そこで誠は、自身がベータであることの証拠だけでなく、昨夜の飲み会での罵詈雑言の録音までもが雅臣の祖父母の手元にあることを、取り乱した両親から知らされたのだ。

なにもかもがおかしい。

昨夜の録音があることも、あの場に雅臣が現れたことも、雅臣の友人が雅臣を連れて行ってしまったことも、雅臣の祖父母に誠がベータだとバレたことも——

誰かが裏で手を回している。あの場にいた誰かが誠を裏切ったのだ。

しかし、それに気付いたところで、当時の誠にはそれがいったい誰なのかを考える気持ちの余裕などなかった。

事が公になれば、父の政治生命は終わる。これから神田家がどうなるのか、誠は両親ともども生きた心地がしなかった。

それに、あの夜から雅臣と連絡が取れておらず、どこにいるのかもわからない。

誠は雅臣と会って話がしたかった。あの日のことも、今までのことも、これからのことも。謝って、許しを乞うて、本当に愛しているのだと伝えたかった。

誠は何度も雅臣に電話をかけ続け——そして、ようやく繋がった雅臣から告げられたのは淡々とした別れの言葉だった。

雅臣は少し掠れた声で、誠のことが好きだったと言った。もう好きじゃない、とも。

それまでの誠は、言葉を交わせばまだ雅臣とやり直せると思っていた。

誠は雅臣を愛していた。雅臣だって、誠を愛してくれていた。それは間違いなく本物の愛だったはずだ。

けれど、雅臣はもう誠の言葉をまともに聞く気がなかった。取り付く島もなく、静かに誠を拒絶した。そして、号泣する誠を残して、気付かぬうちに通話は切られていたのだ。

今思えば当然だろう。

そのときにはもう、雅臣は卯月総真の番になっていたのだから。

偶然にもちょうどその夜、両家の間で話し合いが行われた。

雅臣に会えるのではないかとかすかに期待していた誠だったが、当然のようにその場に雅臣の姿はなく、電話で拒絶されたばかりの誠は虚ろな目で話し合いの席に着く。

もうすべてが終わりだ。

誠だけでなく、きっと両親もそう思っていただろう。

しかし、雅臣の祖父母は『もう二度と雅臣と悠木家に関わらないと約束するなら、事を公にはせず、今回の件は婚約解消ということで方を付ける』と、誠たちに告げた。

意外な対応である。

雅臣の祖父母は神田家に対してかなり腹を立てていたはずで、普通なら警察沙汰になってもおかしくない状況だ。事件に巻き込まれるのが面倒だとしても、慰謝料の請求ぐらいはするだろう。

だが、悠木家が出した条件は『もう二度と雅臣と悠木家に関わらないこと』のみだった。

――訳がわからない。

そんな誠の困惑を見透（みす）かしたらしい雅臣の祖母が、薄暗い目をして笑う。

『私としては不服よ。だけど、そうしてほしいって頼まれたの。……それに、結果的にはこれが一番良い選択らしいわよ？』

その言葉とほの暗い笑みの端々に不気味ななにかを感じたが、神田家にとって都合のいい条件であったことは確かだ。

父はその提案を受け入れた。いや、そもそもこちらに拒否権などないのだ。

誠がベータであるという証拠を握られている以上、神田家は絶対に悠木家に逆らえない。そういう力関係がすでにできてしまっている。

それでも、両親はとりあえず窮地を脱してホッとした様子だった。しかし、誠にはまだ納得できていないことがある。

無論、雅臣のことだ。

雅臣に会いたい、謝りたいのだと誠は懇願したが、雅臣の祖父母には素っ気なくあしらわれるだけだった。

さらにその後、誠は両親に説得され、雅臣と悠木家に二度と関わらない旨の念書を書かされる。

本当は嫌だったが、仕方がない。それ以外に自分たちが助かる道はないのだから。

それでも、誠は雅臣のことを諦めた訳ではなかった。両親に隠れて、ずっと雅臣を捜し続けていた。

そうして、あの電話から約一ヶ月後——誠は、雅臣が卯月総真の番になったことを友人から知らされ、とうとう絶望の淵に追いやられたのだ。

▽　▽　▽

ここ二ヶ月の地獄のような日々を思い出していた誠は、軽い眩暈を覚えた。いや、この悪魔のような男と対峙している今この場所こそが、地獄の釜のなかなのだろうか。

息が詰まりそうになり、誠は一度大きく息を吸い込んだ。

そして、テーブルに広げられた書類から目を逸らし、窺うように卯月を見つめる。

「……雅臣には、このことは……」

「言う訳ねぇだろ。発情期のたびに泣いて縋ってた男がベータだったとか、さすがに胸糞悪すぎる」

眉根を寄せながら卯月が吐き捨てた言葉に、誠は再び黙り込んだ。

卯月は嘲るような笑みを浮かべ、誠を上から下まで眺める。

「……にしても、まさかお前とはなぁ。雅臣と海外旅行に行ったときはさすがに焦ったけど、ホテルの部屋は別々だったし、帰ってきてからも結局雅臣はチョーカー着けたまんま発情期はひとりで過ごしてるし……正直お前のことはあんまりマークしてなかったんだよな」

なんでもないことのように告げられた言葉に、誠の肩がびくりと跳ねる。

――雅臣のことを見張ってたのか？　俺のことも……？

どこまで把握されているのか。どこまで見られていたのか。

ゾッとした誠は顔を青ざめさせる。

それを見て卯月は片眉を上げたが、結局なにも言わなかった。

ふいに、今まで黙っていた卯月の付き人らしきスーツの男が口を開く。

「総真さんは真理亜さんのことばかり気にしすぎだったんですよ。あんなのどう見たって、雅臣さんに近付いて総真さんをからかいたかっただけじゃないですか」

さほど上下関係を感じさせない、気安い口調だった。

卯月は少しムッとした表情で背後の男を振り返る。

「バッカお前、あいつらめちゃくちゃ距離近かったんだぞ。しかも、幼馴染（おさななじみ）だからって雅臣も真理亜には気ぃ許してるし」

「でも、このひとのことを教えてくれたのも、その真理亜さんでしょう？」

「……まあな。あいつもなに考えてんのかよくわかんねぇよ」

真理亜というのは、雅臣の幼少時代からの友人であるアルファの女性だ。

雅臣との婚約を公（おおやけ）にしたときに、誠も一度だけ彼女に会ったことがあった。長い黒髪が印象的な美人だったが、誠を値踏みするように眺めるその目からはなにかしらの悪意が感じられた。

『まだ番（つがい）にはなってないの？　ふーん、結婚するまでは番（つがい）にならないんだぁ……』

あのとき、なぜ真理亜が意味ありげに笑ったのか今ならわかる。

彼女は卯月側の人間だったのだ。

「まあ、なんにせよ、お前がベータで俺は助かった。もし雅臣が番にされてたら、こっちも手段が限られてくるからな」

長い足を組んで、卯月は悠然と笑った。

どこか近寄りがたいほど端麗なその貌は、誠が知る美形揃いのアルファたちのなかでも群を抜いて美しい。形の良い唇から紡がれる攻撃的な言葉さえ、卯月の魅力を引き立てているようだった。

きっと、この男なら誰でも選べただろう。

性別もバース性も関係なく、手を伸ばせば誰だって手に入ったはずだ。

――雅臣じゃなくたって、よかったはずだ。

「……なんで」

「あ？」

「なんで雅臣なんだよ……お前は雅臣じゃなくてもいいだろ……俺は、雅臣じゃないと……っ、返してくれよ……雅臣だけが、俺の……っ」

誠の目からぼろぼろと涙があふれてくる。

あれほど渇望した父からの愛情より、誠は雅臣が欲しかった。誠を本当の意味で愛してくれた、ただひとりのひとだったから。

傷付けてしまったが、この男よりも雅臣を愛していた。

いや、愛しているのだ。今も。

広い室内に誠の嗚咽だけが響く。

しかし、その嗚咽も卯月が口を開くと同時にぴたりと止まった。

「――お前、まさか自分がかわいそうだとか思ってんじゃねぇだろうな」

瞬間、ぞくぞくとした悪寒が誠の体中を駆け巡った。

「お前、詐欺師の分際でなに泣いてんの？　泣きたいのはてめぇらに三年半も騙されてた雅臣の方なんだけど。今更被害者ぶってんじゃねぇぞクソが、死ね」

冷え切った声で卯月に淡々と詰られて、誠の体が強張る。言い返せる言葉もなく、全身が震えそうになるのを堪えるので精一杯だった。

「総真さん……気持ちはわかりますけど、さすがに『死ね』はやめましょう、『死ね』は」

誠が固まっていると、卯月の背後に立つスーツの男が卯月を窘めるようにそう言った。そして、面倒くさそうにため息をつく。

「この手の相手には、なに言ったってわかんないと思いますよ。どうせ『でもでもだって』の自己弁護ばっかりで、自分の非はなかなか認めないですから」

「んなことは俺だってわかってる。別にこいつに謝罪してもらおうと思ってここにいる訳じゃねぇよ」

卯月は小さく鼻で笑い、足を組み直して再び深くソファにもたれる。その美しい人形のような顔に、一瞬だけ憐れみの表情が浮かんだ気がした。

「正直ちょっとは同情してた。お前の親は本物のクズだし、お前はある種の虐待を受けて育ったんだと思う。その点は俺も気の毒だと思ってるよ、本当にな」

「虐待……？」

そんなものを受けていた自覚はなかった。まともじゃないことはわかっていたが、暴力を振るわれた訳でも、雅臣のように捨てられた訳でもない。ただ単に、父は自分の子どもに利用価値を求め、誠はそんな父に認められたかっただけのはずだ。

戸惑う誠を無視して、卯月は静かに言葉を続ける。

「……だけど、お前と話してたら同情する気も失せた。結局はお前も父親と同じ、どうしようもないクズだもんな」

言いながら、卯月は口角を上げて嘲るように笑った。

「傍から見たらお前なんてちっとも雅臣を大切にしてなかったのに、お前自身はちゃんと愛してた、雅臣もまだ自分を愛してくれてる、って思ってる訳だ。気色わりぃな」

「……俺は、俺たちはちゃんと愛し合ってた。それを、お前が……」

「嘘ばっかついてんじゃねぇぞクズ。お前は自分のことが一番大好きなナルシスト野郎なんだよ。だから、自分よりもかわいそうで、自分のことを愛してくれる雅臣を傍に置いておきたかっただけだろ？」

誠は恐怖と驚愕が入り交じった瞳で卯月を見る。

なぜここまで、自分の考えが見透かされているのかわからなかった。

——しかし、以前はそうだったが今は違うはずだ。

誠は確かに雅臣を愛していた。それこそ、血の繋（つな）がった両親よりも。

「俺は雅臣を愛してた、本当に……」

「じゃあ、お前の愛してるってなに？」

卯月に問いかけられても、誠はすぐには答えられなかった。そんなことは今まで考えたこともなかったからだ。

誠にとっての愛は、雅臣が自分に与えてくれたものだった。

純粋で、穏やかで、心地よくて――そこまで考えて、誠はふとあることに気が付く。

雅臣は自分といて、同じような気持ちになれたことがあったのだろうか。

どくり、と心臓が嫌な音を立てた。

ふいに誠の頭のなかで、繰り返し雅臣の顔が浮かんでは消えていく。

将来のことを話すときの希望に満ちあふれた顔、誠が子どもの話を無視したときの不安そうな顔、発情期（ヒート）で苦しむその手を振り払ったときの絶望に満ちた顔――

『……もう、おわりだ』

そして最後に、あの夜、泣きながら誠を拒んだときの雅臣の顔が頭に浮かび、徐々に目の前が真っ暗になっていく。

そのままなにも言わない誠を、卯月はゆっくりと目を細めて冷たく見据える。

「アルファだって嘘ついて婚約して、雅臣がベータのお前を拒んだら、無理やり親父か他のアルファの番（つがい）にして奴隷みたいにするつもりだったんだろ？　そんなの本当に愛してたって言えんのか？」

「ッ……違うっ！」

とっさに大声で否定した誠を、卯月がギロリと睨め付けた。

「なにが違うんだよ」

「それは……最初はそうだったけど、もうそうじゃなくて……俺が、雅臣を説得して……」

「いや、お前馬鹿？　なんで説得できる前提で話してんの？　その説得ができなかったときどうするつもりだったのかって話をこっちは聞きたいんだけど」

　卯月は顔をしかめてから、再び大きくため息をつく。

「ベータなのがバレて雅臣に拒まれました。じゃあ、さよなら～……とはならねぇよな？　公にされたらお前ん家終わりだし、そんなのお前の親父が許さねぇだろ。で、そうなったときお前は親父に逆らえたの？　逆らえねぇから今こんなことになってんじゃねぇの？」

「それは……っ」

「邪魔が入んなきゃ、あのまま現状維持で行くつもりだったくせに。親父の信頼も、アルファとしての地位も、雅臣も、全部手に入れる気だったんだろ？　そのために雅臣自身を犠牲にしても平気だったんだよな？」

「違う……」

「違う違うばっかうっせぇなぁ……なら、なにがどう違うのか言い訳してみてくれよ。できるんならな」

誠は唇を噛んで深く項垂(うなだ)れた。

視界に入った書類に記載されている『β(ベータ)』の文字が忌々(いまいま)しい。

いったいどこから間違ったのだろう。どうすれば間違わずにいられたのだろう。

誠がベータだからダメだったのだろうか。そもそも、ひとを道具として見る誠のような人間は、雅臣を好きになってはいけなかったのだろうか。

やり直したいのに、どこからどうやり直せばいいのかもわからない。それでも、もう二度と雅臣に会えないのだと思うと、それだけは嫌だと駄々をこねる身勝手な自分がいた。

イライラとした様子で卯月が大きく舌打ちをする。

「話になんねぇわ、マジで。お前、よくそれで雅臣を返せとか言えるよな。頭おかしいんじゃねぇの」

「言葉が通じるだけの宇宙人と話してるみたいで疲れるでしょ。弁護士やってると結構こういうひと多いですよ。しかも、外面(そとづら)はいいから割と騙(だま)されちゃうひとも多いんですよねぇ」

そこでようやく、卯月の付き人だと思っていたスーツの男が弁護士だと気付く。よくよく見れば、スーツの胸元に弁護士バッジが着いていた。

弁護士の男が、にっこりと笑って誠を見下ろす。

「まあまあ、いい加減あなたも諦めましょうよ。雅臣さんは総真さんの番(つがい)になっちゃったんだから、もうどうしようもないってわかってますよね？」

「……雅臣と会って話すまでは納得できない」

「いや、あなたもう悠木家に関わらないって念書書いたんでしょ？　あんまり無茶苦茶言わない方がいいですよ」

卯月にも弁護士にも、心底呆れたような目を向けられる。

だが、三年半も婚約していた相手と顔を合わせることもなく破談となったのだ。納得できないと言ってなにが悪いのだろう。

弁護士の男の言う通り、雅臣は卯月の番になってしまった。もう自分の意思に関係なく、雅臣は卯月から離れることができないのだろう。

雅臣の項を噛んで、無理やり番にして、言いなりにさせる――当初、誠たちが最終手段として考えていたことを、目の前の男が先にやってしまった。

――悪魔みたいな男だ。

かつての自分たちのことは棚に上げて、誠は恨めしげに卯月を睨んだ。

もうどうにもならないのだとしても、誠は雅臣に会いたかった。

いや、結局のところ、心の底ではまだどうにかなるのではないかと期待している愚かな自分がいる。

どれだけ目の前の男に詰られても、卯月は雅臣本人ではないではないか。

婚約中のオメガを平気で寝取って番にする男の言葉に、どれだけの信憑性があるというのだろう。

過去になにがあったかは知らないが、あれだけ純粋に誠を愛してくれていた雅臣が、この男を本当に愛しているとは到底思えない。絶対的にアルファが優位である番関係を結んでしまったのなら尚更だ。

今日だけでもう何度目になるのか、誠を見つめた卯月が大きなため息をついた。

「あんだけ雅臣のことボロクソに言っといてまだそんなこと言えるとか、お前ある意味すげぇな……煽りとかじゃなくて、一回病院行って頭んなか診てもらえよ、ガチで」

どこか引き気味の表情で卯月から告げられた言葉に、誠は顔を強張らせた。無論、病院どうこうのくだりにではなく、『雅臣のことをボロクソに言った』という部分にである。

それが、あの日の居酒屋での出来事を指しているのだということは誠にも見当がついた。いや、もしかすると、それ以外のときの暴言も録音されているのかもしれない。

誠は震える声で呟く。

「……あ、れは……仕方なかった……」

「は？」

「俺はあんなこと思ってない……だけど、佐伯の前ではああ言うしかなかった……無理やり言わされてたんだ……」

そうだ。仕方がなかった。

佐伯夜彦の傍に居続けるためには、そうするしか方法がなかったのだから。

▽　▽　▽

誠と同じ大学に通う佐伯夜彦は、学内で知らぬ者はいないほどの有名人だった。

芸能人顔負けの端麗な顔立ちに、アルファだらけの学内でもトップの成績。おまけに父親は警視総監とくれば、注目を浴びるのも無理はないだろう。

なにをやらせても容易く人並み以上の結果を残すその男は、まさしく上級のアルファそのものだった。

とはいえ、誠と佐伯には大学が同じ以外の接点がなかった。いや、そもそも誠は佐伯に近付こうとはしなかったのだ。作り物のような美しい顔に貼り付けられた完璧な笑みが、見るたびに不気味で堪らなかったから。

しかし、父親に連れられて参加したとあるパーティー会場のレストルームで、誠は偶然にも佐伯と出会ってしまう。

大量のアルファ用の抑制剤を口にしようとする佐伯をとめるため、誠は佐伯に声をかけた。本当は関わりたくなかったが、さすがの誠もその危険な行為を見過ごすことはできなかったのだ。

――けれども、声を掛けるべきではなかったのかもしれない。

「……お前、めちゃくちゃ安っぽい香水つけてんのな？」

あのとき誠の胸ぐらを掴んだまま浮かべられた佐伯の笑みは、背筋がゾッとするほど美しく、新しいおもちゃを見つけた幼児のように無邪気だった。

ベータであることがバレたのかと誠は気を揉んだが、佐伯がそれ以上香水に関して言及してくることはなかった。

それどころか数日後、佐伯は誠に親しげに声をかけてきたのだ。

「仲良くしようよ。同じアルファなんだからさ」

そうやって、誠は半ば強引に佐伯のグループに引き込まれた。

戸惑いはしたが誠に拒否権などなかったし、そもそも拒むつもりもなかった。上級のアルファの家系である佐伯と繋がりを持つこともまた、父に強く望まれたことだったからだ。

しかも、なにを気に入られたのか、佐伯は誠を自分の傍に置くようになり、いつの間にか誠は佐伯の『お気に入り』になっていた。

最初は突然近付いてきた佐伯を警戒していた誠も、話せば意外に気安く、明るい性格の佐伯に慣れていく。

カーストの頂点に立つ佐伯の友人のポジションは、なかなかに快適だった。

特に、周囲の視線が気持ち良くて堪らない。

佐伯には多くの取り巻きがいたが、数が多い分そのなかにも序列がある。家柄だのアルファの格だのは一切関係ない、佐伯の独断で決められる序列だ。

そのなかで『お気に入り』の誠は、上位の位置を常にキープする特別な存在だった。

佐伯の隣にいることを許されている——たったそれだけのことで、生まれたときから勝ち組であることを約束されている連中が、悔しそうに、憎らしげに誠を見ていた。誠がベータであることも知らず、多くのアルファたちが誠に嫉妬していたのだ。

初めて雅臣を見つけたとき以上の優越感に、誠は愉悦を感じずにはいられない。

変わらず生理的な嫌悪感はあったものの、佐伯の傍は最高に居心地が良かった。雅臣の隣にいるときとはまた違う、刺激的な幸福感に満たされていた。

――しかし、ひとつだけ問題があった。

「オメガってマジで気持ち悪りぃよな。生まれてきたのが間違いだろ」

誠の隣で佐伯は吐き捨てるようにそう言った。美しい笑みを浮かべたまま紡がれた言葉はひどく辛辣で差別的だ。

佐伯は典型的なアルファ至上主義者であり、大のオメガ嫌いだった。

母親がオメガに殺されたから、オメガのせいで家庭が崩壊したからなど、陰で囁かれる噂はいくつかある。だが、そのどれが嘘でなにが本当なのかなんて、誠には知る由もない。

とにかく佐伯は、オメガを心の底から嫌い、見下していた。それは、オメガへの差別をなくし、より良い社会を作ろうとする国や世間一般の考えとはまったく逆の主張である。

しかし、それでも周りの人間は誰も佐伯を咎めない。それどころか、全員が佐伯に追従するように口々にオメガに対する差別的な発言を繰り返していた。

佐伯は上級のアルファで、コミュニティの王様で、逆らう者など誰もいなかった。

全員が白だと言っていた話も、佐伯が一言黒だと言えばみな一瞬で手のひらを返す。プライドや倫理観などあったものではない。

彼らにとっては、そのコミュニティに属し、どれだけ佐伯に気に入られるかが、将来へと続く大学生活においてなによりも重要なことらしかった。

故にみな、佐伯の顔色を窺いながら、誰が一番佐伯を喜ばせる罵詈雑言を吐けるかを競い合っている。ただ、佐伯の機嫌を取る。それだけのために。

――地獄だ。

そうは思ったものの、誠はそれでも佐伯の傍から離れようとはしなかった。

たとえ理解できないイカれた差別集団であっても、それ以上に誠にとって得られるものが多かったからだ。

そうこうしているうちに、最初は躊躇していたオメガへの嘲罵にも慣れ、次第に染まっていく。気付けば誠も、自然とそのコミュニティへと溶け込んでいたのだ。

そんな状況もあり、オメガの雅臣と婚約していることは当然周りには隠していた。

もともと他に良い条件の婚約相手が見つかったらそちらに乗り換えようと考えていたため、雅臣との婚約を内密にしていたのが不幸中の幸いである。

誠は、裏では佐伯たちと一緒にオメガのことを貶しながらも、表では平然とした顔で雅臣の隣にいた。いや、逆だろうか。表ではオメガのことを貶しながら、裏では誰にも気付かれぬようにひっそりと雅臣を愛していたのかもしれない。

そんな、時々どちらが本心なのか自分でもわからなくなるような二重生活を送っていた誠だったが、やがて限界は訪れる。

「オメガと婚約した……？」

佐伯の驚いた顔を見たのは、その日が初めてだったかもしれない。いや、初めて出会ったときもそんな顔を見たような気がするが、過去のことを思い返している余裕なんてそのときの誠にはなかった。

いつもの薄気味悪い笑みを消し去り、呆気に取られたような、らしくない表情で佐伯は誠を見ている。

佐伯が驚くのも無理はない。もう長いこと、誠は佐伯のオメガ批判に同調してきた。自分と同類であるはずの誠がオメガと婚約しただなんて、信じられないのだろう。

その場に同席する佐伯の取り巻きたちも、無言で興味深そうに誠を見ていた。それぞれ佐伯の出方を窺っているようだが、彼らの表情からは誠の没落を期待しているのがありありと見て取れる。

日々、顔に笑みを貼り付けながらも恨めしそうに誠を睨んでいた連中だ。内心はこの状況が愉快で堪らないのだろう。

なんとも重苦しい空気のなか、誠は苦い顔を作ってから口を開いた。

「ああ。ほんと嫌になるよ、オメガの婚約者なんて……親父が勝手に決めてきてさ」

背筋を冷や汗が伝う。

大学卒業まであと一年を切った蒸し暑い梅雨の頃、誠はとうとう雅臣との婚約を公にした。本当はもう少し隠しておきたかったが、雅臣側が不信感を募らせていたため、誠もこれ以上公表を先延ばしにすることはできなかったのだ。

そうなれば当然、誠がオメガと婚約していることを佐伯たちにも隠しきれなくなる。

佐伯の友人の立ち位置を失うのは惜しいが、誠にとっては雅臣との婚約の方が重要だった。

それでも、雅臣との婚約が誠にとって不本意なものであるふりをする理由は、あわよくば佐伯がそれを許してくれるのではないかという下心があるからだ。

——今の立ち位置を維持したまま雅臣を手に入れられるのなら、それに越したことはない。

誠は息を呑んで、佐伯からの返答を待った。

やがて、大きく見開かれていた佐伯の目がゆっくりと細められる。

「そいつって、本物のオメガ？」

「……そりゃそうだろ」

「ふーん……」

佐伯は口の端を吊り上げて笑った。いつもの不気味で美しい、あの笑みだ。

「どこのどいつ？　名前は？」

「……佐伯の知らないやつだよ」

「いいから教えろ」

いつだって、佐伯の声には有無を言わさぬ圧がある。

誠は渋々、小さな声で答えた。

「……悠木雅臣」

「ゆうきまさおみ、ゆうきまさおみ……なんか聞いたことあるな」

「あれだろ、一条から捨てられた『失敗作』」

取り巻きのひとりが声高に言った言葉に、思わず誠は顔をしかめる。

裏でそんな風に呼ばれていることは知っていたが、改めて聞かされても気持ちのいい言葉ではない。

だが、そう感じたのは誠だけらしい。

誰ひとり苦言を呈することもなく、嬉々として会話が続けられていく。

「あー、子どもの頃ちょっと噂になったよね」

「アルファ同士の夫婦からオメガが生まれることもあるんだから、気の毒だよなぁ」

「ガキの頃見たことあるけど、あんまオメガっぽくない地味なやつだったわ」

みな、口々に好き勝手なことを言う。

今まで雅臣がどれだけ悩み、苦しんできたかも知らないで——

誠が怒りに拳を震わせていたそのとき、集団の端の方にいたひとりの女が小首を傾げながら口を開いた。

「でも、あの子って卯月君の番候補じゃなかった？」

その瞬間、ぴたりと会話がとまり、その場にいる全員の視線が女に集まった。

何気なく呟いただけだったらしい女は、周りからの視線に驚いたように身を竦める。

「……卯月って、あの卯月総真のこと？」

佐伯が微笑みながら優しく問いかけると、女は途端に興奮した面持ちで喋りはじめる。

「うん。私、卯月君と同じ幼稚園と小学校で、そこに悠木君もいたんだけど、結構有名だったよ。

将来、番になるんじゃないかって」

「なんで？」

「んー……とにかく卯月君が悠木君のこと大好きだったんだよね。他のアルファに牽制とかしてたし、将来結婚したいみたいなことも言ってたかな……小学生のときの話だから、今はどうだかわかんないけど」

女の話に誠は驚いた。

ふたりの距離が近かったのはアルバムの写真を見て知っていたが、まさか卯月の方が雅臣に惚れていたとは想像もしていなかった。誠は逆に、雅臣が卯月のことを好きだったのではないかと疑っていたのだ。

写真のなかの幼い卯月と、彼を見つめて『特別』だと言った雅臣の横顔を思い出し、誠のなかにモヤモヤとした感情が込み上げてくる。

なにより、卯月総真にとっても雅臣は特別な存在だった――それをこのタイミングで知らされた誠は、かすかに吐き気さえ覚えていた。

「ふーん……あの卯月がねぇ……」

「……子どもの頃の話だろ」

思わず不機嫌そうな声が出てしまい、慌てて誠は口を閉ざす。

だが、実際そうだ。小学生の頃の色恋になんの意味があるというのだろう。

雅臣は今、誠と婚約している。誠を愛してくれていて、誠と番になりたいと望んでいる。決して、卯月総真となんかじゃない。

佐伯は興味深そうな顔をしながら顎に手を当てる。そして、にんまりと弧を描いた目がふいに誠へと向けられた。

「会わせてよ」

言葉の意味がわからず、誠は無言で佐伯を見つめ返した。

嫌な予感に、冷や汗がこめかみを流れる。

佐伯は上機嫌な笑みを浮かべたまま、わざとらしく首を傾げた。その動きとともに、派手なオレンジ色の髪がかすかに揺れる。

「え、無視？」

「いや……会わせてって……」

「悠木雅臣。お前の婚約者なんだろ？」

誠は否定も肯定もせず、視線を泳がせる。

佐伯がオメガの雅臣に会いたがるなんて予想外だ。オメガが自分に近付くことさえ許せない男が、自分からオメガに近付こうとするなんてあり得ない。

いったいなにを考えてるのか、なにをしようとしているのか――

恐怖に顔を引きつらせた誠に、佐伯は場違いなほど明るく笑いかける。

「そんな警戒すんなよ。余計なことは言わないし、お前がオメガを馬鹿にしてることも黙っててやるからさぁ」

「……わかった」

半ば脅迫に近いその言葉に、誠は嫌々でも頷くしかなかった。

誠がアルファ至上主義のグループに属していることを、同じくアルファ至上主義だったであろう両親に捨てられた雅臣に知られる訳にはいかなかったのだ。


「はじめまして、佐伯夜彦です」

雅臣と顔を合わせたときの佐伯は、まるで別人のような好青年だった。

明るくて、気遣いができて、オメガを見下していることなど露（つゆ）ほども感じさせない。

見た目は派手なままだったが、にこにことよく笑い、よく喋（しゃべ）る佐伯に、人見知りなはずの雅臣もすぐに気を許してしまったようだった。

しかし、それがすべて演技だとわかっている誠には、雅臣とにこやかに談笑する佐伯が不気味に思えて仕方がない。時折、誠の方を見て意味ありげににっこりと笑うのがまた一際（ひときわ）恐ろしかった。

「……お前、アレのこと愛してんだ？」

トイレに行くと席を立った雅臣の背中を見送ったあと、佐伯が楽しげに目を細めて笑った。

それに誠は笑い返した……つもりだが、うまく笑えているかどうかはわからない。

「んな訳ないだろ、オメガなんて……」

「だよなぁ。しかも一条の失敗作。おまけにオメガのくせにあの見た目って……劣等種のオメガのなかでもさらに底辺って感じ」

先ほど雅臣の容姿をかっこいいと褒め称えていた口で、佐伯は容赦なく雅臣を貶した。弧を描いた目は、どこか誠の反応を窺って楽しんでいるようにも見える。

「皮肉なもんだよなぁ。オメガだから捨てられたのに、成長したら見た目だけはアルファみたいなんだから」

言いながら、佐伯はグラスのなかのアイスコーヒーをストローでゆっくりと掻き回す。

佐伯は、雅臣を――もしくは誠を馬鹿にするようにクスクスと笑った。

「あんな惨めなオメガ、俺だったら隣に置いとくのも恥ずかしいわ」

「……別に、俺だって好き好んであいつと婚約した訳じゃない。親父が決めた結婚だから仕方なくだし……それに、あいつの祖父さんたちが結構金とか土地とか持ってんだよ」

「ふーん……」

誠の言い訳がましい言葉に、なぜだか佐伯はますます笑みを深めた。

不快感を押し殺して、誠は手元のホットコーヒーに口を付ける。

外は腹立たしいほど蒸し暑いが、クーラーの効いた店内は肌寒いほどにひんやりとしていた。

佐伯が顔合わせの場所に指定したこの喫茶店には、誠たち以外の客がほとんどいなかった。それがたまたまなのか、意図的なのかはわからないが、今の話の内容を考えれば色々と好都合ではある。

誠は雅臣に早く戻ってきてほしい気持ちもあったが、このまま戻ってこなければいいのにとも思った。

これ以上、なにを考えているのかわからないこの男と、なにも知らない雅臣を同じ空間にいさせることがおぞましくて仕方がない。

そもそも、なぜ佐伯が雅臣に会いたがったのかも未だにわかっていないのだ。

誠の婚約者だから？　名家の一条に捨てられたオメガだから？　卯月総真の番候補だったから？

——わからない。わからないが、とにかく雅臣と一緒に早く帰りたい。

そんな誠の気持ちを知ってか知らずか、佐伯は不気味に笑ったまま再び問いかける。

「じゃあさ、セックスは？　もうした？」

無粋かつ明け透けなその質問に、誠は眉をひそめながら苦い表情で小さく答えた。

「……まだしてない」

「まだしてない？　……できないじゃなくて？」

テーブルに頬杖をついた佐伯が、弧を描いた目でじいっと誠を眺めてくる。

思わず誠は息を呑み、膝の上で強く拳を握り締めた。

時々、この男は誠がベータだと気付いているのではないかと無性に怖くなる。

そんなはずはない、アルファ至上主義の男がベータを傍に置くはずがない——そう自身に言い聞かせても、パーティーで香水のことを指摘されたあの日からずっと、その不安はまるで影のように誠に付き纏い続けていた。

今だって、本当はベータなのだと誠が白状するのを待っているかのように思える。そんな佐伯が恐ろしくて堪らない。

ひくり、と誠の唇の端が引きつる。

「……なに、変なこと言ってんだよ」

「変なことってなに？　俺はただ、してないんじゃなくてできないんじゃないかなーって思っただけだけど。だって、自分と同じくらいでかい男なんて、いくらオメガでも抱くのは無理っしょ？」

「……ああ」

誠の口から、安堵と怯(おび)えの入り交じった、ため息のような声が出る。

実際は、雅臣の体格が自分と同じくらいだなんて、誠にはどうでもいいことだった。初めは違ったが、雅臣を好きになってからの誠はその容姿を好意的に受け入れていたのだ。

目尻を下げて優しく笑う顔をかわいらしいと思っていた。スッと伸びた背筋や、引き締まった腰を美しいと思っていた。

確かに誠は、雅臣に対して性的な魅力を感じていた。それも、一度や二度ではない。

発情期(ヒート)のときも、そうでないときも、誠は雅臣に対して欲情することが何度もあったのだ。

だからこそ、誠は発情期(ヒート)の雅臣の傍にいられなかった。傍にいたらきっと、欲望を抑えきれなかっただろうから。

――そうだ。だから仕方なかった。雅臣をひとりにしたことも、そのあとのことも……

「……やっば」

ふいに佐伯が小さく呟(つぶや)いたかと思うと、ケラケラと声を上げて笑いはじめた。

口を押さえても堪(こら)え切れないのか、肩を震わせながら笑い続けている。

驚いた誠が「おい」と声をかけようとしたところで、佐伯の目がぎょろりとこちらを向いた。

「――マジでゴミだな、お前」

言葉の辛辣さとは対照的に、ひどく熱のこもったうれしそうな声だった。

獲物を見つけたときの肉食獣のようなギラギラとした瞳に、誠の肌がぞくりと粟立つ。

口では友人だと言いながら、ふたりはいつだって対等ではなかった。誠はまさしく虎の威を借る狐で、佐伯の権力やカリスマ性を利用していた。佐伯だって心のなかではそんな誠を見下していたのだろうし、誠はそれを理解した上で佐伯の傍にいた。優越感に浸れるのなら、佐伯自身にどう思われているかなんてどうでも良かったのだ。

しかし、今までこんな目で見られたことはない。

ドロリとした重苦しい欲望を宿した、本能をむき出しにした、こんな目では――

「そんな怯えた顔するなよ。俺たち友達だろ？」

向かいから伸びてきた佐伯の手が、言葉を失っている誠の髪を乱暴な手つきで撫でた。

「……いや、友達とかつまんねーから犬にしよっか。どう？　悪くないだろ？」

無邪気な笑みを浮かべて問いかけてくる佐伯を、誠はただ呆然と見つめ返す。

佐伯がなにを考えているのかわからない……わからないが、誠にとって良くない方向に事が動いているのはひしひしと感じられた。

誠が震える唇を開こうとしたところで、髪を撫で回していた佐伯の手がパッと離れる。

トイレに行くと席を外していた雅臣が、ようやく戻ってきたのだ。

「……なんで髪ぐしゃぐしゃなんだ？」

誠を見て一瞬目を丸くした雅臣はすぐに微笑み、手櫛で誠の髪を整えてくれた。佐伯とはまったく違う、穏やかで優しい手つきだ。

誠が向かいに視線をやると、佐伯はにっこり笑って雅臣を見ていた。目だけが冷え切ったその笑みに、誠は背筋が寒くなる。

しかし、その後は何事もなく、佐伯の演技は最後まで完璧だった。事前の約束通り誠が裏でオメガを馬鹿にしていたことを黙っていてくれたし、余計なことを口走ることもなかった。

「佐伯さんって、いいひとだな」

帰り道、佐伯をそう褒めた雅臣に誠はなにも言えず、ただ力なく笑い返した。

いいひとな訳がない。けれども、佐伯が雅臣の前で『いいひと』のふりをしてくれたのは確かにありがたかった。

そうしてその日を乗り越えれば、またいつもの日常が戻ってくる。

意外なことに、誠の大学生活に変わりはなかった。佐伯はオメガと婚約した誠をグループから追い出すこともなく、それどころか前よりも誠を自分の傍に置きたがった。

納得いかないと陰口を叩く者もいたが、佐伯の意向に逆らうことなどできない。

誠にとって、父親に無理やりオメガとの婚約を決められたかわいそうなアルファのふりをすることは、今までの苦労を考えればさほど難しくはなかった。

佐伯が雅臣のことを『オメガってだけで失敗作なのに、オメガとしても失敗作』だなんて取り巻きたちに吹聴しはじめたのには少し参ったが、それだけだ。

誠が大学でどう過ごし、どれだけオメガを――雅臣を貶そうと、それは本心ではない。

雅臣や雅臣の祖父母の耳に入らなければ、特に問題はないだろう。

先日の発言もあって佐伯は以前よりも不気味さを増していたが、どうせ大学を卒業するまでの辛抱だ。

在学中は居心地のいい佐伯の隣で過ごし、大学を卒業したら佐伯とは距離を置けばいい。そのあとは父の秘書として働きながら雅臣とふたりで暮らせばいい――誠はそんな未来を想像しながら、残り少ない大学生活を過ごしていた。

佐伯に関しては欲をかいて裏目に出たかと思われたが、結局は誠の望んだ通りに物事は進んでいた。

あとは、雅臣にベータであることを打ち明けて、それを雅臣が許してくれたら、誠は完璧な幸せを得られるはずだった。

そう、そのはずだったのだ。

▽▽▽

「無理やり言わされてた、ねぇ……にしては、楽しそうに悪口言って盛り上がってたようにしか聞こえなかったけど」

胡乱な目で誠を見ていた卯月は、どこか挑発的な表情を浮かべながら、顎の下で手を組む。

「じゃあなんだ、佐伯に弱み握られて台本でも読まされてたわけ？　まあ、あいつだったらそれぐらいは平気でやりそうだよな」

「そういう訳じゃない、けど……でも、佐伯と同じ学校だったならわかるだろっ？」

「いや、全然わかんねぇけど」

「ッ……それはお前が佐伯より格上のアルファだから……っ！」

佐伯には絶対に逆らえない。佐伯が黒だと言えば白いものも黒になる。佐伯以外の人間がどう思っているかなんて関係ない。そういうコミュニティが成り立っていた。

噛み付くような誠の怒号に、卯月は不機嫌そうに片眉を上げる。

「んなもん関係ねぇよ。佐伯より格下でも、あいつを無視してるやつなんていくらでもいた。お前がそうしなかったのは、お前がただ佐伯を利用したかったからだろ？」

「それは……」

そうなのだろうか。逃げようと思えば、逃げられたのだろうか。

最初は父に望まれたからだった。途中からは、佐伯の傍にいることで得られる優越感に酔っていた。今は、今は――……

面倒くさそうな顔をした卯月が、指先でコツコツとテーブルを叩く。

「てめぇの自業自得だよ。佐伯なんかの取り巻きでいるために、あんだけ雅臣のこと貶して傷付けたんだから。本当に頭お花畑だな」

誠は深く項垂れた。

返す言葉もない。その場限りの優越感のために雅臣を傷付けた。本心ではなかったが、そんなことなど雅臣は知らない。知らなければ、なかったことと同じなのだ。

フッと卯月が小さく笑う声が聞こえた。

「お前、本当は周りのことなんてどうでもいいんだよ。父親も、佐伯も、雅臣も。自分さえ気持ち良くなれればそれでいいんだもんな？」

「………雅臣のことは、愛してた……それだけは嘘じゃない……本当だ」

嘘だらけの人生だったが、それだけは本当だった。

雅臣といるときだけは幸せだった。

だから、それだけは――

「じゃあ、なんで女と寝てたの？」

突如投げかけられた問いに、項垂(うなだ)れていた誠は固まった。そのまま、まるで蛇に睨(にら)まれた蛙のように動けなくなる。

「しかも、雅臣が発情期(ヒート)で苦しんでるときは毎回だよな。苦しむ雅臣置いて、どういう気持ちで女とホテル行ってたわけ？　楽しかった？　気持ち良かった？　なあ、教えてくれよ。どういう神経してたら浮気男の分際で本当に愛してたなんて言えんの？」

淡々と言いながら、卯月はまた書類の束から数枚の紙を抜き出し、一枚ずつ誠の前に並べていく。

その紙には誠が女とホテルに出入りする写真が印刷され、日時や滞在時間、ホテルの情報、相手の女たちの細かな個人情報までがきっちりと載っていた。

誠の顔から血の気が引いていき、硬直していた指先がかすかに震え出す。

旅行のことを知られていた時点で、もしかするとそれもバレているのではないかとは思っていた。

だが、今まで触れられることがなかったため、少しばかり油断していたのだ。

「……おい、だんまり決め込んでんじゃねぇぞカス」

無言の誠に痺れを切らしたのか、卯月は眉をひそめ、低い声で責めるように言う。

「バレてないとでも思ってた？　本当は俺が旅行の話した時点で察してたんじゃねぇの？　お前って、自分にとって都合の悪いことは絶対言わねぇのな」

誠はごくりと唾を呑んだ。

うまく言葉が出てこない。なんと反論を——言い訳をすべきなのか、とっさにはわからなかった。

雅臣と付き合っている間も、誘われれば暇潰しのように女と寝ていた。気まぐれに何度か男を抱いたこともあった。

ただの遊び。誠にとってはスポーツやゲームの感覚に近い性欲処理だった。

その遊びも、雅臣を好きになってからは一時的に鳴りを潜めたが、そんな我慢も長くは続かない。

たぶん、むしゃくしゃしていたのだと思う。泣き縋りながら誠の欲情を煽る雅臣に。なにも知らず誠を責める雅臣の祖父母に。馬鹿みたいな笑顔で遊ぼうと声をかけてきた名も知らぬ女に。

雅臣の発情期のたび、誠だってずっと苦しんでいた。

本当は、発情期の雅臣を置き去りになんてしたくなかった。ずっと傍にいて、抱き締めてやりたかった。本当はベータなのだと打ち明けたかった。

だけど、なにひとつできなかった。

ベータとして生まれた自分を呪い、真実を打ち明けられない臆病な自分を責める。

そうして、死にたくなるほどの自己嫌悪に苛まれたある日——ふと魔が差したのだ。

女を雅臣の代わりにした訳ではなかった。

代わりになんてなるはずがない。雅臣は誠にとって、唯一の特別なひとだった。

けれど、雅臣の発情期のたび、相手を変え、場所を変え、ずるずるとそれは続いていく。

浮気なんて大それたものではない。苛立ちと劣情をぶつける捌け口が、雅臣との関係を良好に保つためには必要だった。

そう、仕方のないことだったのだ。

——そもそも、婚約中の雅臣を寝取ったこの男に、そのことを責められる筋合いはない。

誠は項垂れていた顔を上げ、じっとりとした恨めしげな目で卯月を睨んだ。

しかし、卯月はひとを小馬鹿にしたような表情を浮かべて、誠を鼻で笑う。

「アルファだって騙してたのは親父のせいで、失敗作だって馬鹿にしてたのは佐伯のせい。じゃあ、浮気してたのは誰のせいだ？　まさか、雅臣を抱けなかったから雅臣のせいだとか言うんじゃねぇだろうな？」

「……雅臣にならともかく、なんでお前にそんなこと言われなきゃならないんだ？　俺と婚約中だった雅臣に手を出したくせに。偉そうにすんなよ、クソアルファ」

誠の悪態に卯月は一瞬目を丸くしたあと、ケラケラと笑い声を上げた。どことなく佐伯を思い起こさせる、不気味で不快な笑い方だ。

弧を描いた卯月の目が、ひどく楽しげに誠を見つめる。

「お前、さっきまで震えてたのに切り替えの早さすげぇな。第一、バース性詐称して雅臣と婚約してたくせに強気すぎるだろ」

その言葉に、誠はグッと奥歯を噛み締めて押し黙った。

バース性のことに触れられると、分が悪い。ベータの誠は本来であれば同性の雅臣とは婚約できない立場だからだ。

「ま、そんなに被害者面したいなら法的に訴えてみれば？　その場合、もちろんこっちもそれなりの対応はさせてもらうけどな」

余裕綽々に挑発してくる卯月に対して、誠は卑屈な笑みで吐き捨てる。

「……俺がベータなこと世間にバラすって脅してるつもりか？　そんなの、俺がなにもしなくたってどうせバラすんだろ？」

「いや？　お前が余計なことしないんならバラしたりしねぇよ、俺は。今後雅臣に関わらないなら、お前らなんてどうでもいいし。別に俺、警察官でもなければ正義のヒーローでもねぇから」

訝しげな顔をする誠を見て、薄笑いを浮かべる卯月は組んだ足を元に戻す。チンピラのように股を大きく開いてソファに座る品のなさも、この男がやると妙に様になっていた。

「俺はお前らの不正とか正直どうでもいいんだよ。お前が雅臣の婚約者だったから、首突っ込んだだけ。……それに、俺がどうこうしなくても、お前らそのうち勝手に地獄に落ちんだろ」

そう言ってから、卯月はちらっと腕時計の時刻を確認する。

気付けば、卯月たちがやってきてからすでに三十分以上たっていた。

「……んじゃ、俺もう満足したからそろそろ帰るわ」

「はっ？」

席を立とうとする卯月に、誠は目を剥く。

「ふざけるなよッ、雅臣に会わせてくれるんじゃなかったのか!?」

「いや、そんなこと一言も言ってないし。勝手に期待して勝手にキレてるの、マジ痛いから」

大声を上げた誠を、卯月は鬱陶しそうに見る。

「言っとくけど、会いたいと思ってるのお前だけだぞ。雅臣はお前のこと年末までに片付けなきゃいけないゴミだと思ってたからな、冗談抜きで」

「お前の言うことなんて信じるはずないだろ」

「はぁあああ……」

卯月はわざとらしく大きなため息をついた。片手で頭を抱え、うんざりとした表情で誠を睨め付ける。

「言ってることもやってることも無茶苦茶なのに、なんでお前そんなポジティブなの？　お前らが失敗作とかオナホとか言ってたの、雅臣に聞かれてんだぞ？　しかも、電話でも思いっきり拒否られてたじゃん。あれでよく雅臣とまだやり直せるなんて思えるな……」

「バース性詐称、誹謗中傷、おまけに浮気……とっくにスリーアウトなんですけどね。なぜかまだ自分をセーフだと思い込んでるみたいで、こっちはもう笑うしかないですよ」

ハハハ……と弁護士の男の口から言葉通りの乾いた笑いが漏れた。その間にも、弁護士の男はテーブルの上に広げられた書類をまとめ、着々と帰り支度をはじめている。

渋々といった様子で卯月はまたソファに座り直したが、もう完全に誠との対話を終わらせたい雰囲気を醸し出していた。

「佐伯になに言われたか知らねぇけど、俺は今後お前と雅臣を関わらせる気は一切ないわけ。今日この場に来てやったのだって、雅臣が惚れた男がどんななのか実際に見てみたかっただけだしな」

気怠げにそう言った卯月は、改めて値踏みするように誠を上から下まで眺めたあと、くつくつと嫌みったらしく笑う。

「俺のことフった挙句に付き合った男が詐欺師のクソ浮気男なんだから、あいつは本当に見る目がねぇよ」

「子どもの頃フラれたのは、総真さんの自業自得だと思いますけどね」

「……うっせ」

弁護士の男に悪態を吐きつつ、再び卯月は誠に向き直る。その顔に浮かべられた笑みは、誠を嘲っているようにも、憐れんでいるようにも見えた。

「俺はお前のことが大嫌いだし、お前が雅臣にしたことは許せない。だけど、お前だけが悪いとも思っちゃいねぇよ。俺自身、別に清廉潔白な人間でもないしな。さっきも言ったけど、お前のことは気の毒だと思ってる。今までも、これからも」

「ッ――うるさいうるさいうるさいッ！　お前に俺のなにがわかるんだよ⁉」

思わず、固く握った拳で目の前のテーブルを殴りつけた。ガンッと大きな音がして、一瞬だけ場が静まり返る。

聞きたいのはそんな言葉ではない。

誠はただ、雅臣に会いたかった。そのためだけに、あの佐伯に頭を下げて、この場を設けてもらったのだから。

生まれたときから恵まれていて、雅臣さえも誠から奪ったこの男にだけは同情なんてされたくなかった。

「他人の気持ちなんてわからねぇよ。見て、聞いて、想像して、わかったような気になれるだけだ」

だが、誠の怒鳴り声にも、卯月は涼しい顔をしたままだった。それどころか、どこか微笑んでいるようにも見える表情で、激昂する誠を穏やかに見つめる。

「俺はクソガキだったけど、周りには恵まれてた。それが当たり前じゃないことも一応は理解してる。だけど、そうじゃないやつの気持ちを完全に理解しろって言われても無理だ。俺はバース性を親にねじ曲げられたこともなければ、親に捨てられたことも、目の前で母親を殺されたことも、同じ目にあったこともないのに『気持ちがわかる』なんて、それこそ傲慢だろ？」

淡々と言葉を締めると、卯月はゆっくりと目を細めた。誠の反応を窺うような、その余裕の表情が不快で堪らない。

誠は眉間に皺を寄せ、卯月を睨み続けた。

なんのことを言っているのかわからない部分もあったが、つまり卯月に誠の気持ちなどわかる訳がないということだろう。結局のところ、生まれたときから運良く恵まれていたこの男は、そうじゃない周りの人間全員を見下しているのだ。

「ま、生い立ちがどうあれ、その鬱憤を関係のない第三者にぶつけるのは普通にダメですけどね。環境が悪くても真っ当に生きてるひとは山ほどいますし」

付け加えるように言いながら、弁護士の男は書類の束を机でトントンと叩いて揃えている。

そして、弁護士の男が鞄に書類を仕舞い終えるのと同時に、卯月はゆっくりとソファから立ち上がった。

慌てて誠も席を立ち、卯月を引きとめるために声を張る。

「おいッ、まだ話は――」

「……ああ、かわいそうなお前に、一個だけ良いこと教えてやるよ」

誠の言葉を遮り、卯月はニヤリと笑う。

「アルファには番のオメガに異常に執着して束縛するやつが多いって言われてるけど、実際は違う。アルファはバース性に関係なく、自分が選んだ相手に執着する。……いや、『見つけた』って感覚に近いから、見つけた相手か？」

突如、卯月が語り出した内容に、誠は戸惑う。

そんな話はどうでもいい。誠はただもう一度、雅臣に会いたいだけなのだ。

しかし、誠の困惑を無視して、卯月は尚も淡々と言葉を続ける。

「まあとにかく、アルファが執着するのはオメガに限った話じゃないってわけ。相手が自分と同じアルファだろうが、ベータだろうが、一回『こいつだ』って思ったら、なにがあってもそいつのこと諦められねぇの」

そういうアルファが存在することは誠も知っている。特に、上級のアルファに多いことも。良く言えば一途、悪く言えば粘着質。

完璧とされるアルファの唯一の欠点だと口にする者もいた。

——だからなんなんだ。そんなの俺にはなんの関係もない。関係あるはずがない……

「かわいそうに」

ぽつりと告げられた言葉は、憂いを帯びながらもどこか弾んでいるように聞こえた。

「佐伯は俺と同じ上級のアルファだ。おまけに頭んなかはとっくの昔にぶっ壊れてる。まともじゃない。そんなやつの愛し方がまともだと思うか？」

「なんで今、佐伯の話なんか……」

「はっ、お前だって本当は薄々勘付いてんじゃねぇの？　俺にお前を売ったのがあいつだってことも、その理由も」

意味ありげな卯月の言葉に、誠は鼻白む。

唇の端を吊り上げて笑うその笑みに、なぜだか佐伯の顔が一瞬重なって見えたような気がした。

「あいつはなんでお前を裏切ったと思う？　あいつにとって邪魔だったのは誰だ？　あいつはつまんねぇ大学生活のなかで、いったい誰を見つけたんだろうなぁ？」

誠は大きく目を見開いて、楽しげに微笑む卯月を愕然と見つめた。

そんなはずはない。あの佐伯が、アルファ至上主義の男が、ベータの自分に執着するはずがない。

しかし、もし本当にそうだとしたら――……

『――マジでゴミだな、お前』

誠はふいに、誠を貶（けな）したときのギラギラとした佐伯の瞳を思い出した。

あのとき、どうして佐伯はあんなにもうれしそうだったのだろう。なぜ、大嫌いなオメガと婚約した誠をそれでも傍に置いたのだろう。

考えれば考えるほど、わからない。わからないことがいっそう恐ろしく思えて、誠の背筋を冷たい汗が流れた。

そうして誠が凍り付いている間に、今度こそ卯月はゆっくりと歩き出す。

「ま、死なない程度にがんばれよ。ある意味お前もイカれてるから、案外良い組み合わせなんじゃね？　どうでもいいけど」

満足げに笑った卯月は、弁護士の男を引き連れてそのまま部屋を出て行こうとする。

固まっていた誠は我に返り、慌ててそのあとを追いかけた。そして、ドアノブに触れかけた卯月の腕に縋（すが）り付くようにして、必死に引きとめる。

「ッ……頼む、雅臣に会わせてくれ。さっきまでのことは謝る……だから、お願いだから……！」

「しつけぇな。諦めろ」

ドアの前での押し問答に、卯月は心底うんざりした表情で誠の手を振り払う。

「三年半も時間があって、本当はベータだって打ち明けられなかったのがすべてだ。お前、雅臣を信じきれなかったんだろ」

「いつかは言おうと思ってたんだ！　嘘じゃない！」

「もう遅ぇよ。大体お前——」

ガチャン、とどこからか音がした。

直後、誰も触れていないはずのドアが開き、一番ドアの近くにいた卯月がとっさにさっと身を引く。

「……お前らこんなとこでなにやってんの？」

すると、ひとりの男が怪訝（けげん）そうな顔をしながら部屋のなかに入ってきた。

途端に卯月はゲッと顔をしかめ、誠は表情を強張（こわば）らせる。

それを見てなぜか満足そうに笑った男——佐伯夜彦は、誠たちの横を通り過ぎ、我が物顔で悠然とソファに腰を下ろした。

卯月はチッと舌打ちをする。

「いきなりドア開けてんじゃねぇぞ、危ねぇだろうが」

「悪い悪い。だって、ドアの前で揉めてるなんて誰も思わないじゃん？」

平然と言う佐伯を、卯月はじっとりとした目で睨（にら）む。

「……んで、お前はいったいなにしに来たんだよ」

「下のロビーで誠のこと待ってたんだけどさぁ、遅いから来ちゃった」

「来ちゃった、じゃねぇよ。きめぇな……」

気心の知れた友人同士の軽快な掛け合いにも聞こえるが、卯月の表情は明らかに苦々しいものだった。どうやら、この男も佐伯が苦手らしい。

ソファに腰掛けた佐伯は誰に断ることもなく煙草を咥（くわ）え、ライターで火をつけた。そして、ふぅーと白い煙を吐き出しながら、ニヤニヤとご機嫌な笑みを浮かべる。

「それで、どうなったわけ？　結局、悠木雅臣と会わせてくれんの？」

「会わせる訳ねぇだろ、ばーか」

「だよなぁ」

佐伯は天井を仰いでケラケラと笑った。その目がふいにちらりと誠に向けられ、すぐにまた卯月へと戻る。

「どう？　こいつ、面白いっしょ？」

「お前と同じで死ぬほど気持ち悪い」

「でも、かわいいだろー？　俺の犬。馬鹿で惨（みじ）めでプライド高くて自己愛のかたまりで、周りのこと見下すの大好きなの」

自分のことを言われているのだと、誠も頭ではわかっていた。だが、反論どころかなんの反応もできない。

誠は呆然と立ち尽くし、その現実味のない光景をただぼんやりと眺めていた。

「つうか、案外普通に話し合いできてたのな。卯月のことだから、『俺のために処女残しといてくれてありがとなー？』ぐらいの煽(あお)り入れて殴り合いになってるの期待してたのに」

「ほんと頭イッてんな、お前……」

「そう？　たまに言われるけど、あんまり自覚ないんだよねぇ」

卯月は大きなため息をつく。

「……ま、言いたいことは言ったし、お前らのこととかもうどうでもいいわ。じゃ、あとはごゆっくり～」

立ち尽くす誠を尻目に、卯月は涼しい顔で片手をひらひらとさせながら、部屋から出ていった。

弁護士の男も無言でそのあとに続き、音も立てずに静かにドアが閉められる。

そうして、室内には誠と佐伯のふたりだけが残された。

「座れば？」

閉じられたドアを呆然と見つめていた誠がゆっくりと振り返ると、ソファで佐伯が優雅に煙草を燻(くゆ)らせていた。

いつもと変わらぬ不気味で美しいその笑みに、誠の足が竦(すく)む。進むことも、逃げることもできず、誠はその黒い瞳から無言で目を逸らした。

佐伯はそんな誠の態度を気にした様子もなく、いつもの明るい調子で喋(しゃべ)りかけてくる。

「悠木雅臣と会わせてもらえなくて残念だったなぁ。でも、普通に考えて会える訳なくね？　むしろなんで会えると思ってたの？」

「……お前が」

「ん？」

「お前が、俺のこと……なんで……」

「なんでって、なに？　なんで俺がお前のこと調べ上げて卯月に情報流したのか、ってのが知りたいってこと？」

――俺のことを調べ上げて卯月に情報を流した……？

誠が驚き、困惑している間に、佐伯は誠の疑問にすんなりと答える。

「お前のこと好きだから。言ったじゃん、犬にするって」

誠はとっさに俯(うつむ)いて、自身の靴先を見つめた。

さらりと告げられた言葉の意味が、まったくもって理解できない。それでも、嫌な予感だけはするのだ。

「まだ表には出てないけど、あと三年くらいしたらアルファとオメガ以外も同性婚できるようになるらしいからさぁ、そしたら俺らも結婚しような」

無邪気に笑いながら、佐伯は当然のようにそう言った。冗談だと笑い飛ばしてほしいのに、そんな気配もない。

誠は震える手を握り締め、力なくかぶりを振る。

なにも理解したくなかった。今の佐伯の言葉も、先ほどの卯月の言葉も。

「えー嫌なの？　……そりゃそうか。お前、俺のこと気持ち悪いと思ってるもんな。ま、お前がどう思ってようが俺には関係ないんだけど」

気味悪がっているのを知られていたことに、誠はどきりとした。

だが、今はそれどころではない。

誠はおそるおそる佐伯と目を合わせた。

「お前と卯月が、俺をはめたのか……？」

「んー、まあそういうことになるかな。いや、でも大体俺の手柄だと思うんだよね。お前がベータなの知ってたの俺だし、金積んで医者とかお前のパパの秘書の口割らせて証拠掴んだのも俺だし。卯月のやつ偉そうにしてたけどさぁ、あいつオメガ寝取って良いとこ取りしただけじゃん？　まあ俺がそれで良いって言ったんだけどさ」

誠は言葉を失った。

頭のなかが真っ白になって、驚きや怒りの感情さえも浮かんでこない。平然とおかしなことばかり口にする目の前の男が、ただただ恐ろしくて堪らなかった。

「…………なにが、目的なんだ……？」

問いかけた誠の声は、みっともないくらいに震えていた。

佐伯は不思議そうに首を傾げる。

「目的？　単純に、好きだから欲しかっただけっしょ。俺も、卯月も。邪魔なライバルを蹴落として欲しいものの手に入れるのなんて、小中学生でも普通にやることじゃん」

「……ッ、お前らのどこが普通なんだよ⁉　勝手に巻き込んで、俺と雅臣を引き離して……っ」

「おいおい、全部俺らのせいにすんなよ。要は、お前のオメガがお前から卯月に乗り換えたってだけの話だろ？　量産型の安っぽい匂いさせてるアルファもどきより、性格悪いけど顔も家柄も良い上級のアルファの方が種馬に良いって判断されたんだよ。オメガなんてアルファに囲われてガキ孕むことしか考えてないんだから、そんなもんだろ？」

オメガを――雅臣をこき下ろすようなその言いように、誠の頭にカッと血が上る。

誠は怯えを滲ませながらも佐伯を鋭く睨んだ。

「雅臣はそんなやつじゃない！　雅臣のことなにも知らないくせに勝手なこと言うなよッ、雅臣は、雅臣は……！」

「――この期に及んで雅臣雅臣うっせぇなあ」

誠の肩がびくりと跳ね、開いていた口を思わず噤む。

怒鳴られた訳でも、睨まれた訳でもない。それでも、この男の不機嫌な声にはいつも妙な圧があった。周りを黙らせ、ねじ伏せる、目には見えない特別ななにかが。

短くなった煙草を灰皿に押し潰し、佐伯はまたすぐ新しい煙草に火をつけた。

佐伯の整った顔からはあの不気味で美しい笑みが消え去り、なにを考えているのかわからない無表情が貼り付けられている。

いつもの笑った顔も気味が悪いが、今は人形のように見えていっそう恐ろしかった。

「あーあ、やっぱ俺が無理やり番にして殺しときゃよかったかなぁ。……や、でもそれはそれで卯月が面倒なんだよな。あいつもまともぶってるけど頭おかしいし、そんなことしたら本気でぶち殺されるだろうしなぁ……お前もよりにもよって卯月のに手ぇ出すとか、運が良いんだか悪いんだか……」

煙草の匂いが広い室内に充満していく。体に纏わりついてくるようなその煙と匂いに――なにより佐伯の存在そのものに、誠は眩暈と恐怖を覚えていた。

「俺もまだ死ぬのは嫌なんだよなぁ。あと二、三年後なら別にいいけど。だって、今死んだら、お前が惨めったらしく生きてくとこ全然見れないじゃん？」

あっけらかんと言う佐伯を、誠は化け物を見るような目で見つめる。誠の手のひらは汗でじっとりと濡れ、すっかり冷え切ってしまっていた。

「最初は、ベータのくせにアルファのふりしてる馬鹿がいるからちょっと遊んでやろうと思っただけだったのにさぁ……素性隠して男のオメガと婚約までして、しかもその相手のこと本気で愛してるつもりとか、頭イかれてて面白すぎるでしょ」

佐伯はくつくつと低く笑う。

そして、その長いまつ毛に縁取られた瞳がゆっくりと誠を捉えた。

「お前と出会えてよかった。お前を好きになってから毎日楽しくて仕方ねぇの。これからどうやってお前を傷付けてやろうか、想像するだけでゾクゾクするんだよね」

「………………イかれてる」

ぽつりと呟いてから、誠は逃げるように佐伯に背を向けた。

雅臣に会えないのなら、もうこの場にいる意味も理由もない。なにより、これ以上この男と同じ空間にいることに耐えられそうもなかった。

大学での立ち位置だの、優越感だの、もうなにもかもがどうでもいい。

そもそも、佐伯に関わったのが間違いだった。やはり、軽い気持ちで近付いてはいけない男だったのだ。

「えー、帰んの？　……でも、お前ん家今大変だから、帰らない方が良くね？」

背中に投げかけられた間延びした声に、誠はドアノブを掴みかけた手をぴたりととめる。

誠がおそるおそる背後を振り返ると、相変わらず佐伯はニヤニヤと楽しげに笑ったままだった。

「どういう意味だ……？」

「どういう意味だと思う？」

質問に質問で返して、佐伯はわざとらしくこてんと首を傾げた。

その無邪気な姿が、いっそう誠の不安を煽る。

「……まさか、お前……なにかしたのか？」

「俺は別になにもしてないけど？　つうか、話し合いだからってスマホの電源ちゃんと落としとくとか、変なとこで誠は真面目だよなー。……でもさ、それだと家から緊急の連絡があったときも出られないんじゃねぇの？」

意味深な佐伯の言葉に、誠は慌てて上着のポケットのなかに入れっぱなしにしていたスマートフォンを取り出す。はやる気持ちを抑えながら震える指で電源を入れてみると、めずらしく母からの着信が二十回以上もあった。

誠は青ざめた表情で再び佐伯を見やる。

「なにしたんだ……？」

「だから、俺はなにもしてないって」

「ッ……嘘つくなよ！　お前がなにか余計なことしたんだろ⁉」

「信用ねぇなぁ。本当に俺はなにもしてないのにさぁ……てか、なんかしてるのはお前のパパの方だろ？　ほんとアホだよなぁ。賄賂もらうとか、オメガ買春とか、マジきもすぎ……」

　誠は口を大きく開けて絶句する。

——賄賂？　オメガ買春？

　父がそんなことをするはずない……とは誠も思わないが、そんな話は聞いたこともなかった。しかし、金にものを言わせて息子のバース性を書き換えさせる男だ。そのくらいの悪事に手を染めていたとしてもなんら不思議はない。

「マスコミもゴミだよなぁ。情報掴んでもすぐには表に出さねぇの。あいつら、一番盛り上がって金になるタイミング待ってんだよ。ほら、よくあるだろ？　芸能人が結婚報告した数日後に過去の悪行暴露されたり、人気番組の司会決まった途端に数年前の不祥事掘り起こされたりさ」

　灰皿にとんとんと灰を落とし、佐伯は再び美味そうに煙草を咥える。

「お前のパパも、国会で悪目立ちするような質疑しないで大人しくしときゃいいのに。脛に傷のあるやつは目立っちゃダメなんだって。マスコミの格好の餌食じゃん。ま、大人しくしてても、そのうち暴露されたとは思うけど」

「……俺のことは」

「あ？」

「賄賂とオメガ買春ってことは、俺のバース性を詐称したことはまだバレてないのか？」

誠の問いかけに、なぜだか佐伯は心底うれしそうに笑みを深めた。

「そ。今んとこはな」

その答えに安堵した直後、誠のスマートフォンが手のなかで振動する。着信画面には、母の名前が表示されていた。

「出れば？」

佐伯がそう促してきたが、誠は震えるスマートフォンを無言で見下ろしたまま、指一本動かさない。いつまでたってもとまらない着信からは焦りが感じられる。だが、何十秒も続いた振動がとまるまで、誠はどこか冷たい表情で画面を見つめるだけだった。

「……出るの、嫌だよな？　バース性のことバレてないんなら、自分だけでもいいからなんとか逃げ切りたいもんな？」

誠の内心を見透かしながら、佐伯がケラケラと声を上げて笑う。

そのひとを馬鹿にするような不快な笑い声に眉をひそめつつ、誠は再びスマートフォンの電源を落とした。

逃げたいもなにも、誠は件の父の不祥事とはなんの関係もない。バース性のことに関しては共犯に近いが、それ以外の面倒ごとに巻き込まれるなんて冗談じゃなかった。

「助けてやろうか？」

笑うのをやめて唐突に尋ねてきた佐伯を、誠は煩わしげに睨み付ける。

「誰が、お前なんか……」

「ふーん、そういう態度取る訳だ……でもさぁ、お前がベータってバレるのだって時間の問題じゃねぇの？　そしたらどうする？　国外にでも逃げる？　逃げるって言っても、金持ちの坊ちゃんが海外での逃亡生活とか耐えられるとは思えねぇけど」

「………」

「お前は誰にもベータだってバレてないと思ってるみたいだけどさぁ、そうでもないと思うよ？アルファはアルファの匂いに敏感だから。面倒くせぇから黙ってるだけ……ってやつ結構いるんじゃねぇかなぁ」

誠は口を閉ざし、しばし考え込む。

認めたくはないが、確かにその可能性は十分にあった。実際今までの口ぶりからすると、佐伯は初対面のときから誠がベータだと気付いていたのだろう。

加えて、現時点で誠がベータだと知る人間は思った以上に多い。いつ、どこで、誰から漏れるか……確かに時間の問題なのかもしれない。

「……助けるって、具体的にはどうやって助けてくれるつもりなんだ？」

疑うような、それでいて期待のこもった目で、誠は佐伯を見据える。

ここまできたら、警視総監の息子であるこいつを最大限利用するしかない。

マスコミが動けば、当然警察も動く。いや、この男が知っているということは、もうすでに警察が動いているのだろうか。

ともかく、裏切られただの、関わりたくないだの、そんな悠長なことを言っている場合ではない。世間に後ろ指を指されながら生きていくだなんて、誠はごめんだった。

二本目の煙草を吸い終わったらしい佐伯はソファで足を組み、悠々と片手でスマートフォンを操作しはじめる。

「トカゲの尻尾切りだよ。全部お前のパパのせいにして、お前は自分を偽ることに耐えられなくなったかわいそうな息子でも演じとけばいい。マスコミだってお前の話聞きたがるだろうし、ちょうどいいだろ?」

――つまり、佐伯は誠に父を完全に切り捨てろと言っているのだ。

父のためにアルファとして生きてきた。

認められたかった。愛されたかった。

けれど、今となってはそれにどれだけの価値があるというのだろう。

そもそも、全部父のせいなのだ。父さえいなければ、誠はもっと真っ当な人間でいられた。雅臣のことだって、傷付けずにすんだかもしれない。そう考えると、父の処遇に気を使うのが馬鹿らしく思えた。あのひとが諸悪の根源であることは間違いないのだ。

「……でも、そんなのうまくいくのか?」

「さぁ? それはお前と世間次第でしょ」

無責任な発言に誠は眉を寄せる。

しかし、では他に対応策があるのかと聞かれても、そんなものはなかった。

「どうする？　このまま泥舟に乗ってパパと一緒に溺れ死ぬか、パパのこと蹴落とした上で新しい船に乗り換えるか」

俺に乗るんなら、ツテのある記者に連絡してやるけど、と続けながら、佐伯は楽しげにスマートフォンの画面を眺めている。

「俺は……」

「決まってるよな。同情されたり見下されるの大嫌いなくせに、都合が悪くなると手のひら返して被害者ぶるの大得意だもんなぁ？」

その馬鹿にしたような言い方に、怒りとともに羞恥(しゅうち)を覚える。

だが、誠はそれを呑み込んだ。他でもない、自分自身のために。

「――……助けてくれ」

屈辱的だった。それでも、国外に逃げて一生ビクビクしながら生きていくよりは、きっとこの方がマシだと信じるしかない。

佐伯はにんまりと笑った。最初から誠が自分を選ぶとわかりきっていたような、勝ち誇った笑みだった。

「ああ、もちろん助けてやる。お前のこと愛してるから。たとえお前が、散々利用したあとで俺のこと切り捨てて逃げようと思ってても、な」

まるで、誠の考えを完全に見透(みす)かした上で、そうはさせないと警告しているようだった。

佐伯の洞察力に、誠はたじろぎ、わずかに俯(うつむ)く。

もしかすると、この男の方が父よりよっぽど泥舟なのではないか——そんな考えが一瞬頭をよぎったが、誠はすぐにその不安から目を逸らした。

今更そんな心配をしても、どうしようもない。

佐伯が警視総監の息子で、佐伯自身も強い影響力を持っているのは確かなのだ。

今はそれを信じて、この男を最大限利用するしかない。

「そんな不安そうな顔すんなよ。たぶんなんとかなるって。だってお前、かわいそうだしな」

そう言って立ち上がった佐伯が、ゆっくりと誠の方へ近付いてくる。

誠は無意識のうちに数歩後ずさったが、すぐに背中が扉にぶつかり、逃げ場を失った。

鼻先が触れそうな至近距離から、佐伯は誠を見下ろす。

「わかる？『かわいそう』ってのは魔法の言葉なわけ。免罪符にもなるし、金にも権力にもなる。ある一線を越えなければ、大抵のことは見逃される。あいつはかわいそうだからって許される。間違いねぇよ。だって、俺がそうだもん」

言葉とともに、唇に吐息が触れる。

どこか冷めた風に細められた佐伯の目には、呆然とした様子の誠が映っていた。

その後、佐伯はあっさり身を引くと、再び口元を緩(ゆる)めて上機嫌に微笑む。

「んじゃ、知り合いの記者に連絡しとくからさ、いったん俺ん家帰って作戦でも練るか。あと、大学の連中にも余計なこと言わないよう根回ししとかなきゃなー」

佐伯はやけに弾んだ声でそう言うと、誠の背後にあるドアを開け、誠の手首を掴んでそのまま部屋を出た。

そうして誠は、佐伯に引きずられるようにしてホテルの広い廊下を歩く。

——どうしてこんなことになったんだろう。

目の前で揺れるオレンジ色の髪を見つめながら、誠は現実逃避のように考える。

すべてがうまくいくと思っていた。ベータでも幸せになれると思っていた。

しかし、それはすべて雅臣が隣にいてくれればの話だ。

——あの夜に帰りたい。雅臣と砂浜を歩いた、あの夜に。

すべてを投げ出して、雅臣とふたりで生きていきたいと思ったのは嘘じゃない。

雅臣が子どもの話をしてこなければ、誠はあの日自分が本当はベータなのだと打ち明けられたはずだった。すべて投げ出して、ふたりだけで生きていこうと告げられたはずだった。

けれど、そうはならなかったのだ。

どれだけ足掻いても誠がベータでしかなかったように、雅臣もオメガでしかなかった。

誠がアルファだったら、雅臣がオメガじゃなかったら——そんなたられればを想像しても、現実は無情だ。

雅臣はもういない。きっともう会えない。

あの胸糞悪い悪魔のような男に一生縛られて、雅臣は誠とは違う人生を生きていく。

視界が歪んで、鼻の奥がツンとした。目の前が見えにくくなればなるほど、思い出のなかで生きる雅臣の顔が浮かんできて、誠は胸が苦しくなる。

「なんで泣いてんの？」

振り返った佐伯はそう尋ねつつも、誠の泣き顔を覗き込んで心底うれしそうに笑っていた。

その花が咲いたような笑顔を見て、悪魔に目を付けられたのは自分も雅臣と同じなのかもしれない——と、誠は泣きながら深く項垂れた。

カーテンの隙間からこっそりと外の様子を覗いた雅臣は、自宅の門の前に二、三人の人影を見つけて、はぁ……と大きくため息をついた。

「なんでこんなことになったんだろう……」

遠い目をして、雅臣はベッドに腰を下ろす。

約一ヶ月前、雅臣の婚約者だった神田誠の父の不祥事が週刊誌に取り上げられた。賄賂に買春。言い方は悪いが、よくある政治家のスキャンダルである。

——ただ、それだけで話は終わらなかった。

その直後、誠が父の指示でバース性を詐称していたことを、別の週刊誌で自ら告白したのだ。

もちろん、雅臣は驚いた。三年半も付き合って婚約までしていた誠がベータだったなんて、雅臣からしてみれば寝耳に水だ。

しかし、これが卯月から事前に聞いていた神田家側の『やましいこと』なのだと、すぐに察しはついた。

もともとベータの誠は、同性である雅臣とは婚約できない立場だった。だから、雅臣は婚約中に卯月と番になったことを咎められることもなく、穏便に婚約解消できたのだ。

祖父母や卯月たちはそのことを知ったものの、雅臣が知れば傷付くかもしれないと思って黙っていたらしい。どうせいつかは表に出るだろうと予想もしていたようだが、その早さと、誠自身が情報をリークしたことには卯月たちも驚いていた。そしてなにより、雅臣がショックを受けたのではないかと焦っていたという。

けれども、雅臣は自分でもびっくりするぐらいケロッとしていた。確かに驚きはしたが、特にショックを受けたりはしていない。むしろ、神田家のことを取り上げるワイドショーを、ポテトチップスを片手に視聴できるくらいには他人事だった。

もちろん、なにも思うところがなかった訳ではない。騙されていたことに腹が立ったし、騙されていたことに気付かなかった自分には呆れた。

それでも、今が幸せなら、過去のいざこざなんてもうどうでもいい。

卯月と番になり、それを祖父母と友人たちから祝福されている今が雅臣は人生で一番幸せなのだ。

——そう、そこまでは良かった。少なくとも世間的には雅臣は部外者で、神田家の不祥事とはなんの関係もなかったから。

しかし、それから約二週間後……さらに新たな情報が週刊誌にリークされたことで、事態は大きく動き出す。

神田家とはすでに縁を切っているという誠の姉を名乗る人物が、誠と父親が共犯関係であることや、ふたりの恐ろしい計画を暴露したのだ。

その計画というのが『神田誠には、自身がアルファだという信憑性を高めるための、オメガの婚約者がいた』というものと、『そのオメガの婚約者に誠がベータだと知られ、もし結婚を拒まれた場合は、アルファの父親か、金で雇ったアルファに婚約者の項を噛ませて、一生奴隷のように利用するつもりだった』というものである。

名前は出ていないが、その『オメガの婚約者』というのは間違いなく雅臣のことだ。

その記事を見て、なぜベータの誠がわざわざオメガの雅臣と婚約したのか納得もしたし、なによりゾッとした。

雅臣は誠のことが好きだった。けれど、もし誠にベータだと打ち明けられていたとしたら、それでも誠と結婚すると答えたかはわからない。

真実を知った雅臣が、やっぱり別れようと口にしたらどうなっていたのか——考えるだけで恐ろしい。

今の時代、オメガは国に保護される存在で、昔のように理不尽な差別を受けることは格段に少なくなっている。だが、番関係において、オメガよりもアルファの方が圧倒的に優位であることに変わりはない。これに関してはきっとどうしようもないのだろう。

番に捨てられたオメガは精神的に弱って、寿命が来る前に死んでしまう。それ故、必然的にオメガは番のアルファに逆らえなくなる。

誠の父に挨拶したときの、値踏みするようなねっとりとした視線を思い出すと、未だに背筋がゾクゾクとする。

大事な息子の婚約者だから品定めされているのだと思っていたが、誠の父にとって雅臣は『自分の番になる可能性のあるオメガ』だったのだ。

——きもちわるい。

思い出すだけで自然と雅臣の顔が引きつり、腕には鳥肌が立つ。

誠がベータだと知ったときは、騙されたことに腹を立てながらも、雅臣は誠に同情していた。

雅臣はオメガであることを理由に両親から捨てられたが、祖父母に引き取られ、目に入れても痛くないほどかわいがられて幸せに育った。

そんな雅臣とは逆に、誠は親から捨てられることはなかったものの、バース性をねじ曲げられ、アルファとして生きることを強制されて育ったのだという。

それはもしかすると、両親と離れて暮らす雅臣よりもつらい生活だったのかもしれない。

誠も雅臣同様、親から愛してもらえなかった子どもだったのだと知り、雅臣は複雑な気持ちになった。騙されていた怒りと同じくらい、誠のことをかわいそうだと憐れんでしまう自分がいた。

しかし、誠が雅臣にしようとしていたことを知った瞬間、すべてが冷めた。

誰が誠のことをどう思おうと自由だが、メディアに取り上げられる『神田誠の元婚約者』本人である雅臣は、もう誠を憐れんだりはしない。

雅臣は誠を忘れることにした。

同情もしないし、恨みもしない。誰かを憎み続けることがつらいことは、両親に捨てられた経験でよく知っているから。

そうして誠のことさえ忘れてしまえば、またいつもの平穏な日常が戻ってくるのだと雅臣は思っていた……のだが、メディアの情報収集力というのは想像以上にすごかった。

一週間ほど前、『神田誠のことについて話を聞きたい』と、週刊誌の記者を名乗る人物が悠木家を訪ねてきた。そのときはインターホン越しだったので『そんなひとは知らない』と白を切って話を終わらせたが、その後もずっと家の近くから数人の記者に見張られている状態が続いている。

はっきり言って、雅臣と祖父母にとっては迷惑極まりない話だった。誠のことなど思い出したくもないし、なぜそんなことをメディアが知りたがるのかも意味がわからない。

本当に雅臣に同情しているのなら、そっとしておくのが筋だろう。それをしない時点で、知りたいという欲求を満たす金儲けに雅臣を利用しようとしていることは丸わかりだった。

その被害を被るのが当事者の雅臣だけならまだいい。誠のことに巻き込まれたのは不愉快だが、事実、雅臣は件の報道に少しは関係があった。

だが、記者は雅臣だけでなく、祖父母まで追いかけ回してくるのだ。車で追跡されることにうんざりして、ふたりは最近外出を控えるようになっていた。

雅臣は再び大きなため息をついて、短い髪を掻き乱す。

自身が家に引きこもっていなければならないことよりも、祖父母に迷惑をかけていることの方が雅臣はつらかった。だから、ある対策を練ったのだが――

ふいに、室内に軽快な電子音が鳴り響く。

雅臣は手に持っていたスマートフォンの画面を確認して、そこに表示された卯月の名前にホッと胸を撫で下ろしながら、通話ボタンをタップする。

「もしもし？」

『今着いた。表門の方でいいんだろ？』

「うん……大丈夫そう？　写真とか撮られてないか？」

『わかんねぇけど、撮られても別にいいだろ。勝手に変な記事出されたら訴えればいいし。とにかく下りてこいよ。待ってるから』

「うん」

返事をして、通話を切る。さっきまで最悪な気分だったはずが、卯月のあっけらかんとした声を聞くと、途端に元気になれた気がした。

それから雅臣は、部屋の隅に置いていた旅行用の大きめのバッグを肩にかけ、一階へと下りた。

「ばあちゃん。卯月が迎えに来たから行ってくるよ」

雅臣が声をかけると、居間にいた祖母は雅臣を見送るため玄関まで来てくれた。

いつも通り着物を着込んだ祖母は穏やかに微笑んではいたが、少し寂しげだ。

「いつでも帰ってきていいんだからね。……こんなこと言ったら、総真さんに怒られちゃうかしら」

くすくすと上品に笑う祖母に、雅臣は苦笑してからなるべく明るい声で言う。

「落ち着いたら、顔を見せに来るよ」

「そうしてちょうだい。雅臣の元気な姿を見るのが、私とおじいさんの生き甲斐なんだから」

「大袈裟だな……」

「あら、そんなことないわよ。あと、欲を言えば死ぬ前にひ孫の顔も見たいかしら……」

「はいはい……じゃ、いってきます」

「いってらっしゃい、雅臣」

少ししんみりとした雰囲気のなか、雅臣は重い足取りで玄関を出た。

庭を通り過ぎ、閉じられた木製の門の前で一度大きく深呼吸をする。そして、意を決して門を開け、外へと一歩踏み出した。

家の塀のすぐ近くに停められていた黒い車に顔を向けると、運転席の卯月と目が合う。

雅臣は即座に門を閉め、足早に車へと急いだ。すると、背後からバタバタと騒がしい足音が雅臣を追いかけてくる。

「すみません、Aテレビの者なんですけど、神田誠さんの件で少しお時間よろしいでしょうか?」

雅臣はそれを無視して車の後部座席に旅行バッグを投げ入れたあと、そそくさと助手席へ逃げ込んだ。その間も見知らぬ男が早口でなにか捲(まく)し立てていたようだが、雅臣がバタンとドアを閉めるとその声は一気に遠くなった。

「ほんと、うざってぇやつらだな……」

呆れたように呟いた卯月は車を発進させ、閑静な住宅街をゆっくりと進む。

やがて、大きな車道に出たあたりで雅臣はちらりと背後を振り返った。

「……ちゃんと追いかけて来てるかな」

「来てるよ。あの白いワゴン、どう見てもそうだろ」

卯月はルームミラーでしっかりと確認できているようだが、雅臣にはよく見えない。けれど、卯月がそう言うのだから、たぶん大丈夫なのだろう。

雅臣は運転する卯月の横顔を見つめる。

面倒ごとに卯月を巻き込んでしまったが、それを煩わしいと思っているような雰囲気はない。むしろ、なぜかいつもより卯月のテンションが高いように見えた。車内に流れる流行りのロックバンドの曲に合わせて、卯月は上機嫌に鼻歌を歌っている。

「……迷惑かけてごめんな」

雅臣がぽつりと呟くと、鼻歌をとめた卯月が一瞬だけちらりと雅臣を見て、またすぐに視線を前にやる。

「謝ることじゃねぇだろ。俺から提案したんだし」

「そうだけど……まあ、一応」

「一応かよ」

卯月はくすくすと笑った。そして、ミラー越しに後方を窺いながら、また口を開く。

「少しの辛抱だよ。あっちだって仕事でやってんだから、金にならねぇってわかったらすぐ諦めるだろ。俺ら一般人だし」

「そうだといいけど……」

「大丈夫だって。つうか、荷物あれだけ？」

「貴重品とか数日分の着替えとか、とりあえず必要そうなものだけ持ってきた。残りはあとでばあちゃんに宅配で送ってもらおうかなって」

「ふーん。ま、いいんじゃねぇの。俺の家に大体のもんは揃ってるし、足りない分は買ってきてやるよ」

「う、うん……」

雅臣はぎこちなく頷いて、体に回されたシートベルトを無意味に弄る。

それに目敏く気付いた卯月は、目を細めてからかうような笑みを浮かべた。

「なに？　緊張してんの？」

「そりゃ、緊張するだろ……お前の家に行くの初めてだし……」

「行くだけじゃねぇだろ。これから一緒に暮らすんだから」

さらりと告げられた言葉に、雅臣の顔がかーっと熱くなる。

照れくさいような、むず痒いような……そんな気持ちを持て余した雅臣はそっぽを向いて、赤い顔のまま助手席の窓から外を眺めた。

『じゃあ、俺に迷惑かければ？』

三日ほど前、雅臣が祖父母に迷惑をかけているのがつらいのだと吐露したとき、電話越しの卯月は平然とそう言った。

どういう意味かと雅臣が困惑していると、卯月は朗々と説明しはじめる。

『お前、俺のマンションに引っ越してこいよ。そしたら、家に張り付いてる記者連中も大半は悠木の家から離れてこっちに来るだろ？　あいつらが一番話を聞きたいのはお前なんだから』

『そうかな？』

『少なくとも分散はするだろ。記者の数にも限りはあるだろうし』

『でも、それだと卯月に迷惑が……』

『別に大丈夫だって。俺もあとは大学卒業するだけで暇だし。時々買い出しだけして、あとはふたりで家に引き籠（こも）っときゃいいじゃん』

卯月の声は妙に弾んでいた。何度も、『良い考えだろ？　な？』と雅臣に尋ねてくる。

確かに、良い考えかもしれない……と、そのときの雅臣は思った。卯月の予想通りになれば、悠木家に張り付いている記者も少しは減るだろう。そうしたら、祖父母はまたいつものようにふたりで買い物や散歩に出かけられるようになるかもしれない。

『……本当にいいのか？』

『だからいいって。とりあえず、俺が明日そっちに行くから、お前の祖父（じい）さんたちと四人で話し合おうぜ』

『うん』

そうして、いやに渋る祖父を三人がかりで説得して、卯月の申し出に甘えた結果が今である。

……しかし、この段階になってちょっと早まったのではないかと思う自分がいた。

卯月と一緒に暮らす。卯月のマンションで。ふたりきりで。同棲する。

そんなことを考えるだけで、気持ちがそわそわして、落ち着かなくなる。

提案されたときはうれしかった。俺に迷惑かければ？　なんてさらりと言われて、ますます卯月がかっこよく思えた。

だが、改めて考えてみると、とんでもないことをあっさりと決めてしまった気がする。

――なんか、うれしいのと、恥ずかしいのと、怖いのとで、頭んなかぐちゃぐちゃだ……

依然、雅臣は助手席の窓から外を眺めたまま、卯月の顔を見られないでいた。

誠と同棲することになったときは、こんな気持ちにはならなかった。あのときはただうれしくて、楽しみで、幸せだった。

いや、その一度目の同棲が苦い終わり方をしたからこそ、二度目の同棲が不安になっているのだろうか。

わからない。わからないが、決して卯月と暮らすのが嫌な訳ではない……と思う。まだ覚悟が決まっていないというか、心の準備ができていないというか、とにかくそんな感じなのだ。

雅臣があれこれ考えていると、隣からクククッと喉で笑うような声が聞こえてくる。

「そんな緊張すんなって。お前は深く考えすぎなんだよ。番（つがい）なんだから、同棲したっておかしくないだろ？」

「それはそうだけど……いや、でも緊張はするだろ。急だし……」

「俺はうれしくて緊張どころじゃない。お前が俺の家で暮らすと思ったら、それだけでち——……」

「……ち？」

「いや、別に……ち、超テンション上がるな、って……」

卯月にしてはめずらしく歯切れの悪い返事だった。

雅臣はそれを不思議に思いながらも、まあいいかと窓の外を眺め続ける。

その後、実家を出て三十分ほどで、車は卯月の住む高層マンションに到着した。

駐車場は地下にあり、エントランスには壮年のコンシェルジュが立っていた。卯月の住んでいるマンションはセキュリティのしっかりしたところのようで、雅臣は人知れず安堵する。

「マンションのなかまではあいつらも絶対入ってこられないだろうし、あとはあっちが飽きるまで適当に引きつけときゃいいだろ」

エレベーターのなかで、卯月はどこか勝ち誇ったように笑う。

しかし、雅臣はそれに返事をする余裕などなかった。エレベーターが上昇して、卯月の部屋に近付けば近付くほど、心臓がばくばくと騒がしくなる。

「……へ、変なことしたりしないよな……？」

雅臣はおずおずと卯月を見上げながら尋ねた。

一瞬きょとんとした表情を浮かべた卯月だったが、すぐににっこりと綺麗に笑う。

「変なことなんてする訳ないだろ？」

「だ、だよな……！」

ホッとした雅臣は表情を和らげる。

そのときちょうどエレベーターが卯月の住むフロアに到着して、ふたりはエレベーターから降りた。

卯月が開錠してドアを開くと、なかには広い玄関と長い廊下があり、その廊下の奥と左右にいくつかのドアが見えた。

「いいとこだな」

「まあな。大学の入学祝いにじいちゃんが用意してくれたとこだから」

「へぇ、そうなんだ。……あ」

ふたりが話している最中、一番奥のドアの隙間からするりとサバトラ猫が出てきた。迷いのない軽快な足取りで、とことことこちらに近付いてくる。そして、にゃーん、とかわいらしく鳴き、大きな目で雅臣を見上げた。

卯月が猫を飼っていることは、雅臣も事前に聞いていた。卯月はこの猫の写真をＳＮＳのアイコンにもしているのでどんな猫かは知っていたが、画面越しで見るより実物の方がずっとかわいい。

雅臣は頬を緩めて、その猫を見下ろす。

「こいつ、にぼしな」

「煮干し……？」

「撫でてみろよ。人懐っこいから喜ぶぞ」

卯月に言われ、靴を履いたまましゃがみ込んだ雅臣は指先で、猫――にぼしの頭を撫でてやる。

すると、気持ち良さそうに目を閉じたにぼしは、お腹を見せるようにその場にごろんと横になった。

「撫でてくれるひとが増えて良かったな～」

そう言いながら、雅臣の隣にしゃがみ込んだ卯月がわしゃわしゃとにぼしのお腹を撫でる。

にぼしは卯月の声に答えるように、にゃーんとご機嫌に鳴いた。

「なんで『にぼし』って名前なんだ？」

「さぁ？　ことがつけたから」

「へぇ。小鳥ちゃん面白い名前つけるなぁ」

「本人も変な名前だしな」

「そんなことないだろ。かわいい名前だと思うよ」

卯月の陰口に、雅臣は苦笑する。

『小鳥ちゃん』というのは、決して鳥のことではない。卯月の妹、卯月小鳥のことだ。長男の卯月と末っ子の小鳥は歳がちょうど十離れていて、彼女は今十二歳の小学六年生である。

雅臣はつい最近、初めて小鳥と顔を合わせた。幼い頃の卯月によく似て、小鳥は天使のようにかわいらしい少女だった。人見知りらしく、恥ずかしそうに兄の後ろに隠れて挨拶する様も、どこか小動物のようで微笑ましかった。

「ことがどっかから拾ってきて、家の庭でこっそり飼ってたんだよ。でも、結局お袋にバレて、なんでか俺のとこに回ってきた。まあ、動物好きだから別に良いんだけど」

立ち上がった卯月は靴を脱ぎ、廊下を歩いていく。そうして、左側にあるドアのひとつを開けると、なかへと入っていった。

雅臣がそのあとを追うと、にぼしも体を起こし、とてとてと雅臣のあとをついてくる。かわいい。

「ここ、物置みたいに使ってたんだけど、軽く掃除して綺麗にしたから。一応お前の部屋ってことで」

「こんな良い部屋、いいのか？」

「ああ。もともと使ってねぇし。本とかはそのまま置かせてもらうことになるけど」

余っている部屋があるとは事前に聞かされていたが、想像以上に広くて綺麗な部屋で驚いた。

突然押しかけた雅臣にはもったいないくらい良い部屋である。ただ――……

「ベッドはねぇから、寝るときは俺の部屋な」

なんでもないことのようにそう言った卯月は、次の部屋を案内するためドアへ向かった。その途中で振り返ると、呆然と立ち尽くしたままの雅臣に「早く来いよ」と声をかけてくる。

戸惑う雅臣は、少し警戒した表情で卯月に問いかけた。

「い、一緒に寝るのか……？」

「そうだけど？」

「その、変なことしないんだよな……？」

「しないけど?」

なんとなく卯月の表情がわざとらしい気がして、雅臣は部屋から出るのを躊躇する。

すると、卯月は目を細めてにやりと笑った。

「ま、お前の思ってる『変なこと』と、俺の思ってる『変なこと』が同じかどうかはわかんねぇけどな」

「卯月……」

「いい加減名前で呼べよ。大体、発情期のときはちゃんと総真って呼んでくれてたのに、なんで終わったらあっさり名字呼びに戻ってんだよ」

「いや、発情期のときのことはまた別だろ……名前で呼ぶとかなんかちょっと恥ずかしいし……」

「いいから下の名前で呼べ。結婚したらどっちか名字変わるんだぞ」

肩を竦めた卯月――総真が、再び部屋のなかに入ってきて、雅臣の手を取る。

別に総真も怒っている訳ではないようだった。細められた総真の目には、今もからかいの色が浮かんでいる。

「そ、総真……」

「ん?」

「俺は……その……」

「立ったままってのもなんだし、とりあえず座って話そうぜ」

そう言って、総真は雅臣の手を引いて部屋を出ると、奥の部屋へと連れて行った。

広々としたリビングとダイニングは洒落たシックな色合いで統一されていて、ダイニングテーブルの向こうにはキッチンがあった。

全体的に綺麗だが、ところどころにちゃんと生活感がある。総真らしい、少し大人びた部屋だ。

雅臣はぐるりと部屋のなかを見回す。多少不躾だが、部屋主である総真がそれに気分を害した様子はなかった。

「コーヒーでも淹れてやるから、座っとけよ」

落ち着きのない雅臣をリビングに残して、総真はキッチンへと入っていく。

少しの間その場に立ち尽くしていた雅臣だったが、やがて近くのソファに遠慮がちに腰を下ろした。

ふたりについてきていたにぼしは、リビングの端に置かれているクッションの上に丸まると、そのままうとうとしはじめる。

そのグリーンの目が完全に閉じ切ってしまったところで、両手にマグカップを持った総真がリビングに戻ってきた。

「ほら。インスタントだけど」

「ありがとう」

マグカップを受け取り、温かいコーヒーを口に運ぶと、少し心が落ち着いた。

砂糖とミルクの量もちょうどいい塩梅で、総真のこういうところは本当に気が利くし、優しいのだと雅臣は感心する。

「美味(うま)い？」

「うん」

雅臣が頷くと、すぐ隣に腰掛けた総真は満足げに微笑んだ。そして、伸びてきた大きな手が雅臣の髪を撫で、そのままするすると項(うなじ)をくすぐる。

反射的にビクッと体が跳ねた。雅臣は慌ててマグカップを目の前のローテーブルに置き、総真を睨(にら)む。

「ちょ、危ないだろ……！」

「悪い」

謝りつつも、反省しているのかいないのか、総真の手は雅臣の項(うなじ)に触れたままだった。指先で噛み痕をじっくりとなぞられ、雅臣は顔を赤くする。

「や、やだって……」

「触ってるだけじゃん」

「そうだけど、触り方がなんか……っ」

「別にそんな変な触り方してねぇだろ。お前が意識しすぎなんだよ」

そう言われると、確かにそんな気もする。

雅臣が難しい顔をして見つめると、総真は少し冷ややかに目を細めた。

「――どうせ、発情期(ヒート)のとき以外はセックスしたくないとか言い出すんだろ？　なら、少し触るくらいは許せよ。これでもこっちはちゃんと我慢してんだから」

自分の考えを見透かされていることに雅臣はぎくりとした。総真から目を逸らし、ローテーブルの上に置かれたコーヒーの水面を気まずそうに見下ろす。

どうして総真はこんなにも容易く雅臣の考えていることがわかるのだろう。

狼狽えながら、雅臣は口ごもる。

「いや、えっと、その……そういう訳じゃないこともない、けど……怒ってる？」

「怒ってはねぇけど、納得もしてねぇよ。……でも、お前がどうしても嫌なら、ちょっとぐらいは我慢してやる。本当にちょっとだけだけどな」

そう言うと、総真は少し強めの力で雅臣を抱き締めた。項に触れていた手が滑るように雅臣の髪を撫で、後頭部に添えられる。

「……キスはいいんだろ？」

唇に吐息が触れそうな距離で問いかけられた。

すぐそこに総真の顔があって、綺麗な二重の目が窺うように雅臣を見ている。

頷く代わりに雅臣がそろそろと瞼を閉じると、唇に柔らかな感触がした。同時に、濡れた舌で唇を舐められる。その舌の動きに促されるように雅臣がおそるおそる口を開くと、すぐさま総真の舌が口内に入ってきた。

舌先で上顎をくすぐられ、舌を搦めとられ、優しく吸われる。

決して荒々しい動きではない。官能を呼び起こすようなゆっくりとしたその愛撫に、雅臣は頭がクラクラしてきた。

「っは……はぁ、ん、ぅ……」

「顔真っ赤。ちゃんと鼻で息しなきゃ」

からかうように言いながら、総真は何度も雅臣の唇を吸う。

その唾液すら甘く感じて、雅臣も夢中で総真の舌に舌を搦めた。

「っ……！」

そうこうしているうちに、総真の手がするりと雅臣の脇腹から腰のあたりを滑っていき、ズボン越しに雅臣の臀部を揉みはじめた。

気持ちの良いキスにうっとりとしていた雅臣もそれにはさすがに目を見開き、力の入らない手で総真の体をなんとか押し返す。

「っ、ん……さ、さっきは我慢するって……っ」

「ちょっとだけって言っただろ？　はぁ～、弾力があってやわらけぇ……」

――にしても、『ちょっと』すぎるだろう……！

雅臣は総真の手を掴み、今度こそそのセクハラをやめさせた。

途端に総真が拗ねたように眉をひそめる。

「ケチ」

「ケチとかそういう問題じゃないだろ」

なぜ、自分の方が責められなければいけないのか……雅臣は少し呆れた目を総真に向けた。

総真は大きくため息をついたかと思うと、甘えるような仕草で雅臣の肩口に頭をぐりぐりと押し付けてくる。

「なんでダメなんだよ……番(つがい)で、恋人なのに……もう三ヶ月も我慢してるのに……」

「だ、だって……」

雅臣はばつが悪くなって視線を泳がせた。

しゅんとした、らしくない総真の様子に、なんと答えたらいいのかわからなくなる。

「……恥ずかしい？」

雅臣の肩に頭を預けたまま、やけにしおらしい声で総真が尋ねてくる。

「うん……」

「でも、発情期(ヒート)のときヤりまくったんだから、今更恥ずかしがることでもないだろ？」

「……それはそれというか、むしろその記憶があるからキツいというか……」

雅臣はごにょごにょと言葉を濁(にご)す。

顔を上げた総真は、訝(いぶか)しげに雅臣を見つめた。

「なんだよ？」

「……あんなの、無理。素面(しらふ)じゃできない。それに……」

「それに？」

促(うなが)すように言葉を繰り返され、雅臣は不安そうな目で総真を見つめ返した。

言っていいものか迷う。なんとなく、総真は雅臣の言葉を良く思わない気がした。だが、言わなければ追及し続けるだろう。

「………お前だって、できるかどうかわからないだろ？」

「は？」

「だから……発情期じゃないと、オメガのフェロモン出ないから……」

それ以上口にするのは憚られて、雅臣は口を噤んだ。

つまり『発情期ではない雅臣相手では勃たないだろう』と遠回しに伝えたかったのだが、わかってもらえただろうか。

もともとぱっちりとした総真の大きな目がいつも以上に見開かれ、信じられないと言わんばかりに雅臣を見つめる。

それから数秒後――

「はぁあああぁ～～ッ!?」

総真の怒号のような叫びが室内に響く。

クッションの上で寝ていたにぼしがビクッと飛び起きるのが、同じくびくりとした雅臣の視界の端に映った。

「お前それガチ!?　ガチでそんなこと言ってんの!?」

「え、いや、あの……」

「はぁああぁッ!?　あり得ねぇだろッ!!」

「ちょ……声でかい！　うるさいって！」

雅臣は思わず総真の口を手で押さえた。

それにより総真の喚き声は収まったが、代わりにじっとりとした目で睨まれる。そして、すぐに口を覆う手を引き剥がされた。

「……で？　本気でそんなこと思ってんの？　もしかして俺のこと煽ってる？」

「べ、別にお前のこと不能扱いしてる訳じゃないぞ？」

「んなの当たり前だろーが」

わずかに苛ついた様子の総真に、雅臣はハラハラした。だが、正直なにをそんなに苛立っているのかよくわからない。

「だって……実際そういう番もいるだろ？　発情期以外はセックスしないって……」

「そんなの少数派だって。大抵のやつらは普通にセックスしてるに決まってんだろ？」

ため息をついた総真はがくりと肩を落とした。

「お前は本当にもう……どうしたらそんな考えになるんだよ……こんなに愛してるのに……」

「それ、今の話に関係あるのか？」

「あるに決まってんだろ。好きなやつとはセックスしてぇじゃん。……いや、もちろんひとによるとは思うけど、少なくとも俺はしたい」

うーん、と雅臣は首を捻りながら唸る。

「どうだろ……俺はそういうのよくわかんないんだよな。お前のことは好きだけど、発情期以外でもセックスしたいかと言われるとそうでもないような……それに、土壇場で『やっぱ勃たない』とか言われたら傷付くし……」

雅臣がそう言った瞬間、俯（うつむ）き加減だった総真がパッと顔を上げた。大きく見開かれた目が、まじまじと雅臣を見つめる。

無言の圧に、雅臣は思わず体を後ろに反らした。

「な、なに？」

「お前、今なんて言った？」

「え？　えっと……土壇場で『やっぱ勃たない』とか言われたら傷付く……？」

「それじゃねぇよ。……いや、それも気になるけど、今はいい。それより前、もっと重要なこと言ってただろ？」

——重要なこと？

雅臣は軽く天を仰いで、先ほど自分が口にした言葉を思い返した。

「んー、……お前のことは好きだけど、別に発情期（ヒート）以外はセックスしなくても……みたいなことは言ったような……」

その瞬間——弧を描くように目を細めて、総真はニヤニヤと笑みを浮かべた。

「へぇ～。雅臣くんって、俺のこと好きなんだ？」

冷やかすような総真の言葉に一瞬ぽかんとしたあと、雅臣はゆっくりと首を傾げる。

——……好き……？

「俺、そんなこと言ったか……？」

「言っただろ。それも二回も」

二回目に関しては総真に言わされたというのが正しいが、うれしそうな総真に余計なことは言わない。ただ、無意識に口から出た言葉だったため、雅臣は自分で自分に戸惑う。

「え、あ、…………じゃ、じゃあ、そういうことなんじゃないか……？」

「なにが？」

「だから……お前の言う通り、お前のこと好きなんじゃないか？　……たぶん」

「自分のことなのに、死ぬほど他人事みたいな言い方だな……」

不満そうに言いながらも、総真は笑ったままだった。

そして腕を伸ばし、手のひらでするりと雅臣の頬を撫でる。

「俺も好きだよ」

総真は甘ったるい声で囁くと、雅臣の唇に触れるだけのキスをした。

すぐに唇は離れ、照れくさそうに総真が微笑む。少し前まで怒っていたはずだが、今はすごく機嫌が良いようだった。

総真の相変わらずの喜怒哀楽の激しさに、雅臣は少し面食らう。

子どもの頃はひどい暴君だったが、今の総真は随分丸くなっているのかもしれない。

――いや、そんなことはどうでもいいとして……俺も好き、なんだよな。たぶん……

雅臣は再びそんな曖昧なことを考えはじめる。

いまいち自信がないのは、初めての恋愛で手ひどく傷付けられたせいだろうか。そのあたりの感覚がすっかり鈍くなってしまった気がする。

それでも、総真に会えるとうれしいし、会えないと寂しい。未だに慣れないが、抱き締められたりキスをされたりすると、妙に心がホッとした。

この気持ちが『好き』でないのならいったいなんなのかとも思うが、あと一歩のところで踏み切れないまま、雅臣は今日まで過ごしてきた。

総真のことを信じていないとか、そういうことではない。

無論、誠に未練がある訳でもない。

ただ、ひとりで舞い上がって、自分も幸せになれるのだと思い込んでいた三年半もの年月が、どうしようもなく雅臣を臆病にしていた。

この三ヶ月間、総真は頻繁（ひんぱん）に『好き』『愛してる』と告げてくれたが、雅臣が総真に同じ言葉を返したことはなかった。なんとなく、無意識にその類（たぐい）の言葉を避けていたような気もする。

しかし、先ほど気付かぬうちに雅臣の口から出てしまった言葉は、きっと雅臣の本心以外のなにものでもないのだろう。

もちろん、あんな形で本人に直接伝えることになるとは、雅臣も思っていなかったが。

――俺、うづ……総真のこと、好きなんだ。たぶんじゃなくて、絶対……

思い至った途端、かあっと雅臣の顔は熱くなり、心臓がどきどきと騒ぎ出す。

もうとっくに番（つがい）になっているのに、今更なにを狼狽（うろた）えているのかと自分でも思う。けれども、目の前の総真の顔を見ていられなくなり、雅臣はとっさに赤い顔を背（そむ）けた。

「――――ぅわッ！」

そこで、突然総真に抱き締められたかと思うと、雅臣はそのままソファに押し倒されてしまった。ふかふかのソファに背中を受けとめられ、状況がわからないまま、雅臣は自身に覆い被さる総真を見上げた。

「え、ちょ……な、なんで……っ？」

「なんもしねぇよ。……お前なんで急に赤くなってんの？」

からかうように目を細めたあと、総真は雅臣の首筋に顔を埋めてきた。

少し重い。だが、なるべく体重がかからないように雅臣の上に乗っているようだ。

服越しに体が密着して、先ほどよりもずっと心臓の音がうるさくなる。

逃げ出したいような、抱き締め返してやりたいような——そんな相反する気持ちに雅臣が混乱していると、総真が口を開いた。

「わかったわかった。ちゃんとお前がいいって言ってくれるまで我慢するよ。……今度はさすがに十年も待てねぇけどな」

「……うん」

「まっ、うだうだ言ってるうちに次の発情期も来るだろうしな」

明るい声で言った総真の頬と鼻先が、すりすりと雅臣の首筋に押し付けられる。

人懐っこい猫のような仕草が気恥ずかしくて、雅臣はそっぽを向いて身動いだ。

「……でも、次の発情期っていっても俺の場合あんまり安定してないから……二十歳超えてからちゃんと三ヶ月毎に来たことないし……」

再びクッションの上で眠りはじめたにぼしを意味もなく見つめながら、雅臣はぼそぼそと呟く。

雅臣の発情期は重い上に不規則で、その扱いづらさにはずっと悩まされていた。

強い抑制剤を使っても副作用の割には効きが悪く、ひどい日はベッドから起き上がれないのは当たり前。それでも抑制剤は手放せず、けれども服用すればするほど発情期と副作用の苦痛は増していくという悪循環となっていた。

雅臣がひとり渋い顔をしていると、雅臣の首筋に顔を埋めたままの総真がくすりと笑う。

「心配しなくてもそのうち来んだろ。今もちょっと甘い匂いするし。それに、番ができて抑制剤呑まなくなったら発情期も軽くなるって、お前の先生も言ってたじゃん。医者がそう言ってんだから、大丈夫だろ」

「そうだといいけど……」

総真と番になった数日後のこと。

番ができたことを雅臣が主治医に報告する際、当然のように総真も病院についてきた。

幼い頃から世話になっている主治医は、雅臣が誠以外の男と番になったことに少し驚いていたようだったが、『まあ、恋愛なんていつなにが起こるかわかんないもんだからね』とあっさり祝福してくれた。

きっと、病院に一度も付き添うことなく、発情期が重い雅臣を放置する誠に対して不信感もあったのだろう。総真とはもともと同級生だったと説明すると、主治医は安心したようだった。

そのときに『番ができたオメガの発情期は心身ともに楽になることが多い』と主治医から告げら

れたのだ。

オメガのなかでは周知の事実だったが、それでも主治医の口から直接そう言ってもらえて、雅臣は心底安堵した。もう二度と、あの地獄のような時間を過ごさなくてもいいのだと。

それはそれとして、雅臣は先ほどふいに口から出た『好き』の言葉について再度考える。

——……『お前のこと好きなんじゃないか？』って、確かにすごく他人事みたいな言い方だったよな……『たぶん』とか余計な言葉も付け加えちゃったし……

雅臣は少しばつが悪くなる。

総真はかなり満足そうだが、いつも総真が伝えてくるストレートな愛の言葉に比べると、雅臣が話の流れで口にした『好き』は随分と軽いもののように思えた。

——俺もそのうち、総真に『好きだよ』ってちゃんと伝えた方がいいよな……いや、こんな風に先延ばしにしてるのがダメなのか。今好きって気付いたんだから、今言えばいいんだよ。

思い立った雅臣はちらりと視線を動かし、総真を見た。

しかし、わずかに顔を上げた総真と視線が交わる前に、またすぐに目を逸らしてしまう。

——……やっぱまだ無理……

付き合いたての中学生じゃあるまいに……と雅臣自身も思うのだが、それでも無理なものは無理だった。平然と『好き』だの『愛してる』だの『かわいい』だのと口にできる総真に、雅臣はひそかに尊敬の念さえ覚える。

総真は雅臣を抱き締めたまま、深く息を吐いた。

「あいつらのせいでお前がマスコミに追いかけ回されたのはムカつくけど、そのおかげでこうやって一緒に暮らせるようになったのはラッキーだったのかもな……これがなきゃ、お前の祖父(じい)さんも同棲なんて絶対認めてくれなかっただろ」

「んー……、それはそうかも……」

嫌っている、というほどではないが、祖父はまだ完全に総真のことを認めた訳ではないらしかった。

もともと穏やかな祖父と気の強い総真とでは、性格が合わない部分もあるのだろう。それに加えて、祖父は雅臣がまだ小学生の頃に、総真が雅臣に怒鳴り散らしている姿を見たことがある。祖父のなかでは未だにその印象が強く残っているらしく、余計に総真に対しての猜疑心(さいぎしん)が拭(ぬぐ)えないようだった。

それでも、総真のことを気に入っている祖母と雅臣による強い説得の末、今回は祖父が折れる形で同棲の運びとなった。

もちろん雅臣としては祖父母からマスコミを引き離すことが一番の目的だったが、前々から雅臣と一緒に暮らしたがっていた総真からしてみれば、今回のごたごたは良いチャンスだったのかもしれない。

雅臣の上に乗っかったまま、総真は上機嫌ににこにこと笑う。

「今十二月だし、これから最高だよな。もうすぐクリスマスで、そのあとは大晦日(おおみそか)、正月、節分、バレンタインデー、ひなまつり、ホワイトデー……イベントごとしかねぇじゃん」

「……他はまだしも、節分とひなまつりはなんか違くないか？　イベントというか年中行事だし」

「は？　恵方巻きとか美味いだろ。ちらし寿司も好きだし。テンション上がるじゃん」

「食べ物の話なら、まあ、うん……」

頷きながらも、雅臣はひそかに苦笑いした。

雅臣は時々『変わってるね』と友人たちに言われることがあるが、総真も雅臣に負けず劣らず変わっていると思う。

そういう男だからこそ、雅臣のことを好きになってくれたような気がしないでもないが。

「まあなんにせよ、特別な日も、そうじゃない日も、これからはずーっとお前と一緒にいられる訳だ。あー……、すっげぇ幸せ……」

うれしそうに表情を緩めた総真は、雅臣の頬に頬擦りをする。

その言葉を大袈裟だとは雅臣も思わなかった。

この男は実際に十年も待ったのだ。

空白の十年間、総真が誰とどんな風に過ごしてきたのかはわからないし、知るのも怖い。

ただ、その隣に自分がいなかったことは確かだ。

手を伸ばした雅臣は、指ですくように総真の髪を撫でた。そのとき、ほのかに甘い花の香りがしたような気がして、雅臣はまどろむようにうっとりと目を細める。

唯一無二の番の匂い。

雅臣を愛するただひとりのアルファ。

「総真」

「ん？」

「……呼んだだけ」

なんだよそれ、と言いつつ、総真はくすくすと笑った。

雅臣も総真の髪に頬を寄せ、同じように小さく笑う。

いつかちゃんと好きだって言わなきゃな……と再度思いながら、雅臣は総真の背中に腕を回す。

そうして「……重いからそろそろどいて」と雅臣が総真の体を押し返すまで、ふたりはずっとソファの上で抱き合っていた。

番外編　聖なる夜に

十二月二十四日、午後二時二分。

その日、雅臣はひとり神妙な面持ちでリビングのソファに腰掛けていた。雅臣の視線の先にはローテーブルに置かれたスマートフォン――それが音を鳴らしながら振動するのを、今か今かと待ち構えている。

すでに約束の時間を過ぎているが、二分なんて遅れたうちにも入らないだろう。それに、相手には少し無理を言って連絡してほしいと頼んでいる。雅臣は文句を言えるような立場ではなかった。

雅臣がちらりと時計を確認しようとしたところで、着信音が鳴り響く。弾かれたように体をびくりとさせた雅臣は、慌ててスマートフォンを手に取った。

「も、もしもしっ？」

『もしもし？　雅臣くん？』

「うん。電話ありがとう、片桐」

とりあえずはちゃんと連絡が取れたことに、雅臣は胸を撫で下ろす。

雅臣の安堵した声を聞いてか、電話越しに片桐がくすくすと笑い声を上げた。

『約束したんだからちゃんと電話するよ。でも、めずらしいね。雅臣くんが突然僕と話したいなんて』

「ごめん……旦那さんは大丈夫？　怒ってない？　満ちゃんは？」

『ああ、大丈夫だよ。旦那は番持ちのオメガ相手だったら連絡取っても多少は許してくれるようになったし、満は今お昼寝中だから。それで、どうしたの？　なんかあった？』

「その、えっと……」

片桐の問いに雅臣は口ごもる。じわじわと顔が熱くなってきて、スマートフォンを持つ手が汗ばんだ。

『雅臣くん？』

「実はちょっと相談したいことというか、片桐に聞きたいことがあって……」

『聞きたいこと？』

「……あの、割と性的なことなんだけど、いいかな……？」

雅臣は蚊の鳴くような声で問いかけた。

片桐の愛らしい容姿を知っているからこそ、なんだかセクハラをしているような気分になってしまう。

しかし、気まずそうな雅臣とは対照的に、片桐の反応はあっけらかんとしたものだった。

『ああ、なるほど。そういう話は同じ番持ちのオメガじゃないとできないもんね』

片桐の返事にホッとしつつ、雅臣はおずおずと話を切り出す。

「その……片桐は発情期以外でも、旦那さんとそういうことするタイプ……？」

『そういうことって、セックスのこと？』

旧友の口から出た生々しい言葉に少し狼狽えつつ、雅臣は「う、うん」と頷いた。

片桐はまたさらりと答える。

『まあ、してるね。僕は別にしたくないけど』

「そ、そっかぁ……」

『それで、本題は？』

「あの、その……発情期じゃなくてもうまくやれるアドバイス……みたいなのを、経験者の片桐から聞けたらなぁ……って」

『もしかして、挿れるの失敗して怪我でもした？』

「いや、そうじゃなくて……今日クリスマスイヴだろ？　イヴの夜に初めてしようって総真と約束してて……」

言いながら、雅臣は羞恥に顔を赤くする。

つい一週間ほど前、総真と大事な約束をした。

総真との二度目の発情期を無事に終えてから三日後のことだった。

▽　▽　▽

雅臣と総真が迎える二度目の発情期。当然のように総真が傍にいて、総真と暮らす家で、一度目と同様に脳みそがとろけそうなほど気持ちの良いセックスをした。

傍から見ればきっと、品のないセックスだ。仲のいいオメガの友人にも言えない、恥ずかしくて、ふたりだけが幸せなセックス。

ホテルで過ごしたときとは違い、食事の用意やぐちゃぐちゃになったシーツの交換などは自分たちでしなければいけなかったのは少し大変だった。とはいえ、面倒なことは大抵総真がすませてくれたので、雅臣はほとんどベッドでくたりと横たわっているだけだったが。

これまで雅臣にとっての発情期は苦痛で、煩わしいものだった。

けれど、総真と過ごす発情期はとにかく気持ち良くて、幸せで——……総真に抱き締められたまま眠る時間はまるで夢のようだった。

「俺が就職して落ち着いたら、結婚しような」

「うん」

「絶対だぞ？　約束したからな」

「うん」

花のような甘い香りのなかでまどろみ、雅臣は総真の言葉に相槌を打つ。

いずれ訪れる未来の話が、当然のようにそれを口にする総真が、心の底から愛おしかった。

そうして二度目の発情期を五日で終え、そこからはまたいつもの生活に戻った。未だにマンションに張り付いているらしいパパラッチを警戒した、ほぼ引きこもりのような生活である。

「もうすぐクリスマスだな」

炭酸ジュースを飲みながらテレビを見ていた総真が、やけに弾んだ声でそう呟いた。

雅臣も総真が座るソファの隣に腰を下ろし、クリスマス特集を流しているテレビ番組を無言で眺める。画面のなかでは人気のイルミネーションやら、夜景の見えるディナーやら、そんなキラキラとした映像が愉快な音楽とともに流れていた。

「クリスマスくらいどっかに出かけるか？」

「うーん……」

雅臣は苦笑しながら曖昧に返事をする。

それもいいな、と一瞬は思った。けれど、もしその日もパパラッチに追いかけ回されてしまったらと考えると、どうにもそんな気にはなれない。恋人になって初めて迎える総真とのクリスマスを、台無しにされたくはなかった。

総真も特に出かけたい場所があった訳ではないらしく「ま、お前と一緒にいられたらなんでもいいけど」と雅臣の腰を抱き寄せながら言う。

「チキンと寿司とケーキでも食って、そのあと夜にセックスしたらクリスマスとしては完璧だよな」

「…………」

雅臣はあえて返事をしなかった。

総真が発情期以外もセックスをしたがるのはよくあることで、それを雅臣がスルーするのもよくあることだった。

沈黙が続くと、総真の目が拗ねたように徐々に細められていく。

「おい、無視してんじゃねぇぞ」

「無視っていうか……また変なこと言ってるなーって……」

「恋人とセックスしたいって思うことの、どこが変なことなんだよ？」

「それは……」

それは、一理ある。

付き合って三ヶ月以上たつ恋人とのセックスを頑なに拒む雅臣の方が、おそらく世間一般には変わっているのだろう。

昔から性欲は少なかった。ない訳ではないが、思春期を迎えると同時にはじまった発情期に全振りされているような状態だ。自慰だって、発情期以外ではあまりした覚えがない。

……さりとて、雅臣が発情期以外でのセックスを頑なに拒む最大の理由は、そんなことではなかった。

人生が一変した、総真と再会したあの運命の日――誠たちの陰口を耳にしてから、雅臣はすっかり自分の容姿に自信を持てなくなってしまったのだ。

オメガだと知られて驚かれることは何度もあった。アルファだと勘違いされることも多かった。

だが、あそこまで馬鹿にされたことはない。

婚約者だった誠に裏切られていたことにも傷付いたが、気にしていた容姿を大勢に馬鹿にされていたことに心が折れた。

失敗作だと笑われて、貶(けな)されて……幼い頃に両親に捨てられたときの劣等感が一瞬でよみがえり、今も雅臣の胸の奥に居着いてしまっている。それはまるで、今がどれだけ幸せでも決して消え去ることのない呪いのように。

雅臣のガタイがいいのなんて服を着ていてもわかるのだから、今更総真がそれをどうこう思うはずはない。頭ではちゃんとわかっている。

しかし、万が一のことがあったらと思うと、雅臣はどうしようもなく怖くなってしまう。そうなるくらいなら、発情期(ヒート)以外はセックスなんてしたくない……と、頑(かたく)なになってしまうほどに。

とどのつまり、雅臣が発情期(ヒート)以外でセックスをしたくない理由は、完全に雅臣の気持ちの問題だった。あと、単純に恥ずかしいのもある。

雅臣はちらりと横目で総真を窺(うかが)う。

「……そんなにしたいのか？」

「当たり前だろ」

「俺相手でも？」

「……俺がお前のこと好きだって知ってるのに、なんでそういう言い方すんだよ」

「ご、ごめん……」

総真の顔が口惜しそうに歪(ゆが)んだのを見て、雅臣は慌てて謝罪した。

こんなことを言ってしまったが、雅臣だって総真の気持ちを疑っている訳ではない。愛されているとわかっているのにそれでも不安になるのは、ひとえに雅臣の自信のなさ故(ゆえ)である。

総真と番(つがい)になって、恋人になって——雅臣は今でも時々夢を見ているような気分になる。

毎朝、総真の隣で目が覚めるたびに現実味がなくて、そのくせすごくうれしい。

「ほんとごめん。嫌な言い方したよな」

「別にそんな怒ってねぇよ……ちょっと傷付いただけ」

「ごめんって……」

しんみりと雅臣の肩に頭を預けた総真の髪を撫でながら、どうしたものかと雅臣は目を泳がせる。

怒っている総真よりも、落ち込んでしゅんとしている総真の方が雅臣は苦手なのだ。

雅臣は助けを求めるように、キャットタワーの上で丸まるにぼしへと視線を向ける。

けれど、にぼしはちょうど眠りかけているところで、助け船を出してくれそうな気配は微塵(みじん)もなかった。

総真はハァ……とわざとらしいほど大きなため息をつく。

「俺はガキの頃からお前だけが好きなのに、お前にはいまいち伝わってねぇし、同棲初日には発情期(ヒート)以外は勃たないんじゃないかとか言われるし、もう二回もヤッてんのに未だに発情期(ヒート)のとき以外はセックス渋られるし……お前ほんと手強(てごわ)すぎんだろ」

——こう並べられると、俺って本当に面倒くさい男なんだな……

雅臣はひそかにショックを受けた。

とはいえ、多少自覚はあったし、総真も時々「めんどくせぇやつだな〜」と口にするので、事実そうなのだろう。

——それに、セックスのことも今思えばあれだよな……自分がつらい発情期のときはしたがるくせに、総真がしたいときは嫌がるってのは、さすがに虫が良すぎるか……

雅臣だって、セックスを拒まれるつらさは知っている。もちろんアルファとオメガでは違うだろうが、恋人に性行為を拒まれているという点では同じだ。

改めて考えると、雅臣は自分がなかなかひどい男のように思えてきた。総真の好意に甘えすぎているというか、なんだかんだいつも総真に我慢ばかりさせてしまっている気がする。

しかも今回においては、総真がセックスをしたがっているにもかかわらず、『総真に嫌われるのが怖い』というむちゃくちゃな理由でセックスに尻込みしているのだ。

雅臣は俯き加減になり、視線を落とす。

そもそも、アルファとオメガの番関係はアルファの方が圧倒的に有利で、いざとなれば総真は雅臣を意のままにできる。今だって本当は「セックスさせてくれなきゃ捨てる」と一言口にするだけで、総真は簡単に欲望を満たせるはずだ。

けれども、総真はそれをしない。そういう男ではないし、きっと雅臣を自分の言いなりにしたいとも思ってはいないのだろう。

自惚れた言葉を使ってもいいなら、総真は本当に雅臣を愛してくれている。おそらく、誰よりも。

「……今なに考えてんの？」

「えっ？　あ……いや、その……」

ふいに総真に尋ねられ、雅臣は赤く火照った顔を背けてわたわたと意味のない言葉を返した。

お前に愛されていることを再認識していた――なんて、恥ずかしくて口が裂けても言えるはずがない。

「……わ、わかった」

ひとしきり視線を漂わせたあと、雅臣はおずおずと口を開く。

「なにが？」

「だから、その……クリスマス……セックスしたいんだろ……？」

途切れ途切れに雅臣が告げた瞬間、パッと顔を上げた総真が雅臣を見た。大きく見開かれた目が、みるみるうちに弧を描いていく。

「言ったな？」

「な、なに……？」

「言質とったからな。あとでやっぱり無理とか言っても聞かねぇから」

さっきまでのしょぼくれた顔が嘘のように、総真は上機嫌に笑う。

なんだか少し騙された気分になりながらも、雅臣は「わかってる」とむくれた顔で返事をした。

▽　▽　▽

つい数日前のことを振り返りながら、雅臣は密かに苦笑いをする。なんだかんだ言いながら撤回しなかったのだから、きっと自身も心のどこかでは一歩先に進みたいと思っているのかもしれない。

短い静寂のあと、電話口の向こうから『……初めて？』という片桐の困惑したような声が聞こえてくる。

「あ、初めてっていうのは、発情期(ヒート)以外で初めてしようって意味で……」

『……えっ？　もしかして発情期(ヒート)のときしかセックスしてないの？　もう番(つがい)になってから三ヶ月以上たつよね？』

「う、うん……やっぱ変？　発情期(ヒート)以外はしない番(つがい)もいるって聞いたんだけど……」

『確かにそういう番(つがい)もいるだろうけど、アルファ側がオメガのこと大好きなパターンでそれは少ないんじゃない？　政略結婚とか、事故で番(つがい)になったとかならまだわかるけど』

「そういうもんか……」

総真には『発情期(ヒート)以外はセックスしない番(つがい)もいる』と主張したため、雅臣は若干ばつが悪くなった。嘘を吐いた訳ではないが、幼い頃から雅臣に恋をしていた総真がそれに当てはまらないのは明らかだろう。

雅臣が狼狽(うろた)えていると、片桐が『それで？』と尋ねてくる。

『雅臣くんはなんで発情期(ヒート)以外はセックスしたくないって思ってたの？』

「……えっ、なんで俺の方が嫌がってたってわかるんだ!?」

『そんなの消去法だよ。だって、あの卯月くんが発情期(ヒート)じゃないからってセックス嫌がるとは思えないし。あのひと、雅臣くんのなにもかもを独占したいタイプのひとでしょ。それで、なんで？』

なるほど、と納得しつつ、雅臣は目を泳がせながらぼそぼそと答えた。

「いや、なんか、怖くてさ……俺こんな見た目だから、総真もいざとなったらできないんじゃないかって思って……」

『なんだ、そんなこと？』

半ば呆れたように言われて、雅臣は一瞬グッと言葉に詰まる。

「お、俺も頭ではわかってるんだ。総真はそんなやつじゃないって。わかってる、わかってるんだけど……」

『それでも不安だったってことだね。完全な杞憂だとは思うけど、わかるよ。オメガは色々面倒なことが多いし、雅臣くんと卯月くんはまだ番になってから……というか、再会してからそんな時間もたってないもんね』

「うん……ただ、総真のこと信用してない訳じゃないんだ。俺がひとりで不安になってるだけ。総真なんてずっとプンプンしてたし」

雅臣が少しおどけた口調でそう言うと、電話の向こうからころころと無邪気に笑う声が聞こえてきた。釣られるように雅臣も声を上げて笑う。

そうしてふたりで笑ったあと、片桐が柔らかな声でぽつりと呟く。

『――でも、なんか安心した』

「え？」

『雅臣くん、ちゃんと卯月くんに大切にされてるんだなぁ、って。もちろん、雅臣くんが愛されてるのはわかってたけどね。ほら、愛するのと大切にするのってイコールじゃないからさ』

「……うん」

愛するのと大切にするのはイコールじゃない――なんとなく、片桐自身のことを言っているような気がして、雅臣は切なくなった。

「か、片桐、あのさ……」

『ん？　なに？』

「……今度、一緒にどっか出かけられないか、俺から旦那さんに頼んでみるよ」

再会した日、片桐は『最近落ち着いて、ひとりでも外出できるようになった』と言っていた。だが、実際はそれが嘘だということは総真から聞いている。

結婚当初から片桐に自由はなく、今は子どもの満と一緒にほぼ軟禁のような生活を強いられているらしい。この連絡も夫の携帯電話からで、許可なく外部と連絡を取ることは禁止されているのだという。

かわいそうだ、とは思いたくなかった。

だって、片桐は誰からも愛される少年で、雅臣は片桐なら絶対に幸せになれると信じていた。

『雅臣くんは誰よりもオメガらしいオメガだよ』と雅臣に言ってくれた唯一の存在である片桐には、誰よりも幸せになってほしかったのだ。

雅臣の言葉に驚いたのか、呆れたのか、片桐は黙ったままだった。

頭のなかで言葉を選びながら、雅臣は話を続ける。

「もちろん、俺たちだけじゃなくて、総真と、片桐の旦那さんと、満ちゃんも一緒に。遊園地とかでダブルデート……じゃないけど、そんな感じだったら満ちゃんも喜ぶだろうし、旦那さんも許してくれるんじゃないかな、なんて……」

よかれと思って提案したが、余計なお世話だったかもしれない。雅臣は気まずさを誤魔化すように、ハハハと乾いた笑いを漏らした。

総真には、よその番(つがい)事情にはあまり首を突っ込むなと言われている。番(つがい)を閉じ込めることでしか安心できないアルファもいるのだと。

でも、雅臣はもし片桐が苦しんでいるのなら少しでも力になりたかった。楽しかった学生時代に一番長く傍にいてくれた親友に幸せでいてほしいと思うのは、烏滸(おこ)がましいことなのだろうか。

しゅんとした雅臣が視線を落とした瞬間、電話の向こうから軽く鼻を啜るような音が聞こえてきた。そして、片桐の少し涙ぐんだ声が続く。

『……うん、ありがとう。僕も満を連れてどこかに出かけてみたいと思ってたんだ。今度僕からも白鳥に頼んでみるよ』

「うんっ、そうしよ！」

雅臣は力強く頷いた。

片桐がそう言ってくれるなら、あとは雅臣ががんばるだけだ。また片桐と会いたいし、満にも会いたい。

雅臣の張り切った声を聞いて、片桐が『ふふふ』と控えめに笑った。その笑い方が学生時代と一緒で、雅臣はいっそううれしくなる。

少し話は脱線したが、これも重要なことなので構わない。

その後、気を取り直したように片桐が口を開く。

『……それじゃ、そろそろ本題に戻ろうか。僕からできる、発情期（ヒート）じゃなくてもアルファとうまくやれるアドバイスって言ったら――』

その後、片桐は自分にわかる限りの助言を与えてくれた。それはもう赤裸々に。オブラートに包むことなく。直接的な言葉で。

そんな話を三十分近く聞いた雅臣は、顔色を赤くしたり青くしたりを繰り返しながら『俺、やっぱり無理かも……』と、虚ろな目をするしかなかった。


家に引きこもったままでも、総真とにぼしとともに過ごすクリスマスは楽しかった。いや、正確に言えば、クリスマスイヴか。

チキンと寿司とケーキ。それと――

「風呂、一緒に入るか？」

「……いい」

「なんだよ、緊張してんのか？」

ご機嫌な総真が、ニヤニヤと笑いながら雅臣をからかってくる。

雅臣はキッと総真を睨んだ。

「うるさいなっ、早く行ってこいよ」

「わかったわかった。そんなに怒るなよ」

総真はへらへらと笑いながらリビングを出て行った。

残された雅臣は膝の上で手を組んで、遠い目をする。

――体はちゃんと洗って、挿れるときは前からじゃなくて後ろからが良くて、痛いときはちゃんと痛いって伝えて、それから、それから……いや、もういいか……

雅臣の頬が赤くなった。

片桐から聞いた忘れられない衝撃的な教えはまだまだあるが、もう思い返すのはやめておく。脳が反芻することを拒否しているかのように頭が重くなるのだ。

『なんにせよ、卯月くんに任せといたら基本大丈夫だと思うよ。番とのセックスは発情期中じゃなくても気持ちの良いもんだから』

最後の方で伝えられたその片桐の言葉を、雅臣は信じることにした。

あと、総真の不屈の愛を。


「いッ、いた、痛い……っ」

「わりぃ、いったん抜くわ」

「っ……」

ナカにはまっていた先端がズルッと出ていく。

挿れられていたときも痛かったが、抜かれたときも痛かった。今も少し、縁のあたりがひりひりと痛む気がする。

「でかけりゃ良いってもんでもねぇなぁ……」

煩わしそうに呟きながら、総真は前髪を掻き上げた。ほのかに汗ばんでいるからか、ひどく色気のある仕草だ。

ベッドに横たわった雅臣が不安そうに総真を見上げると、総真は笑って身を屈めた。

触れ合った肌の温かさが心地よくて、雅臣はうっとりとする。

ちなみに、片桐からは後ろからの方が挿れやすいとアドバイスをもらっていたのだが、総真が「顔見ながらしたい」と甘えた声でねだってきたので、結局は正面からやることになった。なんだかんだ雅臣も総真の顔を見たかったし、この方がリラックスできているような気がする。

……いや、今中断している時点で失敗しているのかもしれないが。

ふたりは至近距離で見つめ合い、軽く口付けを交わす。

場違いなほどに穏やかな総真の瞳に、雅臣はなんだか少しどきどきしてしまった。

「今もまだ痛いか？」

「……今は、もう、あんまり」

「じゃあ、もう一回慣らすとこからやっていい？」

雅臣は目を泳がせたあと、おずおずと小さく頷いた。

うれしそうに笑った総真は雅臣の唇に触れるだけのキスをして、再び体を起こす。

「やっぱ発情期（ヒート）のときみたいにはいかねぇな。キツキツってより、ギチギチって感じだったわ」

苦笑する総真は自身の手のひらにローションを垂らし、それをたっぷりと右手の指に纏（まと）わせた。

今日のために総真が用意した、そこそこ評判のいいローションらしい。とろりとしたそれが総真の指から指へと零（こぼ）れ落ちていく様（さま）を見て、雅臣はごくりと唾を呑んだ。

「じゃ、指挿れるぞ」

そう言った総真は、ローションで濡れた指を三本まとめるように重ねてから、ゆっくりと雅臣の後孔へと挿入する。

その圧迫感に、雅臣はわずかに眉を寄せた。

「っあ、……ん、っあ、ああ……っ」

「指三本までいけてるから、あと少しだとは思うんだけどな……」

指の腹でナカの柔らかな粘膜を優しく擦（こす）られる。そのままぐるりと回転した指に前立腺もぐりぐりと刺激されて、雅臣はギュッとシーツを握り締めた。

「ンッ……あ、ああッ……！」

「ちゃんとナカで気持ち良くなれてるし、あとは入り口んとこがちょっと緩（ゆる）んでくれたらいけそうなんだけど……いや、ディルドとかプラグで拡張しなきゃ厳しいか？」

「っ、……や、やだ……そんなの挿れられるくらいなら、痛くてもお前のが良い……っ、ん、あッ」

「んなかわいいこと言うなよ。むちゃくちゃにしたくなるだろーが」

咎めるように言いながらも、総真は目を細めて笑っていた。ナカで指が開かれ、自然と後孔の縁も押し広げられる。

今はまだ、先ほど総真の性器を挿れられたときのような痛みはない。だが、やはり少し窮屈な感じはする。

「っ……ん、ぁ……あ、んんッ」

「こっちも好きだろ？」

後孔を弄るのとは逆の手で、総真が雅臣の性器を掴んだ。ローションまみれの手が上下に動くたび、ぐちゅぐちゅとはしたない水音が響く。

「ひっ……う、ッあ、……ん、あっ……！」

「すっげぇナカうねってる……さっきも扱いてやったらよかったか」

「ああっ、あっ……や、っ……！」

ゆっくりと擦り上げられ、先っぽを指先で弄られると、徐々にそこに熱が集まって硬くなっていく。その間にもナカの指はぐりぐりと前立腺を押し潰すように動いていて、同時に襲いくるふたつの快感に雅臣はただ身悶えるしかなかった。

「先に一回イッとく？」

「まっ……、は、っあ、あッ……やだ……」

「ん？　イキたくねぇの？」

手をとめた総真が、やけに甘ったるい声で尋ねてくる。つい一週間前に終えた発情期のときによく囁かれた、雅臣を甘やかすためだけの柔らかな声だ。

どこかむず痒いような気持ちになりつつ、雅臣は総真の顔を見上げる。

イきたいのか、それともイきたくないのか、それ自体は雅臣にもよくわからない。ただ、ちゃんと最後まで総真と普通の――素面のセックスをしたいのだという気持ちは、確かに雅臣のなかにあった。

「そういう訳でもない、けど……」

「けど？」

「……俺だけじゃなくて、お前にもちゃんと気持ち良くなってほしいっていうか、あの、その……」

脈絡がない上、なんだか妙に恥ずかしいことを口走ってしまった。雅臣の顔がみるみるうちに赤らんでいく。

それに対して総真はゆっくりと目尻を下げ、口角を上げてニヤリと笑う。

「お前、発情期のときもめちゃくちゃエロいけど、そうじゃないときもめちゃくちゃエロいのな」

「エロくない……」

「そんな顔してよく言うよ」

「っ、あ……！」

ずるりと後孔から指が引き抜かれ、総真が再び覆い被さってきた。無遠慮に入ってきた舌が口内を激しく掻き回し、搦めとった雅臣の舌を強く吸う。気持ちが良すぎて、腰がとろけそうなキスだった。

「雅臣、お前ほんとかわいいな。発情期（ヒート）じゃなくても、すっげぇかわいい」

うっとりとした声で総真が囁（ささや）く。

発情期（ヒート）だろうが、そうでなかろうが、雅臣は自分のことをかわいいなんて到底思えない。が、総真の目にそう映っているということに対して悪い気はしなかった。もちろん恥ずかしいが、たぶん同じくらいうれしい。

雅臣は総真の背中に腕を回して、今度は自分から総真へと軽くキスを返した。

何度か啄（ついば）むような口付けを交わしたあと、総真はくつくつと小さな笑い声を立てる。

「発情期（ヒート）のとき以外は別にしなくてもいい、とか言ってた割には積極的だな」

「うるさい……」

「拗ねるなよ。褒めてんだから」

総真は雅臣の髪を撫で、むくれる雅臣の頬に猫のように頬擦りする。

そうしてまたゆっくりと総真の指が雅臣のナカに入ってきた。

「あ……ん、ふ、ぁ……」

「いい加減、指がふやけてきそうだな……」

「んっ……あ、っ……」

ローションまみれの総真の指が、ゆっくりと雅臣のナカを掻き回す。

総真が勃たなかったらどうしよう――なんて不安はもうない。というか、ベッドに入った時点で総真の性器はすでにガチガチになっていたので、そもそも心配する必要すらなかったのだ。

今となってはただ、どうにか総真のモノを受け入れなければ……という焦りと使命感だけが残されていた。

熱い吐息を漏らしながら、雅臣はちらりと薄目で総真の股ぐらを見る。

腹につきそうなほど勃ち上がったそれは、普段どうやって下着のなかに収めているのか不思議なくらいの大きさを誇っていた。浮き出た血管も相まって、かなり凶悪な見た目だ。

アルファが巨根だの馬並みだのというのは有名な話だが、それにしたってデカすぎる。

発情期以外には性交をしないアルファとオメガの番がいるという噂も、実はしないのではなく『できない』のではないかと疑ってしまうくらいのサイズ感だ。

「男オメガは発情期のときしか濡れないのに、アルファは発情期以外のときも馬鹿みたいに勃起するんだから不公平だよなぁ」

ぼやきながら、総真はじゅぷじゅぷとナカの指を前後に動かす。時折とんとんと前立腺を軽く叩かれると、ビクッと雅臣の腰が跳ねた。

「やっ……んぁ、……ふ、あっ、あっ……！」

「お前ほんっとえっろいな……あー、勃ちすぎていてぇ……」

「ん、あッ……は、あ、あぁ……」

しばらくして指がナカから引き抜かれ、雅臣は荒い呼吸を繰り返した。

体が熱くて、空っぽになった後孔がどうにも切ない。発情期以外は別にしなくてもいいなんて言っていた自分が嘘みたいだ。

「雅臣、もう一回挿れてみていい？」

「ん……」

「ほんとは後ろからがいいんだっけ？　でもお前の顔見たいし、横向きの姿勢でやってみる？」

雅臣がおずおずと頷くと、総真は舌舐めずりをして笑った。ぞくりとするほど艶のある、欲にまみれた笑みだ。

総真の手に促されるような形で体を横向きにしたあと、右足を掴まれ、そのまま肩に担がれた。自然と股を大きく開いた体勢になってしまい、雅臣は羞恥で枕に顔を埋める。

そうして開かれた股の間に体を割り込ませた総真が、自身の先端を雅臣の後孔へずりずりと擦り付けた。総真の先走りと後孔からあふれたローションが混じり合って、ぐちゅぐちゅと卑猥な水音を立てる。

「う、ぁ……」

「さっきよりは入りそうな気ぃするな……怖い？」

「す、すこし……」

「一週間前は『そうまのおっきいの好き』って言ってたのにな？」

「なっ……！」

総真の言葉に雅臣は顔を真っ赤にして、口をはくはくとさせた。

——こ、こいつ……ッ！

「い、い、言ってないッ!!」

「言ってた」

「ぜったい言ってないッ!!」

「そんな恥ずかしがるなよ。発情期中はもっとエロいこともばんばん言ってたじゃん」

「ツ〜〜ばかばかばかっ……え、ッあ、まっ……、ひ、あっ、ああッ！」

本当に馬鹿な言い合いをしている最中、ずるっと総真の性器の先端が雅臣のナカへと入ってきた。

みっちりとした圧迫感はすごいが、さっきのような痛みはほぼない。

「はっ、あ……あ、……な、なんで……っ」

「痛い？」

「……い、いたくは、ないけど……急に……」

「こういうのは、力が抜けてるときに一気にやった方がいいんだって」

「っ、あッ、ひ……ッア、あっ！」

ずぷずぷと無遠慮に、総真の雄が雅臣のナカへと入ってくる。発情期のときとはまた少し違う感覚に、雅臣は目を白黒させた。

「あー……、お前のナカ、あったかくてキツくて、さいっこうに気持ちいい……」

総真は本当に気持ち良さそうに目を閉じて、うっとりとしている。

やがてその瞼がゆっくり開くと、総真は身を乗り出すようにして肩に乗せていた雅臣の片足を抱き寄せる。ふたりの結合部がさらに近付き、腹の奥からズリュッといやらしい音が聞こえた気がした。

「う……、アッ、やっ……！」

「嫌なの？」

顔を真っ赤にした雅臣は唇を噛んだ。そして、目を逸らしたまま緩く首を横に振る。

総真が喉の奥で低く笑った。

「本当は嫌じゃねぇくせに嫌って言っちゃうのは、発情期のときと同じだな」

からかうように言った総真は、欲に満ちた表情で雅臣を見下ろした。

そのじっくりと全身を舐めるように這う視線に、雅臣は身を捩る。二度の発情期で自身のすべてを見られていることは理解していたが、素面の今は総真の視線が恥ずかしくて仕方ない。

「……見すぎだって」

とっさに片手で顔を覆い隠そうとした雅臣だったが、その手はあっさりと総真に掴まれてしまう。

総真は雅臣の体を見下ろしたまま、どこか満足げににやりと笑った。

「お前の体、やっぱ良いな。筋肉と脂肪の付き方が綺麗で、めちゃくちゃエロい体してる」

「してない……」

「してるよ。それに、中身も最高にエロい」

「っ、ひ、あ……！」

総真がゆっくりと腰を動かしはじめる。

後孔に収まった性器がずるずるとナカを刺激して、雅臣の唇から甘い声が漏れた。

「ん、あっ、あ……んぅ」

「痛かったら我慢せず言えよ」

「……いたくは、な、い……ッあ、ああ……っ！」

腰を大きく引かれると同時に、総真の亀頭の出っぱった部分がグリッと雅臣の前立腺を押し潰した。しかも、狙ったように何度も何度もそれを繰り返す。

「はっ、あッ……や、あッ、ん、ああッ……！」

「気持ちいい？」

総真はからかうような声色で尋ねてくる。

それに答える余裕などあるはずもなく、雅臣は大きくかぶりを振った。

「や、やだ……ッア、んッ……ひっ、あ……！」

「ほんと素直じゃねぇなぁ。ちんこからだらだらよだれ零してるくせに」

「っばか……あッ、ん、んぁッ」

カリで前立腺を引っ掻かれるたび、総真に抱えられた片足の指先がびくりと震える。それと同時に雅臣の性器からはとろとろとカウパーがあふれた。

「は、あ……んッ、ひ、ああっ……！」

「この体位いいな……松葉崩しだっけ？　お前体柔らかいから、発情期のときとか奥まで楽に入りそう」

総真がそう言うと、手前で前立腺をいじめていた亀頭がふいにずるりと奥の方まで入ってきた。

その先っぽがこつんと結腸口に当たり、雅臣の体が一瞬で強張る。

「ッ……やっ、ま、まって……」

「一番奥までは挿れねぇよ、今日はな」

「はっ、あ、あっ……ん」

意味ありげに笑いながら、総真はゆっくりと雅臣のナカを犯す。先ほどの前立腺を刺激する動きとは反対に、今度は奥を責めるように優しく突かれた。

「っ、あ……ひっ、う、あっ、あっ……」

先日の発情期（ヒート）のときは結腸口をこじ開けられ、最奥に精液をぶちまけられた。

今日はそこまでするつもりはないらしいが、閉じた奥をとんとんと叩くように突かれると、あの日の快感を嫌でも思い出してしまう。

雅臣は縋（すが）り付くように手元のシーツを強く握り締めた。

「発情期（ヒート）じゃなくても、ちゃんと気持ちいいだろ？」

抱えた雅臣の足の脹脛（ふくらはぎ）あたりに口付けながら、総真はどこか勝ち誇ったような表情でそう問いかけてきた。

雅臣は潤（うる）んだ瞳で総真を見上げる。

「ん、ぅ……、そ、そうまも……？」

「なに？」

「っ……お前も、ちゃんと……あっ、あ、ん……」

「うん。俺もちゃんと気持ちいいよ」

気持ちいいのと気恥ずかしいのでそれ以上の言葉は続けられなかったが、総真に意図はしっかり伝わったらしい。

やけに優しい目をした総真を、雅臣は惚けた顔で見上げる。

こういうときに総真が浮かべる柔らかな笑みが、雅臣はとても好きだった。いつものひとをからかうような笑みも嫌いじゃないが、総真に優しく微笑まれると、見慣れた美しい顔でも見惚れてしまう。

「ん……あ、あ……ふ、ぁ」

総真の長大な性器が、ゆっくりとナカを前後する。

痛みや苦しさはすでにない。窮屈なナカを擦り上げられる快感に、雅臣はとろけたような顔を晒すしかなかった。

「前触らなくてもイけそう？」

「わ、わかんな、い……あ……ん、んぅ……」

「まあこんだけ勃起してんだから大丈夫か。もしイけなかったら、あとでしゃぶってやるからな」

「ん、あっ……ンッ、は、ああ……っ」

総真が腰を大きく引いて、またゆっくりと結腸口まで突き入れる。

決して激しい動きではないが、前立腺と奥を交互に刺激するようなその律動に、自然と雅臣の思考がとろけていった。

込み上げてくる絶頂感とともに、雅臣の視界が少しずつ歪んでいく。

「ッん、あっ、ああっ……むりっ……も、イク、イクからぁ……っ」

「気持ち良すぎると泣いちゃうのも発情期のときと一緒だな。すっげぇ興奮する……」

総真が笑みを浮かべたのが、弾んだ声だけでわかった。

その直後——前立腺をカリの部分で抉るように引っかかれ、痺れるほどの快感が雅臣の全身を駆け巡った。

「っ、は、あっ、ああッ……！」

一瞬、頭のなかが真っ白になる。

ばくばくと鳴る自身の心臓の音だけが、うるさいくらいに雅臣の頭のなかで響いていた。

足の先がきゅうっと丸まって、体全体が軽く痙攣するように震える。それに合わせて体の内側も収縮しているようで、ナカの性器の大きさがやけにはっきりと感じられた。

「っ……」

「ん、あっ……ああ……」

総真の息を呑むような声が聞こえてすぐ、ずるりと性器が雅臣の奥まで突き入れられ、結腸口のあたりでビクリと跳ねた。

奥に熱いものが注がれているのを感じ、雅臣はその快感に身を捩る。

その熱が愛おしくて、心地よくて、堪らなかった。

やがて総真は大きく息を吐くと、肩に乗せていた雅臣の足を下ろして、ゆっくりと腰を引いた。

総真が目を眇めながら笑う様は艶っぽく、ただでさえ騒がしい雅臣の心臓の音がいっそう大きくなる。

「もうちょっと我慢できるかと思ったけど、良すぎて無理だったわ」

「っ、う、あ……ッ」

総真の性器が引き抜かれるのと同時に、雅臣の後孔から精液がとろりとあふれた。後孔の粘膜に空気が触れて、雅臣はぶるりと身を震わせる。

「発情期じゃなくてもところてんできるとか、初めてなのにエロすぎだろ……」

シーツの上に零れた精液をティッシュで拭いながら、総真はどこか恍惚とした表情でそう呟いた。

雅臣はよくわからない総真の独り言を聞き流しつつ、静かに呼吸を整える。

朧げな雅臣の視界に映る自身の性器からは、今も少量の白濁がとろとろとあふれていた。それも総真の手によって、丁寧に拭き取られていく。

発情期でないにもかかわらず、後孔を犯されただけで射精する自身に驚いたものの、これといって悲愴感はない。

むしろ、総真とこうなることをずっと望んでいたような気さえした。

「どこも痛くないか？」

「うん……」

安心したような顔をした総真は、そのまま覆い被さり雅臣を両腕で抱き締めた。

頬を寄せ合い、何度も頬や唇に触れるだけのキスをする。

目尻に溜まっていた涙を舐め取られるのがくすぐったくて雅臣が小さく笑うと、総真の腕の力がさらに強くなった。

「雅臣、かわいい。めちゃくちゃかわいい……！」

「はいはい……」

苦笑しつつ、雅臣も総真の体を抱き締め返す。痛いくらいの力でぎゅうぎゅうと抱き締めてくる総真の方が、雅臣にはよっぽどかわいらしく思えた。

雅臣が総真の髪をそっと撫でると、総真の大きな目が心地よさそうに細められて雅臣を見つめる。

「好きだよ。世界一愛してる」

「お、俺も……」

好きだよ、と雅臣が続けようとした言葉はまごついてしまい、うまく出てこなかった。

それを別段気にした様子もなく、総真はうれしそうに歯を見せて笑う。

「また明日もしようぜ」

「……いや、明日はちょっと……たまにでいいだろ？」

「じゃあ、明後日な」

「なんだよそれ」

雅臣が呆れたように笑うと、総真も笑い声を上げた。

本気なのか冗談なのかわからないが、総真は雅臣が本当に嫌がることはしないので、これといって不安はない。多少強引でずるいところはあるものの、雅臣に対しては誰よりも優しい男なのだと今はちゃんとわかっていた。

密着した肌が温かくて、心地いい。

そのまま総真に抱き締められているうちに、雅臣の目はとろんとしていった。

「雅臣、ねみぃの？」

「……うん。痛くはなかったけど、ちょっと疲れたかも……」

「じゃあ、寝るか」

総真は枕元の照明を落としてから、雅臣の隣に横たわった。そして、囁くような声で言う。

「おやすみ、雅臣」

「ん……おやすみ……そうま……」

笑いを堪えるような顔をした総真が雅臣の額にキスを落として、再び体に腕を回して抱き寄せる。

その腕のなかはやはり温かくて、心地よくて、雅臣の瞼が徐々に落ちていく。

「そうま……」

「ん？」

「……………いつも、ありがとう……」

本当は『俺も好きだよ』と言いたかったはずが、気付けば違う言葉にすり替わっていた。自分で自分に呆れているうちに、雅臣の瞼は睡魔に負けて完全に閉じきってしまう。

雅臣が眠りに落ちる直前、「なんかよくわかんねぇけど、どういたしまして……？」と少し困惑したような総真の声が聞こえた気がした。

「ん……」

背中の肌寒さで、雅臣はふと目を覚ました。

目の前にあった総真の寝顔をぼうっと見つめる。瞼を伏せているからか、いつもよりまつ毛の長さが際立っている。相変わらず、作り物みたいに綺麗な顔だ。

満足するまでその整った顔を眺めてから、雅臣はちらりと置き時計で時刻を確認する。

――三時過ぎかぁ……

微妙な時間に目を覚ましてしまった。もう一度寝ようかとも思ったが、肌がベタつく感じが気持ち悪くて、雅臣は早々に眠るのを諦めた。

そうしてまた、総真の整った顔をじっと見つめる。

――いつもありがとう、ってなんだよ……

ふいに眠る直前のことを思い出し、雅臣は苦笑いを浮かべた。

結局『俺も好きだよ』と言えなかった上、さらに変なことまで口にしてしまった。いや、『いつもありがとう』という感謝の言葉も決して間違いではないのだが、あのタイミングで総真に伝えたい言葉ではなかった。

思わずため息が零れそうになる。が、すぐ傍で眠る総真を見て、雅臣は慌ててそのため息を呑み込んだ。

好きだと言うのも気恥ずかしいが、二十二にもなって『好き』の一言にこれほど躊躇する自分がなんとも情けなかった。総真ならきっと『中高生かよ』と呆れるだろう。いや、案外喜ぶのだろうか。総真は照れたり恥ずかしがったりする雅臣をからかうのが好きだから。

雅臣は総真の頬に手を伸ばそうとして、直前でやめる。触れたかったが、総真の眠りを妨げるような真似はしたくなかった。

その後、シャワーを浴びに行くため、雅臣はそっとベッドのなかから抜け出した。脱ぎ捨てていた下着とズボンだけを穿(は)いて、だいぶずり下がっていた毛布を総真の体に掛けてやる。

雅臣は再び総真の寝顔をしばし眺めた。

そして、消え入りそうなほど小さな声で呟(つぶや)く。

「俺も好きだよ」

口にすると、これ以上ないくらいしっくりくる言葉だった。

だが、やはり気恥ずかしくて、総真が寝ているとわかっていても顔が火照(ほて)ってくる。

雅臣はなるべく音を立てぬよう気を付けながら素早く寝室を出ると、逃げるように浴室へと向かった。

――な、なんか、明日ぐらいには面(めん)と向かって言えそうな気がする……！

根拠のない自信である。しかし、雅臣は数秒前に自身が寝室から逃げ出したことも忘れて、ただ寝ている総真に『好きだよ』と言えたことに確かな達成感を覚えていた。

高揚した気分のまま、下着ごとズボンを脱ぎ、浴室に入る。

その瞬間――後孔からあふれてきた総真の精液が脚を伝い落ちていくのを見て、雅臣は少し恥ずかしそうにしながらもうっとりと目を細めた。

◇　◇　◇

「普通に起きてるときに言えよなぁ……」

ベッドの上の総真は気だるげに前髪を掻き上げながら、拗ねたような声色で呟いた。けれども、その声色とは対照的に総真の顔にはだらしない笑みが浮かべられている。

正直、寝たふりを続けたことを総真は少し後悔していた。あのとき目を開けて、逃げ出そうとする雅臣を捕まえていたら、雅臣はいったいどんな顔を見せてくれただろう。

発情期のときのまるでひとが変わったようないやらしい雅臣も好きだが、普段の恥ずかしがり屋で控えめな雅臣も総真は好きだった。

クリスマスにセックスすることを受け入れてくれたときはうれしかったし、あの快楽にとろけた目で見つめられると、血が沸き立つように興奮した。

今だって、先ほどの顔を真っ赤にして部屋から逃げていく雅臣の姿を思い出すだけで、また体が熱を持つ。

大きく息を吐いた総真は煩悩を振り払うように髪を掻き乱し、ベッドの上でひとり悶えた。

ただでさえ幼い頃から大好きなのに、新しい一面を知れば知るほど愛おしくなる。際限ない欲が、もっともっとと総真を心地よい底なし沼へと誘うのだ。

総真はハァと熱い吐息を零した。

「……いちいちかわいすぎんだよ、ばか雅臣」

そう呟く総真の口元には、隠しきれない緩んだ笑みが浮かべられていた。

&arche COMICS
アンダルシュコミックス

毎週
木曜
大好評
連載中!!

春日絹衣
かどをとおる
きむら紫
黒川レイジ
しもくら
槻木あめ
綴屋めぐる
つなしや季夏
戸帳さわ
仲森一都
保スカ
森永あぐり
Roa …and more

甘くて苦い僕たちは／きむら紫
巻き添えで異世界召喚されたおれは、最強騎士団に拾われる／原作:滝こざかな　漫画:しもくら
半魔の竜騎士は、辺境伯に執着さ…／原作:矢城慧兎　漫画:森永あぐ…
異世界で傭兵になった俺ですが／原作:一戸ミヅ　漫画:槻木あめ
毒を喰らわば皿まで／原作:十河　漫画:戸帳さわ
萌ゆるハルに出会う僕ら／かどをとおる
異世界でのおれへの評価がおかしいんだが／原作:秋山龍央　漫画:Roa
ブロッサム　オン　ザ　テーブル／保スカ
コワモテですが、小悪魔男子に捕獲されそうです／仲森一都
隠れΩの俺ですが、執着αに絆されそうです／原作:空飛ぶひよこ　漫画:春日絹衣
異世界でおまけの兄さん自立を目指す〜巡礼編〜／原作:松沢ナツオ　漫画:黒川レイジ
典型的な政略結婚をした俺のその…／原作:みなみゆうき　漫画:つなしや…
ふれる白雪／綴屋めぐる

無料で読み放題
今すぐアクセス!
アンダルシュ Web漫画

BLサイト
「アンダルシュ」で読める
選りすぐりのWebコミック!

この作品に対する皆様のご意見・ご感想をお待ちしております。

おハガキ・お手紙は以下の宛先にお送りください。

【宛先】

〒150-6008 東京都渋谷区恵比寿4-20-3 恵比寿ｶﾞｰﾃﾞﾝﾌﾟﾚｲｽﾀﾜｰ 8F
（株）アルファポリス　書籍感想係

メールフォームでのご意見・ご感想は右のＱＲコードから、
あるいは以下のワードで検索をかけてください。

ご感想はこちらから

本書は、Webサイト「アルファポリス」（https://www.alphapolis.co.jp/）に掲載されていたものを、改稿、加筆のうえ、書籍化したものです。

十年先まで待ってて
リツカ

2023年 12月 25日初版発行

編集－羽藤瞳
編集長－倉持真理
発行者－梶本雄介
発行所－株式会社アルファポリス
〒150-6008 東京都渋谷区恵比寿4-20-3 恵比寿ｶﾞｰﾃﾞﾝﾌﾟﾚｲｽﾀﾜｰ8F
TEL 03-6277-1601（営業）　03-6277-1602（編集）
URL https://www.alphapolis.co.jp/
発売元－株式会社星雲社（共同出版社・流通責任出版社）
〒112-0005 東京都文京区水道1-3-30
TEL 03-3868-3275
装丁・本文イラスト－アヒル森下
装丁デザイン－ナルティス（井上愛理）
（レーベルフォーマットデザイン―円と球）
印刷－中央精版印刷株式会社

価格はカバーに表示されてあります。

落丁乱丁の場合はアルファポリスまでご連絡ください。

送料は小社負担でお取り替えします。


ISBN978-4-434-33078-0 C0093